보테로 가족의 사랑 약국

보테로 가족의 사랑 약국

이선영 장편소설

클레이하우스
CLAYHOUSE

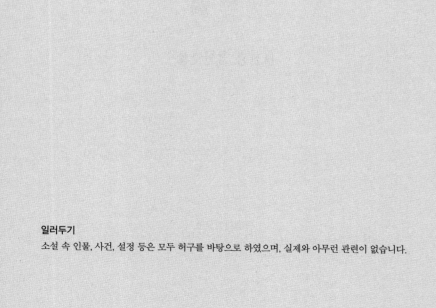

더 많이 사랑하는 것 외에
사랑의 다른 치료 약은 없다.

— 헨리 데이비드 소로

아프로디테와 헤파이스토스

오래된 주택가에 비집고 들어선 약국은 다소 생뚱맞아 보일 수도 있었다. 근처에 흔한 의원조차 없어서 더 그랬다. '사랑 약국'이라는 상호는 직설적인 편치고는 무난했다.

20여 평 마당에 들어찬 창고 하나. 수년 전 보증금 200만 원에 월세 30만 원을 받고 식자재 납품 물류 창고를 하는 업자에게 세를 놓느라 지었다. 이후 비슷한 일을 하는 세입자가 두세 번 바뀌었지만 결국 마당 전체를 차지한 채 흉물스럽게 남겨졌다. 그 창고를 리모델링해서 약국을 개업한 것이다.

주택가와 재래시장을 빠져나와 8차선 도로를 건너면 반듯하게 구획된 시가지가 나오는데, 줄지어 선 고층 아파트 앞 빌딩에는 층층마다 병원과 약국이 자리 잡고 있었다. 구옥(舊屋) 주택가에서 시가지로 이어지는 길의 도로명 주소는 '무한대로 사랑길'이었다.

─거기가 좋은지 누가 모르나. 보증금에 권리금, 거기다 매달 수백만 원의 월세는 어떻게 감당해? 이만하면 딱 맞지. 지하 1층은 연구소. 지상 1층은 판매처.

한 여사가 흡족한 미소를 띠며 한 말이었다. 그 미소 속에 효선이 합류할 거라는 확실한 믿음이 깃들어 있었다. 아무리 그렇다고 하더라도 지은 지 40~50년은 족히 된 구옥을 개조해 약국을 오픈할 게 뭐람. 효선은 마뜩잖은 표정으로 머리를 절레절레 흔들었다.

한 여사의 설레발 때문인지 아빠도 덩달아 들떠 있었다. 워낙 곰 같은 양반이라 겉으론 내색하지 않았지만 뿔테 안경 아래 아기 궁둥이처럼 통통한 볼에 살굿빛이 도는 걸 보면 알 수 있었다. 어쩌면 한 여사보다 아빠가 더 염원한 일일 수도 있다. 한 여사는 굼뜬 아빠를 열심히 부채질한 것일 뿐.

리모델링을 끝낸 약국은 그런대로 모양을 갖춰가고 있었다. 퇴근해서 약국 유리문 앞을 지나던 효선은 팔을 걷어붙이고 바닥 물청소를 하는 한 여사에게 딱 걸렸다. 미닫이문을 열고 들어서자 한 여사는 효선에게 걸레를 던져주며 진열대를 닦으라고 했다. 효선은 걸레를 들고 건성건성 닦는 척했다.

"우리가 믿을 거라곤 이것밖에 없어!"

한 여사는 비밀결사대라도 조직하는 듯 비장한 표정이었다.

"이게 정말 팔릴 거로 생각하는 거야?"

"당연하지. 너만 합세하면 무조건 대박이야."

어디서 오는 자신감인지 알다가도 모르겠다.

"내가 왜?"

"우리 가정경제를 위해서지."

우리? 언제부터 '우리'로 엮인 가족이었다고. 효선의 입에선 '헐' 하는 탄식이 저절로 튀어나왔다.

"그래서? 날 보고 어쩌라고?"

"니가 딴 상담사 자격증을 십분 활용하자는 거지."

한 여사 말대로 효선의 직업은 음악심리상담사다. 효선은 보건소에서 1년 계약의 기간제 근로자로 일하고 있다. 취업이 유망하다고 해서 자격증을 땄지만, 정규직 전환은 요원한 상태였다. 내담자를 마주할 때마다 자신의 내밀한 상처와 직면하면서 이 직업에 대해 많은 생각을 하곤 했다. 심리치료의 시작은 자신의 상처부터 받아들이는 것이라고 배웠다. 효선이야말로 심리치료를 받아야 하는 사람일지 몰랐다. 건강한 사람이 병자의 아픔에 공감하기란 낙타가 바늘귀를 통과하는 것만큼 어려운 일이다. 그런 면에서 효선은 바늘귀를 통과한 낙타는 되는 셈인 걸까? 아무튼 약국을 운영하는 데 상담자 자격증을 십분 활용한다는 한 여사의 말은 기연가미연가했다. 한 여사와 티격태격해봤자 도돌이표일 터. 효선은 설렁설렁 걸레질을 끝내고 한 여사가 '사랑 연구실'이라고 거창하게 명명한 지하실로 직행했다.

지하실은 효선이 땅꼬마일 때부터 아빠의 연구실이었다. 이 집은 아빠와 한 여사가 결혼할 때 요즘 말로 영끌해서 매수했다고 한다. 당시에도 지은 지 15~16년은 된 집이었다니 집의 연식이 50년에 육박한다는 계산이 나온다. 그 시절 양옥이 그렇듯 연탄을 쌓아두던 지하의 보일러실은 필수였다. 마당에서 이어진 층계 몇 개를 내

11

려가면 20평 남짓한 지하실이 나온다. 온갖 잡동사니가 쌓여 있는 연탄 광이 사라지면서 자연스레 아빠의 영역이 된 것이다. 옥탑방이 효선의 공간이고, 아래층은 한 여사의 거처인 것처럼. 효선의 가족은 주거 공간부터 물 위에 뜬 기름처럼 겉돌았다.

아빠와 한 여사를 볼 때마다, 효선은 그리스신화의 아프로디테와 헤파이스토스를 떠올리곤 했다. 미의 여신으로 불리는 아프로디테를 차지한 행운의 신 헤파이스토스는 인물은 없지만 유독 손재주가 좋아서 대장장이의 신으로 불렸다. 세상과 담을 쌓고 자기 일에만 몰두했던 헤파이스토스와 달리 아프로디테는 바람둥이였다.『미녀와 야수』도 이 신화에서 모티브를 따온 동화일지 몰랐다. 순전히 효선의 생각이다. 미녀인 한 여사는 어떤 과정을 통해 야수인 아빠와 맺어진 걸까. 야수는 어떤 묘책으로 미녀를 쟁취한 걸까.

나이와 외모로 보면 아빠가 한 여사한테 한눈에 반한 게 틀림없다. 한 여사는 두 사람의 과거를 '야로'라는 요령부득의 말로 후려치곤 한다. 불온하고 음습해서 음모라도 도사리고 있을 법한 이 단어는 효선의 탄생에도 적잖은 영향을 끼쳤을 것이다.

환갑이 다가오는 아빠는 중후한 중년을 생략한 채 영락없는 할배로 전락했다. 성긴 머리칼과 중부지방 살은 나이 탓이라고 해도, 단춧구멍도 울고 갈 찢어진 눈과 푹 꺼진 콧마루에 두꺼운 입술은 젊었을 적부터 그랬다. 외모에 턱없이 근자감을 드러내는 게 수컷 고질의 왕자병이라고들 하는데 아빠만은 예외였다. 효선이, 쟤는 나 안 닮았잖아, 라는 말은 아빠가 효선에게 건네는 최고의 덕담이었다. 안 닮긴, 어디가? 당신 판박이잖아요, 라며 산통을 깨는 건 한 여사였다. 효선이 생각건대 반반이다. 어릴 적에는 아빠의 붕어빵이었고 점차 나이를 먹어가면서 한 여사 쪽으로 기울어가고 있다. 자고로 양반의 자식은 낫자라는 법이다. 말 없는 아빠가 효선을 두고 뜬금없이 내뱉는 말 또한 의미심장했다. 평생 과학도를 자처했던 아빠의 가치관에는 맞지 않은 말이었기에. 그만큼 효선을 향한 사랑에 맹목적인 면이 있다는 방증일 수도 있다. 고슴도치도 제 새끼는 예뻐한다는 말처럼.

지하에 내려오자 스툴 의자에 엉덩이를 걸친 아빠의 등이 보였다. 오늘따라 좁은 어깨가 한 뼘쯤 더 처져 있었다. 인기척이 들렸을 텐데도 아빠는 꼼짝하지 않았다. 생물 교사였다던 아빠는 학교를 관두고 보습학원에서 초중등생 수학과 과학을 가르쳐왔다. 아빠 수입 대부분은 연구비로 들어갔으니 약사인 한 여사가 생활을 꾸려온 셈이었다. 그나마 나이에 밀린 아빠는 몇 년 전에 보습학원에서도 잘렸다. 엎친 데 덮친 격으로 한 여사가 다니던 대형 약국에서도 사람을 줄이는 바람에 한 여사도 백수가 된 지 몇 달째다. 한 여사는 약국에 이력서를 넣기도 지겹다면서 약국 개업을 선언했다. 'pharmacy'가 아닌 'drugstore'로.

사실, 아빠가 몰두해온 연구는 한 여사로부터 오랫동안 홀대를 받아왔다. 허구한 날 돈도 안 되는 그놈의 연구는 쥐뿔! 한 여사가 구시렁대던 레퍼토리 중 하나다. 다행히 연구실은 베일에 싸여 있거나 철옹성은 아니었다. 아빠의 요새였지만 금단의 영역은 아니었기에 어릴 적 효선은 수시로 지하에 드나들 수 있었다.

어린 효선에게 연구실은 상상을 자극하기에 충분한 판타지적

공간이었다. 수백 년 된 개구리 눈알과 호랑이 흰 눈썹이 불가사의한 에너지와 합세하여 마법의 세계가 펼쳐질 것만 같았다. 효선은 아빠가 생물학도가 아니라 화학도가 아니었을까 하고 생각한 적도 있다. 효선의 생각은 맞기도 하고 틀리기도 했다. 아빠의 전공은 생화학이라고 했다. 모르긴 해도 생물과 화학이 접점으로 만나는 학문일 것이다.

아무려나 효선이 연구실을 드나들던 때는 그런 사실과 관계없이 눈에 보이는 그대로 받아들이고 흡수할 나이였다. 판타지와 마법의 세계는 연구실 풍경과 일맥상통하는 부분이 많았기 때문이다. 사춘기 문턱에서 한 여사와 갈등이 깊어지면서 연구실은 효선의 관심 바깥으로 밀려났다. 그 뒤로 아빠의 연구는 한 여사의 입에서 야로로 바뀌었다. 한국어도 일본어도 아닌 국적 불명의 단어는 뜬금없었다. 아빠가 몰빵해온 생화학 연구와 야로는 어떤 관련이 있는 걸까? 아빠도 알고 있었다. 자신이 일생을 바쳐온 연구가 비열하고 불온한 단어로 후려쳐지고 있다는 것을.

그동안 아빠의 연구가 자잘한 실적을 보이기도 했다. 소소하게나마 특허를 몇 개 받은 걸 보면 말이다. 생체학적 관점에서 여름철 모기 퇴치 방향제나 장마철 제습용 스펀지는 실생활 용품으로 판매된 적도 있었다. 하지만 아빠가 그런 소소한 일상 용품 특허를 따기 위해 두문불출 연구에 몰입하는 건 아니라는 것쯤은 모르지 않았다.

효선은 한 여사가 입버릇처럼 말하는 야로에 전념하는 아빠에게로 다가갔다. 구석에 밀어놓은 쟁반에는 양은냄비와 즉석밥 용기가 놓여 있었다. 아빠의 저녁인 모양이었다. 가뜩이나 살림에는 젬병인 한 여사에게 약국 오픈은 더할 나위 없는 핑곗거리일 것이다.

"퇴근한 거냐?"

아빠가 몸을 돌렸다. 아빠는 한 여사처럼 효선을 설득하려 들지 않았다. 한 여사 편을 들면 효선이 반발한다는 것을 알고 있기에. 효선에 대한 애정을 측정한다면 아빠도 한 여사와 막상막하긴 했다. 단지 아빠는 한 여사처럼 효선에게 대놓고 뼈 때리는 말은 하지 않고, 그저 무심했을 뿐. 그래도 효선이 들은 얘기는 있었다. 한 여사가 두 돌을 겨우 넘긴 효선을 보육 시설에 맡긴 적이 있었다고 한다. 그다음 날 아빠가 곧바로 효선을 찾아 왔단다. 부모로서 최소한의 양심은 있었는지 두 사람은 입도 뻥긋하지 않았지만 먼 일가 되는 누군가를 통해 효선의 귀로 흘러 들어온 과거사다.

"아빠 저녁이 겨우 즉석밥이란 말이에요? 약국 오픈한다고 저녁도 안 챙기는 모양이네."

"놔둬라. 엄마 혼자 이리 뛰고 저리 뛰고, 좀 바쁘겠냐. 근데, 너는 좀 피곤해 보인다. 일은 할 만한 거냐?"

"계약직이 다 그렇죠, 뭐. 일은 힘들고 페이는 짜고, 앞날에 대한 보장도 없고."

효선을 물끄러미 쳐다보는 아빠의 작은 눈이 햇빛에 반사된 유리 파편처럼 반짝였다.

"그럴 거 같으면, 엄마가 제안하는 일을 진지하게 한번 생각해보지 그러냐?"

효선이 채 반박을 하기도 전에 아빠는 재빨리 대화의 주도권을 쥐었다. 히틀러도 바그너 음악을 이용해서 독일 국민을 선동했다는 예를 들면서 사람의 마음을 움직이는 데 음악만 한 것도 없다고 했다. 독재자의 예를 들거나 음악에 포커스를 맞추려고 한 데서 아빠의 속내가 들여다보였지만 넘어가기로 했다. 아빠의 말이 틀리기만 한 것은 아니었다. 음악도 일종의 소리이며 우주 에너지의 강력한 힘 중 하나다. 그래서 음악 소리는 우주를 만드는 데 기여할 수도 있고, 도시를 파괴할 수도 있다. 그러면서도 개인의 심신에 영향을 미치는 힘도 지니고 있다. 음악을 들을 때 인간의 기분이 변하는 것은 뇌에서 나오는 세로토닌, 엔도르핀, 도파민, 아드레날린 같은 화학물질의 영향 때문이다. 아빠가 내린 결론은 음악을 통해 생성된 물질이 성적 에너지와 깊은 연관성을 갖는다는 것이다. 효선도 안다. 아빠가 자신의 연구가 음악과도 무관하지 않음을 말하고 있다는 것을. 아빠도 한 여사처럼 효선을 설득하고 있는 것일 테다.

대화하는 중간에 아빠는 등을 돌려 현미경 아래 슬라이드를 핀셋으로 꺼내서 유리 조각 위에 올렸다. 아빠의 손끝에 정교함이 묻어났다. 슬라이드 조각 아래서 꼼지락거리는 세포는 맨눈으로 보이진 않지만 왕성하게 활동할 것이다. 아빠가 어린 효선의 입안에서 면봉으로 긁어낸 세포를 현미경으로 보여준 적이 있었다. 꼼지락거리는 세포는 물결무늬로 요동쳤다. 어린 효선의 눈에는 신기하기도 했지만 무섭기도 했다. 저런 벌레 같은 것들이 자기 입안에 있다는 것이 믿기지 않아서였다.

아빠는 효선이 자신의 뒤를 이어 생화학자가 되길 원했다. 삼수까지 했지만 아빠가 원하는 이공계 학과에 번번이 떨어졌다. 아빠는 희망을 놓지 않았다. 효선이 2년제 위생학과나 임상병리학과라도 가길 원했다. 효선은 마지막에 음악으로 진로를 틀었고 아빠의 기대를 무참히 꺾어버렸다. 한 여사도 약학과 출신임을 감안하면 효선은 돌연변이가 분명했다. 아빠와 한 여사에게 날리는 효선 나름의 복수였는지도 몰랐다.

"한 여사가 날 꼬시라고 시킨 거죠?"

"엄마한테 한 여사가 뭐냐? 넌 그 버릇 언제 고칠래?"

인상을 구기는 아빠의 눈가에 주름이 깊었고 눈썹엔 흰 서리가 내려앉아 있었다.

"어제오늘 일인가요, 뭐. 아빠는 한 여사의 어디가 그렇게 좋았어요? 이뻐서?"

"또 한 여사란다. 너는 승규가 어디가 그렇게 좋은 거냐?"

아빠의 반격이 제법 세다. 승규만 생각하면 뒷골이 당긴다.

"아빠 말대로 두뇌 호르몬 작용일 테죠."

도파민, 페닐에틸아민, 옥시토신, 엔도르핀 등의 사랑 호르몬은 음악을 들을 때 나오는 물질과 유사했다.

"그래, 다 호르몬 작용일 뿐이야. 너는 도파민 분량이 늘어나는데 승규 그 녀석은 너한테 그게 분비가 되지 않는 게 문제인 거지. 도파민이 샘솟으면 페닐에틸아민에 자리를 넘기게 돼. 일종의 각성제 같은 물질인데 수치가 높아질수록 흥분 상태에 이르게 되거든. 즉 무슨 말이냐 하면, 남자가 사랑하게 되면 뜨거워진다는 거다. 성욕이 수반되기 때문이지."

"아빠 말대로 오빠가 나한테 뜨겁지 않다면, 우리 집은 왜 그렇게 뻔질나게 드나든 건데요?"

효선도 알고 있다. 승규가 효선의 집을 뻔질나게 드나들긴 했지만 효선을 손끝 하나 건드리지 않았다는 것을. 아빠의 호르몬 강의는 흥미 없지만 사랑과 뜨거움의 연관성은 동의하는 바였다. 효선이 승규를 보면 온몸이 뜨거워지니 말이다.

아빠와 한 여사의 사랑은 어느 지점이었을까? 핵과 미토콘드리아와 리보솜 등의 세포 용어를 가르치던 아빠는 외모로는 별 볼 일 없는 노총각이었을 것이다. 남녀가 스파크를 일으키는 데 외모와 나이는 무관할지도 모른다. 사람의 몸이 스물아홉 가지의 생체원소로 구성되어 있다고 확신하는 아빠도 성욕이 왕성한 남자였고 젊은 남녀가 눈이 맞는 일은 인과관계가 생략된 본능이다. 그 결과로 효선이 태어났다면 두 사람의 사랑은 증명된 셈인데 야로는 또 뭘까? 한 여사와 아빠의 롱롱 스토리는 풀리지 않는 미스터리였다.

"승규에게 고백은 해봤니?"

"고백을 꼭 말로 해야 하는 건가요? 내가 자기를 사랑하는 걸 오빠가 모르겠어요?"

"그게 바로 도파민이나 페닐에틸아민인 거지. 이때 생식 기능을 활성화하는 단백질 분자도 함께 생성돼. 난소에서 난자가 배출되는 배란을 촉진하는 호르몬도 그와 비슷한 물질이거든. 10대 청소년들이 성에 과도하게 관심을 두는 것도 이 호르몬이 왕성한 탓이야……."

아빠는 효선의 연애 고민을 듣기 위해서 문승규를 들먹인 게 아니었다. 본론에 도달하기 위해 변죽을 울린 것일 뿐.

"이 아빠도 그와 비슷한 작용을 하는 물질을 오랫동안 연구해온 거였잖니……."

효선도 알고 있다. 오랫동안 아빠가 연구해왔던 물질을 한 여사가 제품화해서 약국을 개업한다는 것을. 약국 상호에서도 여실히 드러나듯이 그 물질의 핵심이 사랑이라는 것도.

"그 물질이 도대체 뭐예요? 성욕 촉진제?"

아빠는 천천히 머리를 가로저었다.

"키스펩틴."

아빠의 대답은 짧았다. 이게 한 여사가 말하는 야로의 실체인 걸까?

"1차 연구는 성공이었어. 그래서 한때 주목을 받기도 했지."

실용음악과에 입학한 효선이 부모의 기대에 미치지 못했다는 자책감으로 집안일에 무신경하던 시기였다. 그렇다고 하더라도 몇몇 기억나는 장면은 있었다. 이름도 외우기 힘든 메디컬센터나 생명공학연구소에서 아빠를 찾아왔다. 그 사람들 속에는 머리칼과 눈동자의 색깔이 각기 다른 외국인도 섞여 있었다.

"사랑에 관련된 인간의 뇌를 움직이는 물질이었지. 정신적 비아그라라고 해야 할까."

아빠는 메디컬센터의 후원을 받아 임상실험도 했단다. 연애와 성관계에 불안을 호소하는 사람들에게 심리적 안정과 자신감을 불어넣은 신약이었다. 성적 두뇌 활동을 자극하는 키스펩틴은 성기능 장애 치료 및 우울증 치료제로도 효용성이 탁월했단다.

"근데, 왜 그만두신 거예요?"

"임상 실험에 참여한 청년이 짝사랑하는 여자에게 스토커 짓을 해서 고발당하자 나를 걸고넘어진 일이 있었잖니."

효선도 생각났다. 아빠가 경찰서에 참고인으로 불려갔던 일을.

"그런데 왜 다시 연구를 시작했어요?"

"생각을 바꾸기로 했어. 내가 하는 연구가 사람들에게 작은 행복감을 줄 수도 있는 일이라는 생각이 들었거든. 물론 너희 엄마가 나를 설득했지. 어떤 사람이 사랑을 시작했다고 하자. 승규를 좋아하는 너처럼 말이다. 승규가 내가 연구한 이 물질을 먹고, 너를 더 사랑하게 될 수도 있지 않겠니? 단지 육체적으로 원하는 것뿐 아니라 정신적으로도 너를 사랑한다면 너로서는 더할 나위 없이 행복한 일이 아니겠니?"

아빠의 말에 효선은 살짝 솔깃했다. 승규에게 사랑받을 수 있다면, 야로라고 해도 상관없을 것 같았다. 짝사랑하는 사람에게 불티나게 팔려나갈 수 있으려나. 아빠 말대로 세상일에 '빠삭'한 한 여사의 머리에서 나온 발상이었다.

"지금껏 네가 해왔던 일을 하면 되는 거야. 음악으로 사람의 마음을 보듬어주는 일. 사람들의 마음을 들여다보는 일 또한 내가 연구해온 물질 자체가 가진 속성이거든."

한 여사 때문에라도 완강하게 거절하려고 아빠의 연구실을 찾은 것이었다. 그런데 어느새 효선은 반 이상 넘어가고 있었다. 아빠의 오동통한 볼에 살굿빛이 감돌았다. 아빠도 효선이 반쯤 넘어왔다는 걸 알아차린 모양이다.

하나의 비밀

아차, 하는 순간이었다. 몸이 그렇게 빨리 반응할 줄 몰랐다. 하나는 침대에 몸이 묶여 있다. 아이 씨! 길고 긴 터널 속에 있는 기분은 정말 쩔었다. 이게 다 음악심리상담사 그 여자 때문이다.

상담사가 병실에 들어오자 하나는 가슴이 옥죄었다. 하나의 마음을 들여다보겠다고 나서는 사람들이 역겨웠다. 신경정신과 의사한테도 똑같은 반발심이 일었다. 자기네들이 내 마음을 어떻게 읽는다고?

상담사는 병실에 들어서자마자 자기소개를 하면서 손을 내밀었다. 이름이 최효선이라고 했던가. 통통한 손등에는 가느다란 실핏줄 하나 보이지 않았다. 불쑥 잡아보고 싶다는 생각이 들었다. 순간 그 아이 생각이 났다. 남자애답지 않게 피부가 하얗고 둥글둥글했던 아이. 하나는 그 아이의 손도 잡아보고 싶었다. 아니, 아이가 하나의

21

손을 잡아주길 원했는지도 모른다. 하나의 비밀을 다 알면서도 입을 다무는 아이의 배려로 자존심이 상하기 전까지.

상담사는 다섯 번의 음악심리치료를 진행한다고 했다. 음악이라는 말에 꽂혔다. 하나도 트로트는 끝내주게 불렀다. 어디 트로트뿐인가. 발라드면 발라드. 포크송이면 포크송. 팝이면 팝. 어떤 노래라도 음감만 제대로 잡으면 오케이였다. 노래를 잘 부르는 재능은 하나에게는 큰 자부심이었다. 엄마와 아빠는 공부에만 열을 올릴 뿐하나의 재능 따위는 거들떠보지도 않았지만.

상담사는 인상이 푸근했다. 살쾡이를 닮은 개재수 신경정신과 의사보다는 훨씬 나았다. 음악치료라는 데서 호감 게이지가 상승곡선을 탔다. 깊고 어두운 터널에 갇혀 있다가 가느다랗게 흘러나오는 빛을 발견한 기분이랄까? 좋은 일이 일어날 징조일 수도 있다.

세상일이란 좋게 보면 다 좋은 거고, 나쁘게 생각하면 다 나쁜거다. 엄마가 아빠에게 입버릇처럼 하는 말이다. 엄마는 그런 말을할 때조차도 반말과 비속어를 섞어 썼다. 하나도 안다. 엄마의 나이가 아빠보다 비정상적으로 많다는 것을. 그래서 엄마가 아빠를 대할 때. 마치 어린애 다루듯 한다는 것도. 사실, 세리 언니가 아빠한테 살살 눈웃음을 치는 건 질색이었지만 나이만 보면 아빠 옆에는엄마보다 세리 언니가 어울리긴 했다. 우식 오빠도 미쳤지. 어쩌다가 이모뻘인 언니한테 코가 꿰여서. 혀를 차는 세리 언니의 혼잣말을 들은 적이 있다. 엄마를 깔보는 듯한 세리 언니의 말투는 정말 쩐다. 엄마 앞에선 쪽도 못 쓰면서. 혹시, 세리 언니도 알고 있는 걸까. 그아이가 알고 있는 하나의 비밀. 하나에겐 아킬레스건 같은 그것.

그게 부메랑이 되어 하나에게 이런 식으로 돌아올 줄은 꿈에도 생각 못 했다.

"너, 쬐끄만 게 꼭 치와와 같다."

상담사가 하나를 빤히 보면서 한 말이다. 역삼각형 꼴 머리에 눈만 동그란 강아지가 떠올랐다. 하나에게 어떻게든 말을 시켜보려는 상담사의 노력이 가상했다. 선병질적인 인상의 신경정신과 의사에 비하면 아직은 봐줄 만했다.

"가만 보니까, 너 그 가수를 닮은 거 같은데……. 그 가수가 누구더라."

상담사가 머리를 갸웃거렸다. 내가 가수를 닮았다고? 이 상담사 맘에 드는데. 이왕이면 아이돌 가수 중 한 명이길 바랐다. 하나가 한때 좋아했던 트와이스 중 한 명을 말해주길 기대했건만 상담사는 뜬금없이 프랑스 샹송 가수가 어쩌고저쩌고했다. K팝 아이돌 가수는 아니었지만, 프랑스 가수라면 나쁘지 않았다. 하나는 자신감 뿜뿜으로 어깨가 으쓱해졌다. 하나한테 아이돌 가수에 도전해보라던 아이의 말이 생각났다. 그 순간 하나 본인이 생각해도 신기한 일이 벌어졌다. 입에서 무슨 말인가가 툭 튀어나왔다.

아이의 소식을 들었을 때 충격으로 혀가 굳어지고 입술에 접착제라도 붙인 듯 꽉 다물어졌던 입이 열린 것이다. 일순간 혀가 굴려지고 입술이 열려 발음이 되어 나왔다. 상담사도 아연실색한 표정으로 하나를 쳐다보았다. 상담사도 하나가 실어증이라는 걸 알고 있었으리라. 상담사는 짐짓 모르는 척하며 샹송 가수 얘기를 이어갔다. 참새라는 예명으로 전성기를 누렸던 가수는 샹송의 전설로 불린단다. 그런 가수였지만 어린 시절은 불우했다고 한다. 거리 여자였던 엄마와 서커스 단원 아빠 사이에 태어난 가수는 포주인 친할머니 손에서 자라면서 어린 시절을 윤락가 언니들과 지냈단다. 가수의 일생이 영화처럼 파란만장했다. 어느새 하나는 상담사의 이야기에 집중하고 있었다.

"학교에 다니지 못한 가수는 그들과도 잘 지내지 못했나 봐. 우리나라로 치면 왕따를 당한 거였어."

하나의 표정이 심상치 않았던지 상담사가 하나를 살피며 조심스럽게 입을 뗐다.

"혹시, 너도 학교에서 왕따를 당했던 거니?"

이 상담사, 뭐래니? 이 말이 하나의 뇌관을 건드려 일순간 퓨즈가 나갔다. 그러고는 곧 깜깜해졌다. 하나의 머리가 폭격기가 된 듯 날아갔다. 상담사의 비명과 의자 무너지는 소리가 이명처럼 아득했다. 하나의 잘못이 아니다. 100퍼센트 상담사 탓이다. 상담사는 참새인지 하는 가수가 겪었던 일을 하나에게 말하지 말았어야 했다. 심리치료사라고 하더니 남의 속내뿐 아니라 인생까지 꿰뚫는 능력자인가 보다. 그러고 보니 거리 여자와 서커스 단원이었던 가수 부모의 이력도 예사롭게 들리지 않았다. 하나의 엄마와 아빠도 남들 앞에 떳떳하다고 말할 입장은 아니었다.

하나의 엄마는 중매쟁이다. 좋게 말해서 결혼중개업소 운영이지 '야매'로 하는 뚜쟁이다. 세리 언니가 취직한 결혼정보회사에서는 그런 사람을 커플 매니저라고 부른다. 명함까지 갖고 다니는 세리 언니가 꼴 보기 싫지만 엄마보다 멋져 보이는 것도 사실이다.

뚱쟁이 엄마보다 나이가 한참 어린 아빠도 평범한 것과는 거리가 멀었다. 그런 엄마와 아빠의 만남 자체도 충격 스토리였다. 이런 쪽팔린 가정사를 아이한테 털어놓았다. 아이에게 한 발짝 다가가고 싶은 마음이 작용한 탓이었다.

걔는 하나와는 달리 지극히 평범한 아이였다. 조금 오동통했고 유독 피부가 하얘서 얼굴이 멀끔해 보이긴 해도 눈에도 띄지 않는 모범생 스타일이었다. 생김새만큼이나 성적도 중상위였고 가정 형편도 중간쯤 될 것 같은 아이가 하나의 눈에 꽂혔다. 하나의 가슴속에서 몽글몽글한 비눗방울이 차올랐고 얼굴이 홧홧해졌다. 운명적 사랑이 찾아온 것이라고 확신했다.

남녀공학이었지만 남자와 여자 반이 달라서 수시로 볼 수 없는 탓에 더 안달이 났다. 노래 동아리가 남녀 합반인 걸 앞세워 아이에게 함께 가입하자고 꼬드겼다. 아이는 씩 웃고는 군말 없이 따랐다. 아이의 웃음은 하나에게 그린 라이트였다. 하나는 아이 앞에서 자기 노래 실력을 뽐낼 수 있다는 것만으로도 기분이 째졌다. 일주일에 한 번 동아리방에서 만났지만 가까워지지도, 그렇다고 멀어지지도 않았다. 애가 탔던 하나는 결단을 내렸다. 술이 사랑의 촉매제라고 했던 세리 언니의 말이 생각났다. 동아리방에서 소주병을 깠다. 뿅 가길 바랐던 아이는 멀쩡했고 하나가 맛이 가서 해롱거렸다. 하나에게는 국가 기밀쯤 되는 엄마와 아빠의 스토리를 터뜨렸다. 아이는 입을 한일자로 다문 채 묵묵히 들어주었다. 하나는 이런 말 하는 거 네가 처음이야, 라는 고백의 말도 잊지 않았다. 어느 순간에 아이의 팔이 가녀린 하나의 어깨를 감싸는 게 느껴졌다. 술이 깨자 후회가 썰물처럼 밀려왔다. 자기 아킬레스건을 아이가 알게 되었다는 게 부끄럽기 짝이 없었다. 하나는 아이를 멀리했고 그 때문에 아이가 하나의 비밀을 폭로할까 봐 두려웠다.

그 비밀 때문에 학교에서 환경조사서를 쓰는 것도 싫었던 하나였다. 부모님의 현격한 나이 차이와 생활 환경 등을 보면 왠지 담임이 하나에게 측은한 시선을 보낼 것만 같았기 때문이다.

새 학년이 될 때마다 그런 담임의 시선을 바꿔보려고 아이들 앞에서 현란한 춤과 노래로 기선을 제압했다. BTS, 트와이스, 2PM 등의 아이돌 노래와 댄스는 기본이었고 한참 물이 오른 트로트를 소화하는 데도 무리가 없었다.

─애춘 언니, 내가 볼 때 하나 쟤는 공부 머린 아니야. 가수를 시켜.

세리 언니도 인정한 일이었다. 개재수이긴 하지만 가끔 쓸 만한 말을 할 때도 있었다.

─시끄러워! 나와 우식 씨가 사는 이유가 뭔데? 우린 하나만 바라보고 사는 거야. 우리는 하나 공부 많이 시킬 거다. 내가 왜 하나 동생을 안 낳았는데. 하나 보란 듯이 키우려 그랬던 거야.

─언니는 웃기셔! 하나 동생이 생길 턱이 있수. 하늘을 봐야 별을 따지.

세리 언니는 정말 밉상이다. 저렇게 엄마 아픈 곳을 콕콕 찔러야 직성이 풀리나 보다.

─입 닥쳐! 너야말로 닭 쫓던 개 꼬락서니인 줄 알고나 있냐?

당하고 있을 엄마도 아니다. 세리 언니는 엄마한테 깨갱, 하고는 다음 차례로 하나의 옆구리를 슬슬 찔렀다.

—우식 오빠, 아니 너희 아빠 요즘 어때?

—뭐래?

하나는 눈을 세모꼴로 치켜떴다.

—느 엄마랑 아빠랑 안 싸우느냐고?

—울 엄마 아빠가 쌈꾼이야?

—어머나! 얘 좀 봐라. 느 엄마 아빠 부부 싸움에 백차도 왔었 잖니.

—언제?

—접때, 접때!

—웃기셔! 몇 년도, 몇 월, 몇 시, 몇 분에? 언니는 제발 우리 집 에 관심 좀 끊고 언니 영업에나 집중하셔!

—어머머머! 쬐끄만 게 말 좀 세련되게 하면 어디가 덧나니? 영 업이 뭐니? 촌스럽게. 좋은 말 있잖아. 커플 매니저!

세리 언니는 손으로 뒷골을 잡아당기는 시늉을 했다. 기분이 썩 유쾌하진 않지만 세리 언니 말이 맞았다. 엄마와 아빠의 싸움은 육 박전은 기본이고 경찰차까지 출동할 정도로 살벌했다. 그래서 세리 언니한테 더 짜증을 부렸는지도 모른다. 그런데 정말 웃기는 것은 하나 문제만큼은 엄마와 아빠가 천생연분인 부부처럼 일심동체라 는 것이다.

싸움의 원인은 늘 아빠였다. 아빠가 집에 붙어 있질 못하고 며칠 씩 밖으로 나돌아 다니다가 들어오면 엄마는 화가 머리끝까지 오르

기 일쑤였다. 폭풍 전야에는 몸을 피하는 게 상책이다. 하나는 잽싸
게 자기 방으로 들어와서 문을 닫았다. 보나 마나 엄마가 아빠의 멱
살부터 잡아챌 것이다. 대살진 아빠에 비해 '테두리 박'이라는 닉네
임이 붙은 엄마의 하복부는 장난이 아니다. 하복부에서 발산되는
에너지에 탄력을 받은 엄마의 드잡이로 아빠는 맥없이 자빠졌다.

　ㅡ이번엔 또 언놈이야!

　데시벨이 높은 엄마 목소리가 거실을 지나 하나 방까지 쩌렁쩌
렁 울렸다. '언년'이 아니라 '언놈'을 향한 엄마의 바가지는 하나 귀
에 익숙한 레퍼토리였다.

　아빠를 향한 엄마의 감시는 나이 어린 남편을 단속하는 차원이
아니었다. 물론 하나도 안다. 아빠보다 엄마가 아빠를 열 배쯤 더 사
랑한다는 것을. 술과 사람을 좋아하는 아빠가 엄마의 손아귀에서
벗어나고자 발버둥을 친다는 것도. 엄마는 엄마대로 그런 아빠를
자기 영역 안에 가두지 못해 전전긍긍했다. 아빠의 애정에 목마른
엄마였다. 그렇다고 아빠가 여자 문제를 일으킨 적이 있는 것도 아
니다.

　ㅡ엄마 그거 알아?

　하나는 엄마의 애정 결핍에 관해 진정한 조언을 해주고 싶었다.

　ㅡ뭘? 난 모르는 거 빼곤 다 알아.

　세상 남녀의 사랑과 결혼에 대해서만큼은 모든 걸 통달했다고
자부하는 엄마지만 하나한테는 열 번이면 열 번 다 졌다. 아니 져주
는 척했다. 그게 부모의 무조건적인 사랑일 거다.

　ㅡ엄마, 심각한 의부증인 거.

―그래, 니 말이 맞을 수도 있어. 하지만 느 아빠가 딴 데 눈을 돌리는 것 또한 사실이야.

　하나 말에 긍정 모드여서 백퍼 수긍할 줄 알았는데 엄마는 의외로 단호박이었다. 의부증이 심각하다는 방증인 걸까. 일반적으로는 언년한테 질투해야 마땅한데 엄마의 질투 범위는 언놈한테까지 확대되어 있었다. 하나는 엄마와 아빠의 언놈 논쟁이 식상해진 지 오래다.

　그런데 두 사람의 언쟁이 예상 밖으로 흘러가는 게 아닌가?

　―지금 뭘 했다는 거야? 거시기에 뭘 했다고? 이 미친 새끼가 돌았나. 너 술 처먹고 또 객기 부리는 거지. 그런 걸 니 맘대로 해도 되는 거냐?

　엄마가 아빠를 향해 욕지거리를 날릴 정도면 부부 싸움이 '경보'를 지나 '심각' 단계로 치닫는다는 뜻이다.

　―그래, 내 마음대로 했다. 어쩔래? 왜? 나는 당신이 좋아할 줄 알았는데. 이젠 내가 밖에서 딴 짓거리 절대 못 할 테니까. 당신도 힘들게 나 감시하지 않아도 되고. 나도 당신의 그 지긋지긋한 감시를 받지 않아서 좋고.

　아빠의 목소리는 차분했지만 적개심이 똘똘 뭉쳐 있는 게 느껴졌다. 거시기라면? 남자의 거기밖에 더 있겠는가. 그거에 손을 댔다면? 고등학교 1학년인 하나도 그 정도는 알아들었다. 하지만 그게 뭐? 엄마와 아빠가 하나의 동생을 만들 리 만무했다. 게다가 아빠가 바깥에서 이복동생을 만들어 올 가능성도 제로라면 문제가 되지 않는 일이었다. 하나는 안방에서 들리는 모든 소리에 귀를 바짝 곤두세웠다.

두 사람 설왕설래의 중심에 낯설게 등장하는 단어가 있었다. 화학적 거세라니! 아빠가 정관수술을 한 게 아니었단 말인가? 한마디로 '띵요' 하고 뿅망치로 정수리를 맞은 기분이었다. 하나는 '화학'과 '거세'라는 익히 알고 있는 두 단어의 조합이 생경하다는 생각만 들었다. 혹시 아빠가 성범죄에 연루되었다는 의미일까? 샌님 같은 아빠와는 도저히 연결되지 않는 일이었다. 모성 본능을 일으키는 왜소한 아빠의 외모 탓에 세리 언니 같은 여자가 자극받는다는 것은 차치하더라도 아빠가 그런 일을? 그건 절대 아닐 것이다. 언놈, 거시기, 술, 객기, 자발적. 그리고 결정적인 단어인 화학적 거세 등은 하나에게 현실을 인식하게 하는 암호였다.

그날 아침에도 엄마와 아빠의 부부 싸움이 있어 마음이 무거웠는데, 학교에 가니 더욱 충격적인 소식이 하나를 기다리고 있었다. 아이의 죽음이었다. 그것도 자살이라는 단어와 함께.

─하나, 너도 걔 알지. 너희 중학교 동창이었잖아. 걔가 중학교 때부터 왕따였다면서? 고등학교에 가서도 계속 이어졌나 봐.

무한대로 사랑길의 소식통이라는 친구에게 소식을 전해 듣고 하나는 그 자리에서 정신을 잃었다. 애초에 그 아이에게 주홍글씨를 새긴 사람은 다름 아닌 하나였다. 술김에 아이에게 털어놓은 비밀이 계기가 되어 어처구니없는 결과를 초래하고 만 것이었다. 하나가 새긴 주홍글씨는 순해 터지기만 했던 그 아이가 견디기에는 너무 큰 바윗덩어리였다.

그날 이후 하나는 터널 안으로 깊숙이 들어갔다. 비정상적인 엄

마와 아빠의 결혼 생활. 특히 아빠가 원하지 않았지만 생겨난 하나
의 탄생. 그동안 그런 환경을 개의치 않는 척 오기를 부려왔다. 그런
오기가 한꺼번에 무너졌다. 할 수만 있다면 자기 피를 다 빼내어 헹
궈버리고 싶었다. 그 때문에 첫사랑이었던 아이가 죽음에 이르렀다
는 자책이 쓰나미처럼 밀려왔다. 발작이 도진 어느 날 하나는 커터
칼로 자해를 했다.

 하나의 손목에서 흘러넘치던 것과 똑같은 색의 피가 상담사의
눈에서도 흐르고 있었다. 붉은색의 액체를 보자 하나는 더 미친 듯
이 날뛰었다.
 나동그라진 상담사는 곧바로 응급실로 옮겨졌고, 근육질의 간
호사들에 의해 하나는 결박당했다. 아빠가 곧바로 쫓아왔다. 아빠
는 불안한 눈빛으로 안절부절못했다. 그래도 엄마가 온 것보다는
나았다. 엄마는 하나를 보면 욕 반 바가지에 넋두리 반 바가지를 쏟
아부을 것이다. 야, 이놈의 기집애야! 그 선생 눈 빠질 뻔했겠다. 도
대체 상담사 선생한테 무슨 억하심정이 있다고 그 지경을 만들어
놔, 놓길! 속 시원하게 말이나 좀 해라. 입을 꾹 처닫고 있으니 알 수
가 있어야지. 딸자식이라고 하나 있는 게 아주 애간장을 녹인다, 라
면서. 그 옆에서 아빠는 엄마의 감정을 누르느라고 진땀을 뺄 것이
다. 사실, 엄마와 아빠 사이엔 싸움이 극렬한 때도 야릇한 정감이
묻어나긴 했다. 그래서 겉으로만 보면 두 사람의 부부 전선은 이상
무라고 여겨질 정도다.
 아빠는 상담사가 처치를 받는 응급실에도 아직 쫓아가지 않은

것 같았다.

"하나야, 아빠 말 좀 들어봐. 지금 응급실에서 치료받는 상담 선생을 찾아가는 건 좀 그래. 하지만 시간이 지나고서 한번 가보려고 해. 보건소로 찾아가든지, 아니면 집으로 가보든지 할게. 너도 같이 가서 사과해야 하는 게 맞지만 어쨌든 너는 환자니까 어려울 테고. 엄마와 아빠라도 사과를 드려야 하지 않겠니."

아빠의 말이 맞았다. 하나가 무슨 말을 할 수 있겠는가. 보상금을 요구하려나. 정신적 피해 보상 같은 것도 있지 않을까. 하나는 순간적으로 일을 저지르긴 했지만 걱정이 앞섰다. 아빠도 근심스러운 낯빛이었다.

"하나야, 너는 그저 마음만 편하게 먹어. 우리 하나가 어쩌다 이런 마음의 병이 생겼는지."

아빠는 하나의 등을 쓸어내리며 한숨만 쉬었다. 4회 남은 상담 횟수 동안 프랑스 노래인지 샹송인지 들려준다고 했는데, 물 건너간 게 아닌가 싶다. 하긴 프랑스 노래가 가당키나 하겠는가. 하나한테는 트로트 뽕짝이 제격일 테다. 일을 저지르고 나니 하나는 어두운 터널에서 나오기가 더 싫어졌다.

뚜쟁이 테두리 박

원래 간판은 없었다, 간판이 없으니 상호가 없는 것도 당연했다. 알음알음 찾아오거나 물어물어 전화가 걸려 왔다. 박애춘이 수십 년 동안 고수해온 영업 노하우였다. 오늘 전화를 걸어온 남자는 멈칫거렸다.

"저기요. 거기가 테두리 박…… 결혼중개업소, 맞나요?"

애춘은 '테두리 박'이라는 말이 거슬렸다. 누군가의 소개로 전화를 건 모양이다. 그 누군가가 애춘의 명예롭지 못한 별명을 들먹인 게 분명했다. 언제 적 별명을 지금까지 붙이나 싶기도 했지만, 테두리 박이라고 불릴 때가 애춘의 전성기였음은 부정할 수 없었다. 유독 뱃살이 붙은 애춘을 고객들끼리 '뚜쟁이 테두리 박'이라고 부른다는 것을 알았다. 세리도 애춘을 테두리 박 언니라고 호칭했으니 말 다했지 뭔가.

"네, 그런데요. 말씀하세요."

애춘의 딱 부러진 말투에 상대는 주눅이 들었는지 몇 마디 어물 거리다가 나중에 다시 연락한다는 말을 하고서 서둘러 전화를 끊었다. 어눌한 목소리와 자신감 없는 태도로 보아 소심남이 분명했다. 부모님 성화에 장가는 가야겠고, 신붓감은 없어서 고민이 많은 결혼 적령기의 남자일 거로 추측했다. 사람 상대가 직업인지라 애춘도 반관상쟁이가 됐다. 그 또한 애춘 나름의 영업 노하우였다. 애춘의 휴대폰에 찍힌 번호가 소심남의 유일한 정보다. 애춘은 소심남의 정보를 입력할까 잠시 망설였다. 자신의 조건이나 나이조차 밝히지 않고, 그저 간을 보기 위해 전화한 사람은 다시 연락하지 않을 확률이 높았다.

애춘은 자신에게 한 번이라도 연락이 온 사람은 고객 명단에 입력해두었다. 그렇게 확보된 고객이 적게는 수백 명, 많게는 천 명에 이를 때도 있었다. 애춘에게 고객 명단은 비즈니스의 자본금이었다. 그런데 요즘은 모든 게 다 시들하다. 애춘의 입에서 한숨이 저절로 새 나왔다.

몇 년 전 개발이 된 큰길 건너 마천루에 결혼정보회사 사무실이 늘어났다. 여보야, 중신아비, 가시버시, 행복배필, 천생연분 등등. 별별 상호의 결혼정보회사는 애춘의 영업에 크나큰 해악을 미치고 있었다. 애춘에게 영업 노하우를 전수받은 세리도 큰길 건너 가시버시 결혼정보회사로부터 커플 매니저 스카우트 제의를 받고 애춘을 떠났다. 세리는 무척이나 미안해했지만 애춘은 세리를 쿨하게 보내주는 척했다. 거창하게 스카우트를 운운했지만 입사하고 보니 정규직도 아닌 계약직이라며 세리는 애춘에게 와서 푸념을 늘어놓곤 했다.

아무려나 쌔끈하게 사무실을 차려놓고 그럴싸한 상호를 붙이는 결혼정보회사 뒤꽁무니를 쫓아가려면 갈 길이 먼 애춘이었다. 그런 데도 도무지 뒷심이 붙지 않았다. 딸내미 강하나 때문이었다. 애춘의 외동딸인 하나가 마음의 병을 얻어 신경정신과에 입원한 지 일주일이 훌쩍 넘었다. 실어증까지 겹쳐서 더 미칠 지경이다. 제 속이라도 시원스레 털어놔야 치료에 진전이 있다는 담당 의사 말에 땅이 꺼져라 한숨만 나올 뿐이다.

휴대폰에 저장한 소심남의 전화번호를 막 삭제하자마자 수신음이 울렸다. 임세리가 떴다. 반가운 마음 절반, 뜨악한 마음이 절반이다. 지내온 정리를 생각하면 반가웠지만 세리가 마음속에 튼 똬리를 생각하면 뜨악함을 넘어 괘씸할 때가 많았다. 애춘이 드러내고 싶은 티를 내도 엉겨 붙는 게 마냥 밉지만은 않아서 더 문제다.

"어!"

"언니, 전화했지?"

내가 언제 저한테 전화를 했다고. 참 물색없는 년이다. 애춘은 입을 삐죽거렸다.

"전화는 무슨! 안 했어."

"정말? 안 했수? 이상하다. 내가 언니 전번 가르쳐주고 해보라고 했는데."

그제야 감이 잡힌다. 세리가 전화하기 직전 통화했던 소심남이 생각났다. 미친년! 전화 안 왔냐고 물어봐야지, 전화했냐고 물어보

35

는 년이 어됐담. 학교 다닐 때 국어는 낙제 점수를 받았겠구나 싶다.

"왔어, 왔더라."

"언니는 참! 근데 왜 전화 안 왔다고 딱 잡아뗐수!"

꼭 생트집을 잡는다. 따지면 입만 아플 것이다. 말을 말아야지. 세리 마음속에 비비 틀린 똬리가 기회만 있으면 발톱을 곤두세운다는 걸 모르지 않았다. 그런 걸 질투라고 부르기에는 애매하지만.

"아따! 그만해라. 지금 내 속 타는 걸 몰라서 그러냐?"

"언니, 미안! 하나는 여전한 거지?"

세리는 바로 꼬리를 내린다. 한 번에 넘어갈 리가 없는데 하나 얘기만 꺼내면 바로 몸을 낮춘다.

"말 마. 내 속이 숯검정이다. 그건 그렇고, 전화 온 남자가 목소리로는 지질하던데."

"역시! 언니 삘은 알아줘야 한다니까."

"네가 처리해라. 난 그런 지질이한테까지 신경 쓰고 싶지 않아."

"아이참! 언니가 그렇게 잘라 말하면 내가 서운하네. 그래도 언니 생각해서 연결한 건데. 하나 병원비도 만만치 않을 거 아니유. 우리 회사에서 처리해도 되는데, 언니 생각해서 슬쩍 빼낸 고객이라니까. 언니 고객 명단에서 조건에 맞는 여자 소개해주고 언니랑 나랑 반땡하면 되잖수?"

구미가 당기는 제안이었다. 그동안 커플 매칭이 여의찮으면 세리는 애춘에게 도움을 요청하곤 했다. 그때마다 세리가 떼어주는 수수료가 쏠쏠했지만 지금처럼 완전히 반으로 나누자는 적은 없었다. 세리 말마따나 요즘 돈이 더 말랐다. 하나한테 생각지도 않은 돈이 들어가는 데다가 언제 퇴원할지 기약도 없었다.

애춘이 잘나가던 때도 있었다. 테두리 박이던 그 시절이다. 눈만 꿈쩍하고 손가락 하나만 까딱해도 쌍쌍으로 커플이 맺어졌다. 강남 사모님들도 돈을 싸 들고 애춘을 찾았다. 한다 하는 자제 명단을 애춘의 허리춤에 찔러주면서 커미션을 요구하는 꾼도 들끓었다. 화양 연화와도 같던 그 시절에 애춘은 강우식을 만났다. 우식도 애춘을 찾아온 고객이었다. 지금 생각해보면 일종의 연애 상담 같은 걸로 찾아온 셈이었다. 실연의 아픔을 넘긴 우식은 평생의 반려자를 만나고자 했던 것이다.

그런 우식을 처음 본 순간 애춘은 가슴에 총을 맞은 듯 온몸에 전류가 흘렀다. 조카뻘로 보이는 남자에게 삘이 꽂힌 이유는 단순했다. 우식이 죽은 오빠를 빼닮았던 것이다. 오빠도 피죽 한 그릇 얻어먹지 못한 듯 비실비실했다. 애춘은 다시금 한숨이 새 나왔다. 우식과의 인연으로 하나를 임신하고 부부의 연을 맺어 살고 있지만 행복하다고 말할 순 없는 결혼이었으므로.

거기다 세리까지 우식을 힐끔거려서 애춘을 여간 신경 쓰이게 하는 게 아니었다. 물론 우식이 세리한테 넘어갈 리도 만무했지만.

"지질이가 돈은 좀 있는 집 자식이로구나."

"그쯤은 한번 보면 견적 나오지 않겠수. 명품으로 도배를 했더라니까."

"너 제법이다. 이제 사람 한번 보면 집안 견적까지 나오냐?"

"그러엄! 내가 누구요? 자타 공인하는 커플 매니저 아니유."

이게 한번 띄워주니까 정신을 못 차리네. 그래 내가 오늘만은 참

자. 애춘은 세리를 우쭈쭈 해주기로 마음을 먹는다.

"한다 하는 집의 2세야? 3세야?"

"그 정도는 아니고."

"그러면?"

"외동아들이라 부모가 아들 결혼에 목을 매나 봐. 한다 하는 집에 비하면 잽도 안 되지만 목에 깁스할 정도의 재력은 되나 봐. 자기네 조건에 맞는 짝을 연결해주면 소개비는 아끼지 않고 지불할 거같아. 물론 본인도 결혼에 목을 매고 있고."

"상대를 까다롭게 고르나 보지?"

"다 조건이지."

"남자 직업은?"

애춘은 수첩과 펜을 잡아당겼다. 7급 공무원이라고 했다. 누가봐도 A급은 아니다. 행시 패스도 아니고 고작 7급 공무원에 여자를 까다롭게 고른다고 하니 남자가 더 지질해 보였다. 사랑보다 조건 거래가 결혼 시장의 생리라는 건 이 바닥에서 잔뼈가 굵은 사람이라면 다 아는 철칙이다. 그걸 누구보다 빨리 깨달았으면서도 애춘은 조건보다는 사랑을 택하는 어리석음을 저질렀다. 십수 년 전 애춘과 어깨를 나란히 하며 활동했던 중매쟁이 중 몇몇은 번듯한 결혼정보회사 대표가 됐다. 애춘도 그런 물살에 발을 얹었어야 했는데 우식에게 빠져 있느라 기회를 놓쳤다. 인생에서 기회는 그리 많지 않다. 누구에게나 세 번의 기회는 온다고 했던가. 애춘은 초장부터 기회를 박탈당한 인생이었는지도 모른다.

애춘은 빈농의 딸로 태어났다. 당뇨합병증으로 몸이 반쯤 문드러진 아버지는 애춘이 일곱 살이 되던 해에 세상을 떴다. 장의사가 아버지 시신을 염할 때 열 살 위인 고등학생 오빠가 손바닥으로 애춘의 눈을 가렸다. 오빠의 배려였다. 벌어진 손가락 틈새로 얼핏 보였던 탓에, 아버지의 몸 어느 부위를 상상하는 것 자체가 납작한 고무에 입김을 불어 넣는 행위와 다르지 않았다. 상상으로 부푼 고무풍선은 괴물이 되어 애춘을 압박했다. 급기야 빵 하고 터진 고무풍선의 잔해는 몰골이 흉측한 아버지가 되어 악몽으로 나타났다. 한밤중에 식은땀을 흘리며 잠에서 깬 애춘은 결심했다. 앞으로 어떤 일이 눈앞에 벌어지더라도 두 눈을 부릅뜨고 지켜보리라.

열네 살이 된 애춘은 또 한 명의 주검을 지켜보아야 했다. 강에서 건진 오빠의 시신을 확인한 어머니는 실신했다. 대학생 오빠가 엠티를 갔다가 술을 마시고 강에서 익사한 것이다. 애춘은 종잇장처럼 구겨지는 어머니를 그러안고 눈을 똑바로 떴다. 실눈으로 엿봤을 때의 악몽을 다시 겪고 싶지 않아서였다. 두려움이 만든 왜곡된 형상은 괴물이 된다는 것을 익히 경험했기에.

강물에 퉁퉁 불어 터진 오빠는 으깨진 두부 같았다. 흐느적거리는 옷가지가 아니었다면 도저히 오빠라고 믿을 수 없을 지경이었다. 시신의 훼손된 부분 중 일부는 물고기들의 입질 흔적이었다. 괴기영화의 한 장면 같은 오빠의 모습을 애춘은 자기 망막에 고스란히 아로새겼다.

—독하디독한 년! 제 오라비 시신을 보면서 눈도 깜빡 안 한 년! 네년의 그 독기 때문에 내 생떼 같은 아들이 죽은겨. 네년은 오라비

잡아먹고 나까정 잡아먹을 독종인겨.

어머니는 선혈 같은 저주를 애춘에게 퍼부었다. 아버지가 세상을 떠나고 어머니 인생에서 오빠가 전부였다는 것을 알고는 있었지만 그래도 애춘은 자꾸 힘이 빠졌다. 어머니 저주대로 차라리 독종이 되는 게 낫겠다는 생각이 들었다.

어느 해 목련꽃이 처연하게 지던 봄날 새벽, 애춘은 짐을 싸서 고향을 떠나왔다. 언제까지 오빠의 죽음에 애춘의 인생을 저당 잡힐 수는 없었다. 고향을 떠나 서울로 상경한 10대 계집아이가 밟아야 하는 수순은 뻔했다. 하지만 애춘은 아침 드라마 소재처럼 살지 않기 위해 이를 악물었다. 참혹한 현실일수록 외면하지 않고 직시하기. 그것이 애춘이 아버지와 오빠의 주검을 직면하면서 배운 인생의 교훈이었다.

공장을 전전하면서도 검정고시를 치렀고 고등학교 졸업장을 따냈다. 직시한 현실이 냉혹하다는 것에 너무 큰 비중을 둔 탓일까. 애춘에게 닥친 현실이 그렇게 가혹하진 않았다. 다른 말로 하면 운이 좋았다. 애춘에게 독설을 퍼붓던 어머니보다 세상인심은 후했다. 고등학교 졸업장을 가진 애춘이 취직한 곳은 장안의 큰손이었다. 애춘에게 온 첫 번째 기회였을지 모른다. 돈놀이와 뚜쟁이로 재산을 일군 큰손은 애춘을 신뢰했다. 그녀에게 돈을 불리는 방법은 배우지 못했지만 남녀를 연결하는 노하우는 익혔다. 큰손은 뚜쟁이를 그만뒀고 애춘이 그 자리를 꿰찼다. 그 후 수백 쌍의 짝을 찾아주었지만 정작 애춘은 마흔 가까이 되도록 제대로 연애 한번 해보지 못했다. 중이 제 머리 못 깎는다는 말이 딱 맞았다.

"원하는 여자 조건은?"

"조건이고 자시고도 없어. 초등학교 교사면 무조건 오케이래."

무슨 조건이 그렇게 간단할까. 여자 외모와 연령대도 상관없다는 말인 걸까. 구태여 애춘에게 넘어올 건수도 아니었다. 애춘도 안다. 초등학교 교사가 남성들에게 일등 신붓감이라는 것을. 그런 추세에 비추어 본다면 7급 공무원인 신랑이 다소 기우는 매칭이 될수도 있었다. 그래 다 좋다고 치자. 그런데 애춘에게 전화를 걸어서 어영부영 끊어버리는 태도는 정말 마음에 들지 않는다.

"워낙 사람이 소심하더라고. 그런 데다 꼴에 자존심은 하늘을 찔러서 뚜쟁이 언니를 상대하는 걸 껄끄럽게 생각한 거 같아."

그러면서 세리는 덧붙였다. 언니가 교사 고객 명단은 좀 있지 않느냐고.

"6 대 4인겨?"

"아이, 언니는 5 대 5라고 했잖수! 반땅."

"됐다. 관두자."

"그래 내가 손해 볼게. 6 대 4!"

"프로필 사진은 메일로 쏠래?"

"아니. 오래간만에 언니 얼굴도 볼 겸 퇴근하면서 들를게."

말을 꺼내기 무섭게 일사천리로 진행되었다. 세리도 성격만큼은 화끈했고 행동은 스피디했다. 우식한테 곁눈질만 하지 않으면 더할 나위 없었다.

세리를 키운 것은 애춘이었다. 어디서 소문을 들었는지 세리는 작정하고 애춘을 찾아왔다. 마치 무림의 고수에게 한 수 배우고자 찾아온 무사처럼 결연했다. 무릎이라도 꿇을 태세였다.

돈을 벌어야 하는 이유는 누구에게나 있다. 세리도 남들보다 돈을 더 벌고 싶은 욕심이 있었다. 세리는 애춘의 말 수완에서부터 커플 매칭에 대한 노하우를 착실히 배웠다. 세리가 있어서 애춘도 한결 일하기가 수월했다. 그런데 어느 날부터 세리의 눈길이 우식에게 쏠린다는 걸 알게 되었다. 우식 앞에서 알짱거리는 세리를 치워버리고 싶었다.

20대 중반부터 세리가 배운 도둑질은 하나밖에 없었다. 애춘은 예전부터 알고 지내던 가시버시 결혼정보회사 대표한테 세리를 스카우트하라고 제안했다. 세리는 몰랐다. 애춘이 세리를 가차 없이 내쳤다는 것을. 그즈음이 무한대로 사랑길 일대에 개발 붐이 한바탕 휩쓸고 지나간 시기였다. 8차선 대로를 경계로 아수라 백작이 된 모양새였다. 큰 도로 저편은 개발이 급물살을 타서 마천루와 고층 아파트가 우후죽순 들어선 반면 이편은 행정상 이유로 개발이 멈춰버린 것이다. 오래된 상가 건물과 전통 시장을 중심으로 재개발 직전의 주택이 오밀조밀 밀집해 있었다.

애춘의 영업 근거지는 말할 것도 없이 낙후된 지역의 주택가 빌라였다. 강남의 돈푼깨나 있는 사모님들이 밍크코트에 악어 백을 옆구리에 끼고 애춘의 빌라를 뻔질나게 드나든 이유는 자식들 혼사였다. 조건에 맞는 짝을 찾아주는 것이 자신들 인생의 성적표라고 여긴 탓이었다. 그 덕분에 애춘도 돈 좀 만졌다. 애춘은 연립주택과 차원이 다른 다섯 채가 한 동인 고급 빌라를 매수했다. 맨 위층엔 애춘이 살았고 나머지 네 채는 월세를 받아서 남부럽지 않았다.

그런데 우식이 클럽을 운영하다 세 번이나 말아먹는 바람에 네 채를 팔아치운 것도 모자라 은행 융자를 받아 지금 애춘이 살고 있는 105호만 겨우 건졌다. 그즈음 빌딩 숲에 하나둘씩 결혼정보회사 사무실이 생겨났고 전면적으로 도로명 주소가 시행되었다. 가장 먼저 호들갑을 떤 사람은 역시나 세리였다.

─언니, 우리 동네 도로명 주소 들었수?

─그놈의 주소는 왜 전부 개명을 하고 난리라냐? 나는 당최 거북하더라. 귀에 낯설고 입에도 익지 않아서. 우리 동네 바뀐 주소가 뭔데?

─언니가 귀에 낯설고 입에 익지 않는 게 문제겠수. 우리 영업에 도움이 되면 짱인 거지. 언니, 내가 언니 밑에서 나와 커플 매니저로 어필하는 게 뭔 줄 아우?

애춘은 세리를 물끄러미 쳐다보았다. 나는 모르니까 네가 말해보라는 표정을 지었다.

─바로 내 이름이었다니까.

─네 이름이 뭐?

─내가 내 이름에 악센트를 넣는 거지. 내 이름이 뭐유?

얘가 나를 똥개 훈련을 시키나. 갖고 놀다가 제자리에만 갖다 놓아라, 애춘은 세리 하는 꼴을 지켜보았다.

─세리!

─사람들이 얼른 들었을 때는 새리인지 세리인지 알 수가 없잖겠수.

─그럴 수도 있겠네.

―커플 매니저 임세리입니다, 라고 고객에게 말할 때마다 아이가 아니라 어이랍니다. 시옷에 어이 리요. 앞으로 성을 빼고 세리라고 불러주세요.

―그래서 그게 효과가 있더라는 거냐?

―완전 백퍼. 처음 들을 땐 의아해하면서도 고객들이 내 명함을 유심히 들여다보더라니까.

―그래서 결론이 뭐야? 주소 얘기하다가 말았잖니.

애춘이 짜증스러운 목소리로 세리에게 다음 말을 재촉했다.

―거두절미하고 우리 동네 도로명 주소가 뭐유?

애춘은 바뀐 도로명 주소를 떠올려보았다. 예전 지번 주소라면 자다가도 튀어나올 테지만 그놈의 바뀐 주소는 입에 익지 않은 터였다.

―아이참! 언니는. 무한대로 사랑길 아니유?

―아, 맞다. 근데 그게 뭐?

―그게 뭐라니? 언니도 감 많이 떨어지셨수.

무. 한. 대. 로. 사. 랑. 길. 애춘은 입으로 되뇌어보았다. 세리 말대로 재미있는 주소라는 생각이 들었다. 하지만 애춘과 세리가 하는 일이 사랑과 무슨 상관이 있으랴 싶었다. 그것도 무한대로.

초인종이 울렸다. 세리가 온 모양이었다. 8차선 대로 하나만 건너면 주택가니 천천히 걸어도 10분이면 족했다. 동일한 주소여서 거기 아파트 아이들과 여기 아이들이 같은 학교에 다녔고 그 바람에 갭이 크다는 말도 간간이 들렸다.

"왔냐?"

"오빠는?"

오자마자 세리는 우식부터 찾았다.

"우식 씨 없다."

"언니는 곧 죽어도 오빠보고 우식 씨라고 하더라."

세리가 입을 삐죽거렸다.

"내 서방을 내가 어떻게 부르든 네가 왜 간섭이냐?"

"언니는 꼭 그렇게 말해야 직성이 풀려? 오빠가 이 시간에 집에 없으면 클럽에 출근한 거겠지."

"아니거든. 너도 혼자 앞질러 가지 좀 마라."

"그럼 어딜 갔는데? 오빠, 또 집 나갔수?"

"우리 하나가 병원에 있는데, 우식 씨가 집을 나갔겠냐? 일이 터져서 하나 보러 병원에 갔다."

"일이 터지다니? 무슨 일?"

"말하려면 입이 아프다."

"왜? 언니 말 좀 해봐."

하나와 세리는 친동기간처럼 지내왔다. 우애가 좋은 자매가 아니라 아옹다옹하는 자매라서 문제지만.

"상담 선생을 들이박았다지 뭐냐."

"오마야! 어쩐대. 의사 선생을?"

세리는 혀를 찼다.

"의사는 아니래. 입으로 뱉어봤자 속 타는 얘기는 관두고 공무원 사진이나 내놔봐라."

세리는 가방에서 남자 사진과 함께 프로필 서류를 꺼냈다. 출신 대학도 그런대로 빠지지 않았지만 인물은 지극히 평범했다. 길을 지나다가 수없이 마주치고 잊어버릴 만한 흔하디흔한 얼굴이었다.

"키는?"

"175센티라고 하는데 2~3센티는 올린 거 같아."

"사내놈들이 다 그렇지 뭐."

"아, 참. 언니! 여기 오다 보니까 약국이 하나 새로 생겼더라."

세리도 본 모양이다. 누군들 눈에 띄지 않겠는가 싶다. 애춘도 눈에 거슬렸던 터다. 큰길 건너에 병원과 약국이 널렸는데 누가 여기까지 약을 사러 오겠는가 말이다. 보통 병원 처방전으로 수입이 유지되는 게 요즘 약국이란 걸 감안하더라도 여기는 아니었다. 병원 틈새에 한 자리를 차지할 것이지 외떨어진 주택가의 구옥을 개조해서 약국을 개업한 주인의 의도는 정말 오리무중이다. 약국 이름도 마음에 안 들었다. 얼어 죽을 놈의 사랑 타령은!

"사랑 약국이 뭐유? 진짜 웃겨! 우리 같은 사람도 사랑으로 벌어먹기 힘든 세상에 약국까지 사랑을 빌미로 장사를 하려는 거 같아 기분 나쁘더라고. 내가 좀 예민한 건가? 그냥 이름만 그렇게 지은 걸 수도 있는데."

어쩐 일인지 세리가 오늘은 애춘의 마음에 쏙 드는 말만 골라서 했다.

"언니는 여기 토박이 아니유? 약국 주인이 누구야? 하필이면 여기에 약국을 낸 이유가 있을 거 아니유?"

"무슨 이유? 나도 모르지. 내가 아무리 여기서 오래 살았다고 하더라도 동네 사람들을 어떻게 다 알겠냐? 이런 빌라에서 내가 결혼중개업자로 살아온 것도 동네 사람들은 모를걸. 한창때는 사모님들이 드나들었으니까 눈치를 깐 사람들도 있었지만 지금은 거의 몰라. 동네 주민들도 여러 번 바뀌었고."

'사랑을 원하십니까? 당신의 사랑을 저희가 완성해드리겠습니다.' 약국 출입문에 새겨진 문구는 다소 선정적이었다. 무슨 뜬금없는 잡소리인지. 그래서 더 마뜩잖았다. 통유리 안으로 본 실내 인테리어는 제법 약국 모양새를 갖췄지만 실내는 어수선해 보였다. 눈에 띄게 예쁜 여자가 흰 가운을 입고 청소하는 모습을 본 적이 있었다. 그 여자가 약사인 모양이었다. 애춘도 진통제나 파스를 사러 간다는 핑계로 한번 들러볼 요량이긴 했다.

"언니! 혹시 우리 같은 부류는 아닐까?"

세리가 말하는 부류라는 게 뚜쟁이, 중매쟁이, 결혼중개업소, 결혼정보회사 등등이란 뜻일 게다. 약국을 전면에 내세운 뚜쟁이 약사라? 시골 오일장의 야바위꾼 같은 냄새가 물씬 났다. 8차선 도로 건너 결혼정보회사의 결혼 시장에서 밀려난 것은 참을 수밖에 없었다. 애춘에게는 그만한 경제력이 없었으니까. 하지만 사랑을 운운하는 약장수한테까지 밀린다면 왕년의 뚜쟁이 테두리 박의 체면이 말이 아닐 것이다.

"헛소리 집어치워라!"

애춘은 세리에게 되알지게 쏘아붙이긴 했지만, 약사의 미모와 약국에서 미끼로 던진 사랑을 원하느냐는 문구가 꺼림칙했다. 더군다나 고객의 사랑을 완성해주겠다는 게 뭔가. 그게 바로 중매쟁이가 하는 일이 아니던가 말이다.

"그래, 언니 공연한 일에 신경 쓰지 말고 초등학교 교사 명단이나 꺼내봐요. 우리는 우리 일에나 집중하자고."

세리도 대수롭지 않게 넘겨버렸다.

사랑의 묘약

한수애는 효선이 누워 있는 응급실 침대로 직행했다. 간호사가 링거를 확인하고 있었다.

"애는 괜찮은 건가요?"

"우선, 찢어진 피부는 치료했습니다. 환자가 안정을 취한 다음 외래 진료를 받고 귀가하세요."

효선은 눈을 딱 감고 수애에게 알은척도 하지 않는다.

보건소 소장에게 전화가 왔을 때 수애는 약국에 있었다. 개업한 지 날짜가 꽤 흘렀지만 실내는 어수선했다. 남편 최영광은 연구실에 박혀 코빼기도 보이지 않았고 약국 홍보 쪽은 손도 못 대는 실정이었다. 사랑 약국이 일반 약국과 같다면 수애도 신경 쓸 필요가 없다. 물론 사랑 약국에서 판매하는 제품은 식약청의 GMP 인증을 받은 의약품인 동시에 기능성 식품이다. 그래도 병원 처방전을 받은 의약품이 아닌 탓에 홍보는 제대로 해야 했다.

수애가 식약청 인증서 액자를 가장 잘 보이는 벽에 걸기 위해 의자를 딛고 올라갔을 때 전화벨이 울렸다. 의자 위에 올라선 수애는 눈으로 매대를 훑었다. 휴대폰이 어지럽게 널려 있는 매대 어딘가에 놓여 있으리란 생각에서였다.

그 순간 액자를 잡고 있던 손이 삐끗하면서 다리가 휘청했다. 생각이 다른 데로 쏠린 탓이었다. 순식간에 액자가 바닥으로 떨어지고 유리가 깨졌다. 그때까지도 전화벨은 줄기차게 울려댔다. 짜증이 머리끝까지 치밀었다. 겹겹이 쌓인 제품 상자들 사이에 삐죽이 나와 있는 휴대폰이 수애의 눈에 들어왔다. 의자에서 내려와 급하게 휴대폰을 집어 들었지만 액정 화면이 까맸다. 그제야 전화벨 소리가 휴대폰이 아니라는 걸 깨달았다. 이런 젠장! 수애는 탁자에 놓여 있는 유선전화를 쳐다보았다. 바락바락 울리는 벨 소리.

"여보세요."

신경이 곤두섰지만 일단 전화는 받았다. 시답지 않은 전화라면 욕을 한바탕해주리라 단단히 벼르면서.

"저기요, 거기가 최 선생, 그러니까 최효선 씨 댁인가요?"

이건 무슨 남의 다리 긁는 소릴까. 효선에게 용무가 있다면 그 아이 휴대폰으로 전화하면 될 일이다. 수애는 어수선한 실내와 유리가 깨진 액자를 망연히 바라보다 힘이 쭉 빠졌다. 내가 무슨 영광을 보자고 이 일을 벌인 걸까. 미련퉁이 남편을 부추겨가면서까지. 십수 년 전 임상실험으로 경찰서에서 연락을 받고 손을 벌벌 떨던 남편과 고등학교 생물 교사였던 남편이 오버랩되었다. 남편은 임상실험을 했다는 이유로 참고인 조사를 받았다. 그때 수애는 처음으로 자신이 고등학교 시절에 겪었던 그 일도 범죄가 될 수 있겠다는 생각을 했다. 액면가로는 엄연히 범죄였지만 팩트를 따지자 합의가 이루어진 사건이었다.

하지만, 그게 다는 아니었다. 수애는 머리를 절레절레 흔들었다. 수애 자신의 마음을 흔들었던 그것은 바로 야로였다. 수애가 경찰서에서 참고인 조사를 받고 나온 남편에게 예전 일을 따져 묻자 남편은 연구를 하지 않겠다고 선언하는 걸로 모든 걸 덮어버렸다. 연구를 하지 않는 남편은 나사 빠진 꼭두각시 인형 같았다. 시계추처럼 보습학원과 집만을 오갔다. 수애에게도 신경을 끊었다. 이전에는 의처증 환자처럼 수애를 단속하던 남편이었다.

페이 약사를 하면서 너무 이른 나이부터 생활에 묶여 지내온 수애였다. 남편이 수애에게 신경을 끄자 수애는 비로소 숨통이 트였다. 청바지에 티셔츠 하나만 걸치고 나가도 사람들의 시선이 자신에게 쏠린다는 걸 알게 되었다. 효선이 제동을 걸지 않았다면? 어디까지 갔을지 알 수 없는 일이다.

수애는 마음을 잡자마자 지하실로 내려갔다. 팔을 걷어붙인 뒤 빗자루와 손걸레를 들고 먼지와 거미줄이 뒤덮인 지하실부터 청소했다. 당시 남편은 나이가 많아 강사 자리도 위태로웠다.

―당신 좋아하는 거 다시 한번 해봐요. 그게 야로였던 탓에 내 팔자가 요 모양 요 꼴이 되었다고 해도요. 당신이 어깨 축 처져서 코를 쑥 빠뜨리고 다니는 꼴은 더 이상 못 보겠어요.

남편은 깨끗이 청소된 지하실을 우두커니 바라보았다.

─당신 연구로 우리 사업 한번 해봅시다.

─사업이라니?

좀생원 남편의 얼굴이 파래졌다.

─약국을 열고 제대로 홍보해서 한번 팔아보자고요. 약사 자격
증도 내걸고요. 그때도 식약청 승인은 받은 거였잖아요. 재신청을
해보자고요.

남편은 여전히 마뜩잖은 표정이었다. 남편의 반응은 예상했던
바다. 임상실험 때문에 경찰서를 드나들었던 것과 함께 수애가 물었
던 그 옛날 사건에 오금이 저릴 인사였다. 저런 주변머리 없는 사람
이 어떻게 나를 꼬드겼던 걸까. 그게 다 사랑의 힘이었다면 야로는
승산이 있는 게임이 틀림없다.

─어차피 학문 연구로는 물 건너간 일이고, 돈이나 벌어보자고
요. 보습학원 강사 하기에 당신 나이도 너무 많다면서요? 나도 이제
남의 밑에서 페이 약사 하는 게 힘들어요. 효선이 재도 그래요. 재
내세울 구석이 어디 있어? 인물이 반반하길 하나. 그렇다고 학력이
남들만 한가. 음악심리상담사? 그게 무슨 대단한 라이센스라고. 기
간제 근로자로 여기 몇 달 저기 몇 달 근무해봤자 알바 수준이라고
요. 우리가 기반을 잡아놓으면 결국은 다 효선이 게 되는 거잖아요.
경찰서에 갔던 일? 그건 잊어버려요. 미친 스토커 인간이 당신을 걸
고넘어진 거잖아요. 경찰서에서도 당신은 아무 잘못 없다고 했고요.
더 늦기 전에 우리 한 번만 더 해봅시다. 뇌 비아그라, 정신적 사랑.
누가 들어도 획기적인 아이템이라고요!

수애는 남편을 설득하느라 숨이 찼다. 며칠 고심하던 남편은 결

연한 표정으로 선언했다. 2~3년 말미를 달라고. 너무 오래 쉬었으니 시간이 그 정도는 걸린다고 했다. 일이 그렇게 되려고 했는지 남편은 보습학원에서도 권고사직을 당했다. 나이가 많아서 원생과 학부모가 꺼린다는 게 이유였다. 그 또한 예상한 일이었다.

2년 가까이 남편은 지하실에 처박혀서 연구에 몰두했다. 2년을 넘겼을 때 남편이 수애를 불렀다.

―바소프레신이라는 물질이 있어.

키스펩틴이 아니고? 수애는 머리를 갸우뚱했다. 수애를 늘 갸우뚱하게 했던 남편의 연구. 수애는 그걸 야로라고 불러왔던 것이다.

―일편단심 호르몬이라고 해야 할 거야, 아마도.

바소프레신은 한번 꽂힌 상대에게 순정을 바치는 호르몬이라고 했다. 그 호르몬 역시 마음을 움직이는 뇌 비아그라로 불린단다. 지난 2년간의 결실인 걸까. 그렇게나 빨리? 수애는 의아했다. 호르몬을 발견하는 것은 어렵지 않다. 하지만 호르몬을 추출, 개발해서 액체와 고체의 형태로 만드는 것은 쉬운 일이 아니다. 약학과를 나온 수애도 그 정도는 알고 있는 상식이다. 수애는 그 부분에 관해 남편에게 조목조목 따져 물었다. 남편은 얼굴이 붉어졌고 작은 눈동자가 초점을 잃었다. 혹시 야로의 실체가 키스펩틴이 아니고 바소프레신이었던 것은 아닐까? 남편과 수애 둘 중 누군가는 그 물질의 임상실험 대상자였을지도 모른다는 생각이 들었다.

수애는 넘어가기로 했다. 이제 와서 따진다고 달라질 건 아무것도 없으니. 과거를 되짚는 것은 시간 낭비일 뿐이었다. 그만큼 수애와 남편은 젊지도 않았고 기회가 많지도 않았다. 남편이 개발한 호르몬을 사업성 있는 제품으로 만들기 위해서 크게 세 가지 과제가 남았다.

첫째는 남편이 개발한 물질로 식약청 승인을 받아내야 한다는 것이다. 과거에 키스펩틴은 식약청 GMP 승인을 받은 바 있었다. 바소프레신 역시 승인받을 가능성이 높았다. 세상일에는 어눌한 남편이었지만 자기의 연구 분야에서만은 타의 추종을 불허할 만큼 천재라는 것을 누구보다도 수애가 잘 알았다.

두 번째 과제는 그 물질들을 기능성 의약품으로 제품화하는 것이다. 수애가 감당할 수 있는 과제였다. 제약회사에 줄이 닿아 있는 수애는 담당자를 통해 물질들을 당의정이나 젤리 형태로 제품화할 수 있었다. 상품명이나 제품 특성에 맞게 과일 향 첨가물을 넣으면 고객의 후각과 시각도 충분히 자극할 수 있을 것이다.

세 번째 과제는 상담 및 홍보다. 사랑 약국에서 판매하는 호르몬 제품은 일반 의약품이 아니다. 굳이 이름을 붙인다면 기능성 성호르몬제라고나 할까. 이른바 '사랑의 묘약'이다. 정신을 움직이는 뇌 비아그라 제품을 구매하는 소비자들의 마음을 읽고 그들에게 알려야 했다. 남편과 수애는 세 번째 과제를 딸인 효선이 맡아주길 바랐다.

수애와 남편은 오래간만에 의견의 일치를 보았다. 남편은 엄지와 중지로 손가락을 튕기며 따악, 소리를 냈다. 수애도 기분이 좋아졌다. 내친김에 두 사람은 침대로 직행해서 수년 동안 소원했던 부부의 회포를 풀었다. 수애와 사랑을 나누던 남편은 이불 속에서도 엄지와 중지를 튕겨 따악, 소리를 냈다.

그렇게 시작한 약국 개업은 순탄치만은 않았다. 호르몬 개발에만 천재성을 발휘한 남편은 약국 개업의 모든 진행을 수애에게만 맡겨놓고 나 몰라라 했다. 세 번째 과제를 담당하길 원했던 효선도 호락호락하지 않았다.

"최 선생이 안와골절이 되어서 수술해야 할지도 모른답니다. 수술을 하게 되면 보호자의 수술 동의서가 필요하답니다. 어머니한테 먼저 알려드리고, 저도 지금 가보려고 합니다."

효선이 기간제 근로자로 일하는 보건소 소장의 말인즉 내담자를 상담하다가 벌어진 일이라고 했다. 우울증 환자와 얘기 몇 마디 주고받고 그에 맞는 음악을 들려주는 게 효선의 일이었다. 말이 좋아 음악심리치료사지, 신경정신과나 보건소의 구색 맞추기 보조일 뿐이다. 그런데 수술이라니. 수애는 놀랍기보다 황당했다.

남편에게 말을 할까 하다가 관뒀다. 공연히 부산스럽기만 할 뿐이다. 수애는 안채로 가서 화장을 했다. 수애에게 화장은 옷을 차려입는 것과 같은 행위였다. 만약 효선이 폭력을 당한 것이라면 가해자를 만나야 할지 몰랐다. 수애는 보이지 않는 내면보다 눈에 띄는 외면이 사람의 가치와 수준을 결정짓는다고 믿는 사람이었다. 초라한 행색으로 나타나면 가해자에게 얕보이기 십상이다.

그런 제 어미의 의도도 모르고 효선은 수애를 보자마자 부루퉁한 표정이었다. 수애도 좋은 낯빛일 수 없었다. 약국도 엉망진창을 해놓은 채 헐레벌떡 달려왔건만. 효선이 수애에게 불만이 있다는 것은 십분 이해한다. 하지만 수애 입장에서도 할 말은 많다. 하늘을 향해 날갯짓 한번 제대로 해보지도 못하고 날갯죽지가 꺾인 수애한테는 효선이 버거운 짐이었다. 그래도 수애는 최선을 다했다. 아내로서, 엄마로서.

수애도 효선이 대학을 이공계 학과로 진학하길 원했다. 남편처럼 겉으로 표현은 하지 않았지만 내심 자신을 좇아 약학과에 갔으면 하고 바랐다. 그런데 엉뚱하게 실용음악과라니. 삼수까지 시키느라 뼈 빠지게 댄 학원비가 아까울 지경이었다. 대학을 졸업하고 취직을 못 한 딸은 음악심리상담사 자격증을 따겠다고 했다. 그래 좋다. 너 할 거 다 해보라는 마음으로 카드를 내줬다. 그런데 결국 또 이 꼴이다.

효선을 이렇게 만든 내담자는 이제 겨우 열일곱 살인 신경정신과 환자란다. 상담사라는 일의 특성상 정신과 환자 보호 차원에서 치료비나 보상 등을 요구하긴 어렵다고 했다. 누구에겐가 따지지도 못하는 상황이었다. 수애는 부아가 치밀었다.

"너는 환자한테 처맞으면서까지 이 일을 꼭 해야 하는 거냐?"

"그딴 말이나 하려고 온 거야? 수술도 안 한다고 하니까 이제 가봐!"

효선도 만만치 않게 짜증을 냈다. 수애는 효선의 콧대를 눌러줄 말을 찾다가 관두기로 했다.

"의사는 만나고 가야 할 거 아니야. 의사만 보면 네가 붙잡아도 갈게."

외래 진료실에서 효선의 이름을 불렀다. 수애는 효선의 뒤를 쫓아 진료실로 들어섰다. 의사는 컴퓨터를 돌려서 보여주었다. CT 촬영 영상이 떠 있었다. 흰색의 뼈 사이에 전선처럼 얽힌 혈관은 검은

색이었다. 인공위성으로 보는 지구의 어느 지역인 듯했다. 몇십만분의 1로 축소된 지도가 거기에 있었다.

"수술도 검토했지만 보존적 치료가 낫다고 판단했습니다."

"보존적 치료라고 하시면……."

"쉬운 말로 하면 그대로 굳힌다는 겁니다. 찢어진 피부를 꿰매는 외관상 치료는 했지만 부서진 뼈는 건드리지 않았습니다. 거기 뼈들이 워낙 약해서 수술로도 복원하기가 어렵거든요. 자연적으로 굳어서 서서히 붙길 바랄 밖에요. 그러려면 시간이 좀 걸릴 겁니다."

수애도 알고 있다. 안와골절이 몸을 과격하게 쓰는 운동선수들에게 흔히 발생하는 부상이라는 것을. 고작 열일곱 살 된 애송이한테 안와골절이나 당하다니. 덩칫값도 못 한 셈이었다. 보나 마나 효선은 이번 일로 근로 평가에 감점을 받을 테고 다음 기간제 근로자 신청에도 지장이 있을 것이다.

설명을 마친 의사의 시선이 수애를 향하는 게 느껴졌다. 바지씨들은 하나같이 똑같다. 승규의 뜨거운 눈빛도 마찬가지다. 정신 빠진 놈. 그놈을 욕하기 전에 효선한테 화가 났다. 사실, 효선의 짝으로 성에 차지 않는 남자였다. 그렇지만 효선이 좋다는데야 어쩌겠는가. 그렇게 좋아한다면서 제 남자 간수도 제대로 못 하는 주제에 뭐가 그리 잘났는지.

남자들은 왜 죄다 수애에게만 삘이 꽂히는지 모를 일이다. 젊은 시절 남편의 의처증도 다 그 때문이었다. 남편의 애꿎은 의심에 어깃장을 부리는 심산으로 남자를 만나기도 했고 어떤 놈팡이와는 연애 근처까지 가기도 했다. 그 때문에 사춘기 때 효선이 더 어긋나기도 했던 거였다.

"따로 주의해야 할 사항은요?"

수애도 웬만큼 알고 있었지만 의사에게 확인 차원으로 물었다.

"충격은 금물입니다. 시간이 치료제입니다. 당분간은 재채기나 기침도 조심하셔야 합니다. 두 분 관계가 어떻게 되는지요? 혹시, 환자분의 언니가 되시나요? 환자의 세안이나 머리 감는 것도 보호자가 도와주셔야 하거든요."

의사의 시선이 다시 수애를 향했다. 수애는 보일 듯 말 듯 한 미소로 대답을 대신했다. 대형 약국의 페이 약사 일을 오래 하다 보니 저절로 생겨난 습관이었다. 어디든 상냥하고 친절해야지만 장사가 되는 법이다. 약사도 예외는 아니다.

여자가 남자에게 보내는 웃음은 어떤 상황에서든 호감이 있다는 신호야. 넌 그걸 본능적으로 알고 있는 암컷이지. 남편이 수애를 닦달할 때 차디찬 표정으로 하는 폭언이었다. 사람 좋아 보이는 인상의 남편은 수애에게 모멸감을 주는 독설을 내뱉을 때는 소름이 끼칠 만큼 독했다. 그러는 당신은? 내 웃음에 정신이 나갔던 거잖아. 수애는 그 말을 목울대로 삼켰다.

"언니라고요! 아닌데요."

효선이 목소리를 키우며 의사 말에 반박했다.

"아, 네. 그렇군요. 하긴 환자분과 보호자분이 전혀 닮지 않긴 했습니다만……."

"엄마예요. 그것도 친엄마요."

효선은 싸한 표정으로 굳이 하지 않아도 될 말을 했다. 요즘 아이들 말로 완전 갑분싸였다. 효선은 평소라면 수애와 모녀 사이라는 걸 드러내길 죽기보다 싫어했다. 의사의 시선이 수애에게 꽂힌 데다 닮지 않았다는 말에 효선이 열을 받은 것이다. 효선 나름의 소심한 복수? 수애는 속으로 머리를 절레절레 흔들었다.

"아, 어머니셨군요. 어쨌든 환자분이 젊은 여성분이니까 각별히 신경 쓰십시오. 만약 함몰이 되거나 하면 미관상 큰 타격을 입을 수도 있거든요."

미관상이라고? 얘가 여기서 더 망가질 게 있을까? 사실 딸이라고 하지만 효선의 외모는 정말 아니었다. 고슴도치도 제 자식은 예쁘다고들 하지만 수애는 그 말 자체에 수긍하지 않았다. 못생긴 것은 못생긴 거다. 그게 자기 자식이라고 예뻐 보인다면 눈이 잘못된 것이다. 수애는 곁눈질로 효선을 쳐다보았다. 약국만 잘되면 성형을 해줄 것이다. 견적이야 꽤 나오겠지만 그때 가서 승규 따위는 발로 뻥 걷어차 버리라고 할 생각이었다.

"여기 계신 저희 모친은 자기 외모 관리하느라고 딸의 외모 따위에는 아무 관심이 없답니다."

효선은 시니컬한 표정으로 비아냥거렸다. 의사는 어안이 벙벙한지 헛웃음만 날릴 뿐이었다. 두 사람은 진찰실을 나왔다.

"얘, 너 펀치 한번 세다. 널 어떻게 말리겠니. 약국을 난장판을 해놓고 허겁지겁 달려온 나한테 꼭 그렇게 말해야겠니. 약국을 개업하는데 누구 하나 도와주는 사람이 없어서 나 혼자 동분서주하는 게 얼마나 힘든 줄 아니?"

수애도 폭발하고 말았다.

"그래서? 참 빨리도 오셨어요. 딸이 피를 철철 흘리고 응급실에 실려 갔다는데도 얼굴에 화장품을 처덕처덕 바르고 올 정신이 있었을까 몰라."

그 때문에 효선이 부루퉁해 있었던 것이다.

"그래서? 그렇게 잘난 너는 애송이한테 들이받히기나 하고. 무슨 대단한 벌이를 한다고."

수애도 좋은 말이 나갈 리 없었다.

"그러면 그렇지. 또 돈타령이지. 의사한테 눈웃음이나 치지 마. 쪽팔려."

기함하겠다. 제 아비 핏줄이 아니랄까 봐 효선까지 나서서 잡도리다.

"그래, 나는 돈에 미쳤다. 너는 누가 번 돈으로 대학을 나오고 상담자 자격을 딴 건데. 다 시끄럽고, 어떡할 거야? 눈 치료 받으러 다니면 보건소도 쉬어야 할 거 아니야. 기간제 근로자 자리를 마냥 비워둘 수도 없을 테고."

수애는 다음 말을 생략했다. 효선도 생각이 있으면 알아들으라는 식으로.

"그래서 날 보고 어떡하라고?"

"뭘 어떡해? 내 피 같은 돈으로 딴 자격증으로 약국에서 일하는 거지."

효선은 뚱한 표정으로 말이 없다.

"우리 셋이 한번 해보자. 수익도 삼등분하고."

수애는 자신이 말을 해놓고도 헛웃음이 나왔다. 우리 셋이라니.

세 사람이 우리라고 묶일 만큼 가족애가 있었던가. 시원스럽게 대답은 하지 않았지만 효선도 팔 할은 넘어온 듯했다.

두 사람은 집으로 돌아왔다. 효선은 대문을 통해 옥탑방으로 올라갔고, 수애는 외벽 쪽으로 유리 출입문을 낸 약국으로 들어왔다. 병원에 다녀오는 동안 남편은 지하실에서 나오지 않은 듯싶었다. 수애는 빗자루를 들고 깨진 유리부터 쓸어 담았다. 남편이 봤다면 소리부터 질렀을 것이다. 평소에는 순하디순한 것 같아 보여도 한번 머리가 돌면 걷잡을 수 없이 다혈질인 사람이었다. 수애는 길고 긴 한숨을 토해냈다.

페르난도 보테로 그림 속의 인물들

세리는 '사랑 약국'을 지나쳤다. 길거리에는 찬바람이 쌩쌩한데 약국에서 나오는 불빛은 따스해 보였다. 약국 안에서는 늙수그레한 노인이 뿔테 안경을 아래로 내리고 책을 읽고 있었다. 허름한 주택가 사이에 들어선 약국은 도무지 이해 불가다. 약국 상호도 메리트라고는 쥐똥만치도 없다. 세련된 단어가 좀 많은가. 세리의 머릿속에 떠오른 상호 몇 개만 간추려도 그보단 나을 것이다. 메디컬 약국, 무한대로 약국, 녹십자 약국 등등.

약국이 있던 자리는 식자재 납품 가게였다. 스티로폼 박스와 종이 박스가 길 밖에 가득 쌓여 있곤 했다. 그러던 어느 날부터 알루미늄 섀시는 닫혔고, 그 안은 컴컴했다. 섀시 문 바로 옆에 그 집 대문이 있었고, 담 너머로 보이는 집은 골목의 노후한 다른 집들과 비슷했다.

바로 그 창고가 약국으로 변신을 한 것이다. 나름 리모델링에 돈을 쏟아부은 듯 약국 전면은 통유리였다. 주위 배경에서 튀긴 했다. 칙칙하고 빛바랜 80년대 사진첩에 총천연색 컬러사진이 돌연변이처럼 끼어 있는 것처럼.

구옥들이 줄지어 있는 주택가를 벗어나 큰 도로 하나를 건너면 빌딩이 숲을 이룬 번화가가 펼쳐진다. 세리의 직장인 가시버시 사무실도 거기에 있었다. 커플 매니저 세리는 계약직이지만 정규 사원 못지않게 커플 성사 실적이 좋았다. 세리 말고도 계약직 직원이 몇 명 더 있었다. 회사는 계약직 직원들에게 정규직 티오를 내세워서 실적 경쟁을 시켰다. 세리도 다른 계약직 직원들과 커피도 나눠 마시지 않을 정도로 신경전을 벌이며 실적에 목을 맸다.

고객이 결혼정보회사에 발을 들여놓는 순간 커플 매니저의 경쟁은 시작된다. 고객이 원하는 조건과 외모를 맞춘 상대와 정해진 횟수의 만남을 주선할 때까지 고객에게 간과 쓸개를 다 빼줄 듯이 해야 한다. 그래야지만 고객에게 몇백만 원의 가입비를 유치할 수 있기 때문이다. 커플 성사가 자꾸 어긋나면 매니저들도 심드렁해지고 정해진 횟수 채우기에만 급급하게 된다. 그 시기에 이르면 세리는 애춘 언니한테 도움을 요청하기도 했다.

하지만 세리도 이제 안다. 정규직 티오는 원래 세리에게 없는 자리였다는 걸. 고등학교를 졸업한 세리는 정규직 자격에 함량 미달이었다. 커플 매칭을 하는 데 학력이 아무 상관 없다는 회사의 말을 곧이곧대로 믿었던 게 어리석었다.

정규직이 요원하다는 걸 알게 된 세리도 편법을 썼다. 커플 매칭 횟수만 채우는 방법으로 말이다. 마땅한 커플이 없거나 만남이 성사되지 않으면 뒷구멍으로 알바를 썼다. 이 바닥에서 마당발인 애춘 언니는 알바도 심심치 않게 소개해줬다. 알바비가 들어도 가입비가 만만치 않은 터에 수지 타산이 맞았다. 회사 모르게 매칭해준 커플에게 가입비에 준하는 소개비를 받은 적도 있었다. 회사가 정규직을 미끼로 세리를 이용하는 거나, 세리가 회사를 등에 업고 돈을 챙기는 거나, 도긴개긴이다.

결혼정보회사 커플 매니저들은 이런 꼼수로 자기 밥그릇 지키기에 연연했지만 애춘은 급이 달랐다. 커플로 성사가 될 때까지 최선을 다할 뿐 아니라 인생 조언을 통한 부부 싸움 방지 및 후속 조치 서비스까지 제공한다. 단순히 뚜쟁이라고 얕잡을 수 없는 짱짱한 포스가 애춘에겐 있었다. 이런 애춘이 요즘은 딸내미 때문에 코가 쑥 빠져 있다.

세리는 회사 근처 맛있다는 죽 전문점에 들러서 죽을 포장해 왔다. 상담사의 눈을 들이박은 하나는 상태가 더 나빠져 발작을 일으켰단다. 그 때문에 애춘과 우식이 속을 끓이고 있었다. 105호 현관문은 열려 있었다. 현관문을 잠그는 것도 잊어버린 모양이다. 현관문을 열자 거실 벽에 붙어 있는 뚱보 아저씨와 아줌마가 맨 먼저 보였다. 세리가 사 준 페르난도 보테로 그림이다.

애춘은 거실 소파에 누워 있다가 부스스 몸을 일으켰다. 그새 팍삭 늙어 보였다. 우식의 엄마뻘이라고 해도 믿을 만큼. 우식 오빠도 미쳤지. 저런 노인네랑. 세리는 말을 속으로 삼켰다. 다른 때 같으면 필터링도 하지 않은 본심을 마구잡이로 쏟아 냈을 것이다. 그걸 고스란히 듣고 있을 애춘도 아니었다. 단번에 육두문자와 함께 세리를 녹다운시켰을 것이다. 둘은 서로 할 말 못 할 말 다 하고 나서 술잔 부딪치는 걸로 화해하곤 했다. 어쨌든 지금은 때가 때이니만큼 몸을 낮춰야 하리라.

이 바닥에서 애춘은 보통 수완가가 아니다. 마구잡이로 상대할 사람과 수준급 고객을 대할 때 태도가 백팔십도 달라지는 것만 봐도 혀를 내두를 정도였다. 지난번 7급 공무원 남자한테도 맞춤한 상대를 골라 매칭해 벌써 서너 번 데이트를 진행하는 중이었다.

"언니, 내가 죽 사 왔거든. 이거라도 먹고 기운 좀 차려요."

세리는 죽이 든 종이 백을 애춘에게 들이밀었다.

"우리 하나는 병원에서 저러고 있는데, 어미가 되어서 먹을 거 다 찾아 먹게 생겼니. 내가 입맛이 똑 떨어졌어."

애춘이 손사래를 쳤다. 세리는 애춘의 눈치를 살폈다. 공무원과 초등 교사 커플이 그런대로 잘 되어가는 눈치인데, 초등 교사한테서 컴플레인이 들어왔다. 어떻게 해결해야 할지 애춘에게 조언을 들어야 했다. 애춘이 커플 고민의 해결사로 등극한 것은 애춘의 자신감도 한몫했다. 우식과의 연애를 결혼으로 골인한 애춘이라면 세상의 모든 남녀 커플 성사는 식은 죽 먹기일 테니까.

"그놈의 계집애가 상담사를 들이박은 날 말이다. 무슨 말인가 했다는데, 그걸 아무도 못 들었다고 하네."

"어머! 하나 실어증이 치료된 거유?"

"그걸 모르겠어. 그 상담사한테는 입을 열었다는데, 그 이후로는 또 입을 닫고 있으니, 원."

"언니, 상담사를 만나봐요. 사과도 할 겸 한번 찾아간다고 하지 않았수?"

"그렇지 않아도 우식 씨가 보건소에 알아보니까 상담사가 보건소를 관뒀다지 뭐냐?"

"하나 때문인가?"

"상담사 눈을 밤탱이로 만들어놨다니 식겁을 했겠지."

"그렇겠다. 하나 걔도 그 성질머리 좀 죽여야 해. 걔가 성질부릴 때 보면 딱 언니 아니유? 오빠야 좀 순한 사람이유."

"시끄러! 넌 꼭 잘 나가다가도 한 번씩 사람 염장을 지르더라."

"미안, 미안."

"그런 그렇고, 너 하나한테 무슨 말 들은 거 없냐? 병원에 입원하기 전에 말이야. 애한테 우리가 모르는 무슨 고민이 있었던 건지도 모르잖아. 혹시라도 너한테는 무슨 말이라도 흘린 게 있는지 한번 생각해봐."

"오빠가, 그러니까 즈 아빠가 그래서 그런 걸까?"

애춘이 눈을 치켜떴다. 가족끼리도 피하고 싶은 얘기여서 세리와 하나도 대놓고 얘기한 적은 없었다.

"설마, 새삼 그것 때문에 발작을 일으키고, 칼로 그런 끔찍한 일을……."

"오빠는 어디 갔수?"

"목구멍이 포도청인데 어쩌겠냐. 클럽으로 출근했지."

배운 게 도둑질이라서 어쩔 수 없다는 투로 들렸다. 우식도 하나 때문에 속이 말이 아닐 텐데. 이 집 부부는 서로 맞지 않아서 싸움을 밥 먹듯 해도 하나 문제만은 마음을 합해 머리를 맞대곤 했다. 그 때문에 세리는 하나가 공연스레 미워지는지도 몰랐다.

"언니가 오빨 좀 닦달했겠수."

돈에는 인정사정없는 애춘임을 알기에 볼멘소리가 튀어나왔다.

"야, 임세리! 너 혼자 우식 씨 위하는 척 좀 그만할래. 그 인간이 제 발로 기어나간 거야. 차라리 뚜쟁이 소릴 들으면서 돈을 벌지 그 인간이 거길 나가는 게 나라고 좋겠니? 나도 싫어. 또 지랄병이 도질까 봐 마음이 조마조마하다고."

애춘과 세리는 우식을 놓고 서로 으르렁거리면서도 우식의 지랄 병이 도질지 모른다는 것에 부아가 치미는 건 동병상련이었다.

"언니가 그렇게 오빠를 쪼아대니까 오빠가 자발적으로 자기 거시기를 그렇게 했다는 거 아니유. 다 언니 때문이야. 어휴! 속이 상해 죽겠어."

"어쭈, 얘 봐라. 네년이 왜 속이 상하니? 우리 하나만으로도 속 시끄러운데, 네년까지 내 오장을 쑤셔야겠냐?"

애춘이 소리를 빽 질렀다. 우식은 애춘과 세리는 물론이거니와 세상 언년에게도 관심이 없는 남자였다. 그런 우식이 자발적으로 화학적 거세를 하고 왔단다. 그 이유를 거슬러 올라가면 오래전 애춘이 우식을 자빠뜨린 게 문제였다. 아니다. 그 또한 문제가 아니다. 남의 가정사일 뿐이다. 더 큰 문제는 우식을 향한 세리의 마음이다. 애초에 세리가 우식에게 마음이 없었다면 애춘을 질투했을 리도 없고 우식이 화학적 거세를 하고 왔다는 것에 속이 상할 리도 없다.

"언니, 미안! 보건소에서 상담사 집 주소를 좀 알아보지 그랬어."

"집 주소는 알아놨지. 근데 상담사 집이 어딘 줄 아냐?"

"어딘데?"

"이 동네다. 너랑 저번에 얘기했던 데 있지. 새로 생긴 약국."

"사랑 약국 말이유? 어머, 거기야?"

"그렇더라니까."

"웬일이유! 세상 참 넓고도 좁아."

"그런데 그 약국이 이상 야리꾸리한 데 같아."

"이상 야리꾸리? 약국이 이상할 게 뭐 있어?"

"사랑에 관한 약을 판다나 어쩐다나."

"그럼, 그냥 상호가 아니었단 말이유? 정말 사랑을 파는 약국이 었구나!"

약국이라서 그렇지 사랑을 파는 게 이상할 건 없지 않나. 세리 는 머리를 갸웃거렸다. 그렇게 따지자면 뚜쟁이 테두리 박이나 커플 매니저인 세리도 사랑에 관계된 일을 하는 사람이다. 그렇다고 누군 가가 자기네를 두고 이상 야리꾸리하다고 말하지는 않을 것이다.

오히려 세리가 살아온 인생이 더 얄망궂다. 30대 중반을 넘긴 세리야말로 인생 풍파를 겪을 만큼 겪어온 사람이었다. 전기 배선 기술자였던 아빠가 전기 누전 사고로 한쪽 팔을 잃어 2급 장애인이 되기 전까지 세리는 행복했다. 그림에 재능이 있었던 세리는 예중 을 다녔다. 하지만 불행이란 놈은 연달아 오는 카드 청구서 같았다. 장애를 비관한 아빠는 술로 세월을 보냈고 엄마는 허드렛일로 생계 를 감당했다. 혈압과 당뇨로 쓰러진 엄마는 배에다 인슐린 주사를 직접 찌르면서 버텼지만 반신불수가 되었다. 어느 해 지독히 추웠던 겨울, 알코올중독자로 떠돌던 아빠는 서울역 노숙자들 틈새에서 동사했다. 세리는 장례 치를 돈이 없어서 무연고 행려병자로 아빠를 보내야 했다. 고등학교를 졸업한 세리가 막 미대에 합격했을 때였다. 대학 입학은 꿈도 꾸지 못할 사치였다.

알바를 전전하다가 먼 친척의 소개로 애춘의 비서 겸 경리로 취직했다. 매달 들어가는 엄마의 요양원 비용을 감당해야 하는 세리로서는 찬밥 더운밥 가릴 처지가 아니었다. 애춘이 걸핏하면 읊어대는 인생 역경이 세리 자신과 닮았다는 것에 강한 동질감을 느꼈다. 하지만 성질이 만만치 않은 애춘의 비위를 맞추는 일이 쉽지만은 않았다.

애춘에게 호되게 까이는 날이면 우식이 세리에게 캔맥주를 건네며 위로하곤 했다. 세리가 만났을 때부터 우식은 임자 있는 사람이었다. 아이까지 있는 유부남. 하지만 사랑에는 국경도 나이도 없다고 하지 않은가. 그때까지 세리는 새까맣게 몰랐다. 우식과 애춘의 남다른 사연을. 나이 차이가 심하게 나긴 하지만 혼인신고를 한 부부였고, 딸도 있는 멀쩡한 가정인데 상상도 할 수 없는 일이었다.

캔맥주를 건네는 우식의 손가락에 세리의 시선이 닿았다. 남자의 것이라고는 믿기지 않을 만큼 가늘고 긴 손가락은 너무 하얗고 투명해서 피부 바깥으로 연녹색 실핏줄이 내비쳤다. 하얀 캔버스에 드로잉을 하기 위해 4B 연필을 쥐면 딱 좋을 손가락이었다. 톤이 낮고 느린 우식의 목소리도 세리 귀에 꽂혔다. 누군가는 우식을 보고 피죽 한 사발 얻어먹지 못해 비린내 나는 사내라서 재수 없어 보인다고 말하기도 한다. 사실인즉 그랬다. 밋밋한 외모와 비실비실한 체구만 보면 매력은 찾아보기 힘들었다.

— 하나 엄마가 성질은 좀 있어도 나쁜 사람은 아닌 거 알고 있죠? 근데 아가씨 이름이?

— 세리예요.

— 아, 새에…… 리이…….

눈에 콩깍지가 씐 세리의 눈에는 우식의 어눌함도 예사롭지 않았다.

— 아이가 아니라 어이예요, 어이.

세리는 세련된 이름이라는 걸 어필하고 싶은 마음에 악센트를 넣어가며 강조했다.

— 아하, 새, 리가 아니라 세, 리! 그럼 성은?

— 성까지는 별로 말하고 싶지 않네요. 내 이름을 우리 아빠가 지어줬거든요. 아빠는 내가 화가가 되길 바라면서 이름을 지었대요. 하지만 결국 아무것도 해준 게 없는 셈이죠. 자기 성을 물려준 것밖에는. 그래서 난 아빠가 미워요. 하지만 그래도 내 이름은 맘에 들어요. 꼭 강아지 이름 같지 않나요? 다음 생에도 이렇게 살 거면 차라리 부잣집 개로 태어나는 게 나을 것 같아요. 매칭되는 젊은 커플들을 보면 되게 부럽더라고요. 부모 잘 만나서 누릴 거 다 누리고 공부도 할 만큼 하고, 자신의 꿈도 찾고 거기다 배우자도 잘 만나고. 참 행복한 인생들이에요.

— 세리 씨, 너무 자조적이네. 아직 앞날이 창창한데 그런 생각 하지 말아요. 나 같은 사람도 사는데…….

70

우식은 쓸쓸한 표정으로 세리를 위로했다. 드세고 거친 애춘과
는 도저히 어울릴 것 같지 않은 남자였다. 누가 봐도 안 어울리는
부부에게는 사연이 있기 마련이다. 골키퍼가 있다고 골이 안 들어
가겠냐는 말이 무슨 격언처럼 세리의 후두부를 치고 지나갔다. 애
춘 밑에서 일을 배우면서 커플들의 사연을 귀동냥해서 들은 게 있
었다. 다 된 커플들도 결혼식장에 들어가기 전까지는 장담하지 못
한다고. 신혼여행에서 깨지는 커플들도 왕왕 있다고. 알고 보면 커
플 중 한 명이 다른 이성에게 마음을 주고 있었던 까닭이라고. 죽고
못 살게 좋아하던 커플도 막상 부부로 살다 보면 원수 같아지는 게
사랑의 농간이라고.

세리는 자신이 좋아하는 화가인 페르난도 보테로 그림을 우식
에게 선물로 주었다. 오빠도 언니처럼 살 좀 찌세요, 라는 농담과 함
께. 그 그림은 우식보다 애춘이 더 좋아해서 애춘의 빌라 거실 벽을
차지했다.

─미친년! 너, 우식 씨한테 마음 있지? 꿈 깨라.

우식보다 눈치를 먼저 챈 사람은 애춘이었다. 어떻게 알았을까.
오줌을 다 지릴 지경이었다. 세리는 애춘에게 머리채를 잡힐 각오를
했다. 그런데 생각보다 애춘은 차분했다.

─너, 그런 말 들어봤지. 사랑에는 국경도 없다는 거. 근데 그건
구닥다리 같은 옛말이다. 요즘 사랑에는 남녀도 없는 법이다.

이건 무슨 스무고개 같은 수수께끼일까? 애춘이 어떤 의도로
화두를 던진 것인지 아리송하기만 했다. 세리는 머리에 쥐가 나기
시작했다.

―언니, 잘못했어요. 맹세코 오빠랑은 아무 일도 없었어요.

―그럼! 잘못이야 골백번도 더 한 거고. 그런데 세리야, 네가 헛다리 짚어도 단단히 짚었다는 것만 알아두라는 거지.

애춘 말대로 헛다리 짚은 것은 맞다. 딸까지 있는 유부남한테 눈독을 들였으니 말이다.

―우리 우식 씨는 세상의 모든 여자가 나체쇼를 해도 눈길 한번 주지 않을 남자라는 게 요점이다. 알겠냐? 그러니까 너 따위가 우식 씨 앞에서 눈웃음을 살살 친다고 넘어갈 사람이 아니라는 거다.

애춘은 쉽게 알아들을 얘기를 빙빙 돌려서 하는 재주가 뛰어났다. 뚜쟁이 테두리 박의 진가가 발휘되는 부분이었다. 조건에 맞춰 배우자를 찾고자 하는 선남선녀들에게 빙빙 에둘러서 자신의 위치를 찾게 해주는 영업 마인드는 타의 추종을 불허할 정도였다. 웬만한 여자한테 눈길도 주지 않는다는 우식의 높은 콧대를 어필하는 데 사설이 긴 편이었다. 그래도 어쨌든 애춘한테는 홀라당 넘어간 것이 아니던가. 그렇게 콧대 높은 우식을 자신이 차지했다고 자랑이라도 하는 걸까?

―너, 게이 알지?

열심히 머리를 굴리는 세리에게 애춘이 훅, 치고 들어왔다. 세리는 잠시 멍한 채로 시야가 좁아지고 있는 걸 느꼈다. 게이를 모르는 사람도 있나? 지금 이 타임에 그 말이 적절하기나 해? 그게 뭐? 세리는 애춘에게 되받고 싶었다.

―우식 씨가 바로 그 게이야.

세리는 머릿속이 띵해지면서 뇌 자체가 몽땅 휘발되는 기분이었다. 애춘은 어떻게 게이와 결혼해서 하나를 낳은 걸까? 세리는 끝내 애춘에게 묻지 못했다. 애춘 말대로 사랑은 성별의 구분도 없는 것처럼 성 정체성이라는 벽도 뛰어넘은 것이라고 결론지었다. 게이인 우식이 애춘에게 어떻게 넘어갔는지는 최대 미스터리로 남겨둔 채.

"비아그라 전문 약국인 거유?"

세리가 사랑 약국에 대해 생각할 수 있는 이상 야리꾸리의 임계점은 그뿐이었다.

"글쎄다. 그것도 아닌 것 같아. 마음을 움직이는 효력이 있다지, 아마."

"언니는 가보지도 않았다면서 어떻게 알았수."

"우식 씨가, 하나 아빠가 뭘 좀 찾아봤나 봐."

"인터넷에서?"

"그렇지, 뭐. SNS에 약국 홍보가 떠 있다고 하더라."

"근데 하나 상담사는 거기서 뭘 하는 거유?"

"글쎄다."

"약사는?"

"약사도 있더라. 나도 지나가면서 몇 번 본 적이 있는데 한 미모 하는 여자가 하얀 가운을 걸치고 약국을 지키고 있더라고."

세리는 오는 길에 약국에서 본 노인이 생각났다.

"노인도 한 명 있지?"

"노인?"

"응. 올 때 꼭 이 보테로 그림 속에 있을 법한 뚱뚱한 노인네가 약국에 앉아 있는 걸 보고 왔거든. 거긴 이름을 사랑 약국이 아니라 보테로 약국이라고 지었어야 해."

세리가 킥킥 웃으며 말했지만 애춘은 듣는 둥 마는 둥 건성으로 대답하고는 세리가 사 온 죽을 슬쩍 끌어당겼다. 아무리 속이 상해도 허기를 참는 것은 용서 못 하는 애춘이다.

"언니 좀 드실라우."

"속도 허출한데 몇 숟갈 떠볼까."

애춘은 마지못한 양 죽 뚜껑을 열었다. 입맛이 없다면서 몇 숟갈만 뜬다더니 죽 한 통을 순식간에 해치웠다. 저러니 테두리 박이라고들 하지. 저런 여자와 사는 우리 우식 오빠만 불쌍한 거지. 세리는 애춘을 비웃다가 스스로가 한심해서 슬며시 웃음이 배어 나왔다. 우식이 여자 보기를 돌 대하듯 한다는 걸 알면서도 자신이 애춘보다 여자로서 여러모로 괜찮다는 계산을 하고 있는 이유를 알다가도 모르겠다.

"야, 이것아! 너 지금 속으로 내 흉봤지. 저러니 살이 쪘다고."

애춘은 숟가락을 쥐고 있던 주먹으로 세리를 을러대는 시늉을 해 보였다. 농담처럼 건네는 제스처였지만 애춘 역시 본심을 담은 듯했다.

"언니는, 참! 죽 한 통 잘 드시고, 공연히 트집을 잡을 건 뭐유? 이상 야리꾸리하다는 약국 얘기나 계속해봐요."

"거두절미하고, 지금 이 시대에 뭔 말라비틀어질 사랑 타령이라냐. 난 그렇게 생각한다 그거지."

애춘이야말로 사랑을 두고 말라비틀어졌다고 빈정거릴 처지는 아니다. 사랑인지 욕망인지 뜨거운 몸을 주체하지 못해 우식을 한 입에 꿀꺽 삼켜버린 사람이 아니던가. 하나를 빌미로 심성 착한 우식의 발목을 꽉 붙들었으니 말이다.

"사람의 마음을 움직이는 뇌 비아그라라고 하던가. 정신이 어쩌고 에로스의 화살이 저쩌고. 그걸 먹으면 사랑이 이루어진다나, 어쩐다나."

점점 모를 소리다. 사랑에는 육체가 따라붙기 마련인데 뇌를 움직인다니. 세리는 순간 스파크가 튀었다. 어쩌면 자신이 찾고 싶던 명약일 수도 있었다.

"아무나 살 수 있는 약인 거유?"

세리의 눈빛이 달라졌던 걸까?

"왜? 너 관심 있구나."

"언니도 관심 있는 거 아니유? 우식 오빠와 부부 관계 개선을 위해서라도 말이유."

"난 필요 없다. 지금 이 나이에 새삼 사랑 타령은! 글쎄 내가 짝 지어준 커플들한테나 권하면 권했지."

"언니는, 그래서 안 돼!"

"내가 뭘?"

"언니와 오빠가 그걸 사 먹고, 하나 동생 만들 수도 있는 일 아니유."

"그게 그렇게 될 수 있는 거더냐? 얘, 얘! 거시기에 손까지 댄 그 인간이 행여나 내가 여자로 보이겠냐? 아니, 아니지. 언놈으로 착각해서 보이겠냐?"

애춘은 갑자기 방귀를 두어 번 붕붕거렸다. 궁둥이의 한쪽을 비스듬히 들어가면서. 세리는 코를 감싸 쥐며 질색했다.

세리는 애춘의 집을 나와서 무한대로 지하철역 입구에서 아차 싶었다. 공무원을 매칭해준 초등학교 교사의 컴플레인을 애춘에게 조언받으러 왔다는 사실을 그제야 깨달은 것이다.

그건 유혹의 시그널일까?

승규는 한파주의보가 내렸다는 일기예보가 예사로 들리지 않았다. 기온이 급격히 내려가면 자동차들도 몸살을 앓기 마련이다. 노후 차량일수록 더더욱. 내일은 고장 차량이 밀려와서 눈코 뜰 새가 없을 것이다.

하나뿐인 직원인 이환이 허공에 매달린 자동차 밑에서 타이어를 분리하고 있었다.

"그 차만 수리하고 퇴근해라."

승규는 기름때 묻은 작업복을 수건으로 털면서 말했다. 별다른 대꾸가 없었다.

승규는 성격이 쾌활하고 씩씩한 이환이 마음에 들었다. 카센터를 차린 후 다음 해에 수습생으로 들어왔는데 손재주와 눈썰미가 있어서 일을 부릴 만했다. 그런데 근래 들어 뭐가 못마땅한지 부루

통한 날이 많았다.

승규는 자동차 1급 정비사다. 공업계 고등학교를 거쳐 전문대 자동차학과를 졸업해 자동차 검사 분야에도 빠삭했다. 대학 졸업 후 대기업 자동차 정비사와 학원 실습 강사를 병행하면서 자동차 정비 기술이라면 누구한테도 꿀리지 않을 정도가 되었다. 자기 기술을 믿는 사람이 대부분 그렇듯 승규도 수입이 생기는 족족 쓰는 바람에 저축한 돈이 별로 없었다. 그나마 카드빚이나 대출이 없는 게 다행이라면 다행이었다. 마흔을 넘기면서 남의 밑에 있는 것도 싫증이 나던 차에 대출을 받아 2년 전 카센터를 차렸다. 목이 좋은 곳은 아니었지만 대기업 자동차 정비사였던 이력과 탁월한 기술 덕인지 알음알음 찾아오는 고객으로 현상 유지는 되었다.

승규는 이환이 퇴근하는 것을 지켜보다가 카톡 메시지 하나를 날렸다. 시간이 나면 잠깐 보자는 메시지. '1'자가 지워지지 않았다. 공연히 안달이 났다. 며칠 보지 않고 지내다가도 문득 보고 싶다는 생각이 들면 견디기 힘들었다. 뒷정리를 하고 옷을 갈아입으면서도 휴대폰 카톡을 수시로 확인했다. 급한 마음에 전화를 걸까, 하다가 이내 마음을 접었다.

'까똑' 하는 신호음. 반가운 마음에 휴대폰을 열었다. 그러지 않아도 한번 보려고 연락을 하려던 참이었단다. 웬일일까? 승규의 연락에 늘 야박한 사람이었다. 씹히기가 일쑤였고, 짧은 단호박 답신도 겨우 받아내곤 했다.

승규의 엄지가 바빠졌다. 거기서 보자는 말 말미에 적당한 이모티콘을 찾아서 붙였다. 잠깐이라도 그녀를 웃음 짓게 하려고 구입한 토끼 시리즈 이모티콘. 역시 묵묵부답이다. 얄미운 사람. 승규는 두 눈을 찡그리고 혀를 내미는 이모티콘을 보냈다. 승규의 마음을 여실히 드러낸 것일지도 몰랐다.

그녀를 만난 것은 1년 전이다. 이환이 수습생으로 들어온 지 서너 달 정도 되었을 때였다. 주행 중에 엔진이 떨어진 차량이 입고되었다. 두 여자가 타고 있었는데, 몸집이 큰 여자가 운전을 했고 늘씬하게 몸이 잘빠진 여자가 조수석에 타고 있었다. 두 여자의 생김새는 한눈에 봐도 차이가 났다.

보닛을 열어보는 승규 옆에서 운전자는 1년 전 큰 사고에 관해 이야기했다. 차선을 변경하려다 달려오는 차를 피하려고 핸들을 과하게 꺾는 바람에 중앙선을 넘어 가드레일을 들이박았단다. 운전자는 보험회사에 연락했고 보험회사와 거래하는 공업사에서 차를 견인해 갔다. 다행히 운전자는 멀쩡했고 엔진도 이상이 없었지만 적지 않은 금액의 견적이 나왔다. 수리비를 보험으로 처리했고 1년 가까이 차량을 운행해왔다. 그런데 그날 4차선 도로 사거리에서 시속 20킬로미터가 채 안 되는 속도로 우회전하려는데 갑자기 차체가 덜컹거리더니 드르륵거리는 쇳소리와 함께 시동이 꺼졌단다. 시동은 다시 걸렸지만 가속페달이 움직이지 않았고 차에서도 쇳덩어리 굴러다니는 소음이 계속 들렸다. 두 여자는 도로 우측에 위치한 승규의 카센터를 발견하고 차를 입고한 것이다.

아니나 다를까 1년 전 사고가 원인이었다. 그때의 충격으로 차체와 연결된 엔진의 탈 장착 마운팅의 고정 볼트에 금이 간 것을 공업사에서 제대로 살피지 않고 차를 출고해버린 것이다. 견적이 100만원 이상으로 나왔다.

　─들었지? 그때 사고가 원인이라잖아. 운전도 못하면서 차를 끌고 나간 게 영 미덥지 않더라니.

　덩치가 큰 여자가 호리호리한 여자에게 짜증을 냈다.

　─지난 일을 뭘 다시 거론하는 거냐? 이번엔 네가 운전했는데도 이 꼴이잖아. 너는 왜 꼭 내 탓만 하는 거니?

　호리호리한 여자도 만만치 않게 신경질을 냈다.

　─그럼 누구 탓을 해? 지금 여기 사장님도 말씀하시잖아. 작년에 낸 사고가 문제라고. 그러게, 내가 뭐랬어? 면허 따자마자 겁도 없이 차를 몰더라니.

　─어차피 네가 차 수리비 낼 것도 아니잖아.

　듣고 보니 1년 전 사고는 조수석 여자가 낸 것이었다. 초보운전이던 여자의 운전 미숙으로 일어난 사고였다. 티격태격하는 대화에서 두 사람이 모녀 사이라는 걸 알게 되었다. 도저히 모녀지간이라고는 믿기지 않게 닮은 구석이 없는 두 여자는 외모도 나이도 어딘가 이상했다. 승규는 엄마라는 여자에게 눈길이 갔다. 보기 드문 미인이었다. 그에 비해 딸인 여자는 밀가루 반죽을 주물러놓은 듯 두루뭉술했다. 승규는 둘이 친 모녀가 아니다, 에 한 표를 던졌다.

　승규는 1년 전 사고 수리를 했던 공업사와 보험회사에 전화를 걸었다. 수리 후 보증기간이 1년이란 걸 강조하며 책임 추궁을 했고 1년 전 사고로 인한 탈 장착 마운팅의 문제를 따졌다. 보험회사에서는 사진을 요청해왔고 승규는 그대로 찍어 보냈다. 보험회사와 공업사가 서로 연락했는지 자기네들이 수리비를 물어준다고 답이 왔다.

승규가 아니었다면 100만 원이 넘는 수리비를 고스란히 떠안아야 했던 두 여자는 고마워서 어쩔 줄 몰라 했다.

—사장님은 골치 아프게 뭐 그런 수고를 해주세요.

이환은 사진을 찍으면서 툴툴거렸다. 딴에는 이환 말도 맞았다. 굳이 승규가 나서지 않아도 될 일이었다. 자신이 베푼 지나친 친절의 화살이 어느 틈에 과녁을 향해 날아가고 있는지도 몰랐다.

—인석아! 이게 다 고객 유치와 단골 확보 차원인 거야. 내 깊은 속을 네가 어찌 알겠냐.

—예에, 사장님! 몰라뵈었네요.

수리를 마치고 차가 출고될 때까지 승규는 최선을 다했다. 바람대로 여자는 카센터의 단골이 되었다. 자주 보면 정이 드는 걸까. 어느 순간부터 승규를 대하는 딸의 눈빛이 달라졌다. 처음에는 승규가 쏘아 올린 화살에 오류가 발생한 게 아닐까 하고 뜨끔했지만 그게 다가 아니라는 건 승규가 더 잘 알고 있었다. 승규의 친절이 고객 유치와 단골 확보라고 했던 것은 순전히 자기변명에 지나지 않았다. 여자에게 행하는 남자의 친절은 수컷의 본능일 뿐이었다.

승규가 날린 화살의 과녁은 여자의 엄마였다. 첫눈에 반한 것이다. 하지만 현실의 벽은 녹록지 않았다. 엄마라는 사람은 카센터에 코빼기도 내밀지 않았고 승규와의 끊임없는 썸씽을 유도하는 쪽은 딸이었다. 핀트가 안 맞아도 너무 안 맞았다.

—그분은요? 왜 같이 안 오셨어요?

엔진오일을 교환하러 온 여자에게 승규는 수컷 본연의 기질을 여지없이 드러냈다.

—누구요?

—그때, 조수석에 타고 계셨던 분요.

—아, 울 엄마요.

—그분이 정말 고객님의 친어머니란 말이에요?

—왜요? 계모 같아요?

—역시! 친어머니가 아니었군요. 어쩐지. 어머니는 상당한 미인이
시던데.

말실수를 했구나 싶었지만 이미 던져진 직구였다.

—사장님 되게 웃기신다. 친엄마 맞거든요. 그렇게 안 닮았나요.
잘 생각해보세요. 붕어빵처럼 닮은 데가 있을 테니까요.

—실례가 되는 줄 알지만 나이가…….

—제 나이요?

여자가 수줍은 미소를 띠며 얼굴이 붉어졌다. 살짝 어처구니가
없었다.

—아니, 그쪽 말고 어머니 말이에요!

모르겠다. 승규의 모든 말과 행동이 여자한테 청신호로 전달되
었다면 할 말은 없다. 딸은 승규에게 적극적이었다. 사랑에 눈이 먼
사람은 모든 상황을 자기 구미에 맞게 짜 맞추려는 경향이 짙은 법
이다. 마음이 가는 이성의 일거수일투족이 자신을 향하는 것이라
는 의미 부여에 모든 감각을 할애하고 믿어버리는가 보다. 그리고
그 착각은 오랫동안 지속되고 화석처럼 굳어지기 일쑤다. 자기 눈에
서 콩깍지가 벗겨지기 직전까지. 여자도 승규에게 그랬던 게 아니었
나 싶다.

─사장님, 우리 친구 해요. 띠동갑도 동갑이니까요.

그녀의 딸은 막무가내로 찍어다 붙이기 명수였다. 승규는 딸이 내미는 손을 엉겁결에 잡았다. 무의식중에도 딸 뒤에 있는 그녀의 존재를 인식했음이 틀림없다. 그녀에게 한 발이라도 다가가려면 디딤돌이 필요했으므로.

약속 장소는 지하였다. 승규가 여러 가지 핑계를 대서 그녀와 두어 번 만났던 장소이기도 했다. 밀회 장소로는 적당히 어둑하고 폐쇄적인 공간이 안성맞춤이긴 하다. 승규는 공연히 달뜬 마음으로 지하 계단을 성큼성큼 내려갔다. 주인은 승규를 구석 자리로 안내했다. 눈인사만 익혔을 뿐 개인적인 교류는 배제해왔는데도 주인은 눈치가 빠른 사람이었다. 승규는 그조차도 꺼림칙했다. 도둑이 제 발 저리는 것인지도 몰랐다. 누구에게도 들키고 싶지 않다는 일종의 방어기제가 작용한 탓일 테다. 승규 혼자 오만 가지 생각에 걱정을 하는 것일 뿐 그녀는 거의 무신경했다.

주문을 받기 위해 테이블에 다가온 주인이 그녀에게 친절을 가장한 수작을 거는 게 느껴졌다. 주인에게 그녀는 자신의 필살기 웃음을 날린다. 아무한테나 생글거리는데 아주 질색하겠다. 아무래도 장소를 바꿔야 할 때가 온 것 같다.

"일찍 왔네."

그녀가 승규 맞은편 자리에 앉았다. 주인이 메뉴판을 그녀 앞으로 잽싸게 대령했다. 날렵한 손놀림과 미소를 머금은 주인이 눈에 거슬렸다. 승규는 맥주와 마른안주를 시켰다.

"물 한 잔도 부탁해요."

그녀가 비음 섞인 목소리로 말했다. 주인의 입이 벙싯 벌어졌다. 승규는 기분이 나쁘다는 표정으로 주인을 위아래로 훑어보았다. 주인은 머쓱한 표정으로 술과 안주를 갖다주었다. 승규는 맥주를 급하게 들이켰다.

"체하겠어. 누가 쫓아와? 천천히 마셔."

승규의 거친 행동이 못마땅했는지 그녀가 샐쭉했다. 저 나이에 교태라니. 다른 여자가 그랬다면 불쑥 짜증이 올라왔을 터다. 하지만 그녀라면 모든 게 용서되었다.

그녀는 무엇인가를 손에 쥐고 있더니 탁자 위에 슬그머니 올려놓았다. 은박지로 포장된 캡슐 열 개는 마치 해열 진통제 같아 보였다. 승규는 입에 묻은 맥주 거품을 손등으로 닦으며 그녀를 쳐다보았다. 이게 뭐냐는 무언의 제스처였다. 그녀는 그것을 승규 앞으로 밀었다. 승규는 자석에 이끌린 듯 손으로 집었다. 승규는 은박지 포장을 과육 껍질인 듯 벗겨냈다. 호박색 고체 타원형 덩어리가 드러났다. 아기 손가락 한 마디 정도 되는 그것은 생각보다 말랑말랑했다. 그녀의 딸로부터 약국을 오픈한다는 얘기는 들었다. 사랑이 어쩌고저쩌고한 묘약을 상품화한다고 했던가. 그녀의 딸은 승규만 만나면 사랑 타령을 하는 바람에 질려서 건성으로 들어 넘겼다. 승규는 살짝 실망감이 들었다. 순전히 이것 때문에 자기를 만나자고 한 모양이었다.

"젤리 형태 같은데요."

"냄새도 맡아봐."

승규는 그녀가 시키는 대로 덩어리를 코로 가져갔다. 바닐라 향이 끼쳐왔다. 먹는 데 부담은 없을 것 같았다. 한편으로 다행이라고 생각해야 하는 걸까. 이런 일로라도 불러준다는 사실에.

그녀를 만나기는 쉽지 않았다. 그녀의 딸을 억지 춘향으로 만나면서 딸이 음악에 재능이 있다는 것을 알게 되었다. 클래식에서부터 최신 대중가요까지 섭렵한 딸에게 음악심리치료사는 딱 맞는 직업이었다.

─한 여사는 이공계 쪽 머리나 물려줄 것이지, 나한테 음악적 재능 같은 거나 물려줬다니까요. 기분은 별로지만 어쩌겠어요. 유전자는 속일 수 없는걸.

약사인 그녀가 노래에도 재능이 있다는 사실을 딸을 통해 들었다. 신은 왜 한 사람에게만 선물을 몰아서 주는 걸까. 불공평한 처사였지만 그녀라면 모든 게 용서되었다. 엄마를 한 여사라고 부르는 그녀의 딸. 엄마를 부르는 애칭인가 보다 했다.

승규는 딸에게 노래방 데이트를 제안했고 어머니를 모시자는 옵션을 걸었다. 그녀의 딸은 철석같이 그러겠다고 약속해놓고 노래방에 혼자 나타났다. 그녀가 오지 않은 서운함을 상쇄시킬 만큼 딸의 노래 실력은 출중했다. 딸이 승규 앞에서 부린 오버 액션에는 눈을 감고 싶었지만 스트레스는 확 풀렸다. 그날부터 승규는 그녀의 딸을 졸랐다. 정식으로 인사를 드리고 싶다고. 그녀를 볼 수 있는 방법이 그것밖에 없다는 게 슬프긴 했지만. 어머니한테 점수를 따려면 무슨 선물을 하면 좋겠냐고 딸에게 떠보았다. 승규는 그녀의 환심을 살 수만 있다면 하늘의 달과 별이라도 따서 바치고 싶은 심정이었다.

　―한 여사가 좋아하는 거? 오빠도 짐작했겠지만, 우리 모녀는 사이가 별로예요. 하지만 오빠가 여친 엄마한테 점수 따고 싶은 마음은 십분 이해할게요.

　그녀의 딸이 선심 쓰듯 가르쳐준 것이 바로 초콜릿이었다. 그것도 '고디바'라는 명품 초콜릿. 그녀가 사족을 못 쓴다고 했다. 맛도 맛이거니와 명품이라면 초콜릿 하나에도 의미를 붙이는 왕비병이라고 딸은 비아냥거렸다.

　그녀의 딸은 고디바에 얽힌 이야기를 들려주었다. 승규도 처음 듣는 얘기였다. 고디바는 벨기에 초콜릿인데 벌거벗은 여인이 말을 타고 있는 로고로 유명하단다. 자칫 음탕함을 노린 상술로 비칠 수 있지만 로고에는 벨기에의 역사적 배경이 담겨 있었다. 벌거벗은 여인의 남편은 시민에게 가혹한 영주였다. 그녀는 남편의 폭정에 시달리는 시민의 세금을 감면해주려고 나신의 모습으로 영내를 돈 것으로 유명하다. 그 여인의 이름이 고디바였다. 존 콜리어의 「레이디 고디바」라는 그림의 주인공이라고 했다. 딸은 자기 엄마가 고디바의 유래보다는 로고의 음탕함에 이끌렸을 거라며 그녀를 깔아뭉갰다. 승규가 물었다. 왜 그렇게 엄마를 싫어하느냐고.

　―한 여사가 먼저 나를 싫어했어요.

　―설마. 딸을 싫어하는 엄마가 어디 있겠어?

　―여기 있잖아요.

　―아닐 거야. 무슨 이유가 있으시겠지.

─자기 안 닮고 못생긴 아빠 닮았다는 게 이유라면 이유일걸요.

─말이 되는 소릴 해라.

어쨌든 승규는 딸을 설득해서 그녀의 집에 갔다. 그녀를 볼 수 있다는 설렘으로. 양손엔 최고급 고디바 초콜릿을 사 들고서.

─문 사장 어서 와요. 두 사람이 이렇게 사귀게 될 줄은 꿈에도 몰랐네…….

승규를 맞는 그녀의 표정이 썩 좋지만은 않았다. 딸의 남자친구로 나이도 많은 승규가 부족하다고 여길 수도 있었다. 승규는 머릿속으로 재빨리 계산기를 두드렸다. 좋다. 내가 딸의 남자친구로는 마음에 들지 않을 수 있지만 그녀 애인으로는 어떨까? 그조차도 많이 부족한 것은 사실이다. 하지만, 그녀 남편에 비하면 승규가 젊다. 그걸로 밀어붙이는 수밖에. 승규는 그녀의 남편이 궁금해졌다. 지피지기면 백전백승이라는 구태의연한 고사성어를 들먹이지 않더라도.

─아버님은요? 아버님께도 인사를 드려야 하지 않을까요?

─그이는 놔둬요. 모르긴 해도 오늘도 밤을 새울 모양이니까.

딸의 말에 따르면 무슨 연구에 몰두하는 양반이라고 했다.

─제가 연구실로 내려가서 인사를 드릴까요.

─놔두라니까. 그리고 연구실은 무슨. 지하실에 처박혀 있는 게 애 아빠 직업인걸.

그녀의 말투에서 심드렁함이 묻어났다. 승규는 공연히 기분이 좋아졌다. 승규는 그녀 앞으로 고디바 초콜릿 세트를 내밀었다. 그녀의 눈이 커지면서 혓바닥이 살짝 나왔다 들어갔다. 승규는 그 모습에 영혼을 빼앗겼다.

―문 사장 취향이 참 고급지네. 딱 내 스타일인걸.

그녀는 승규에게 상큼한 미소를 날렸다. 심장이 요란스레 쿵쾅거렸다. 그녀의 미소가 별로 의미가 없는 그녀만의 습관성 제스처라는 걸 오래 지나지 않아 알게 되었지만.

그렇게 시작한 그녀와의 만남. 딸을 통해 간신히 휴대폰 번호를 알아냈다. 승규는 시작은 미약하나 그 끝은 창대하리란 성경 말씀에 힘을 얻고 주먹을 불끈 쥐었다. 겉으론 엄연히 예비 사위와 예비 장모의 만남이었다. 승규는 그녀와 단독으로 두어 번의 만남을 가졌다. 승규는 그녀를 만날 때마다 고디바 초콜릿을 선물로 주었다. 사랑의 매개체로 초콜릿만큼 매혹적인 것이 있을까. 고디바는 시민의 고통을 덜어주기 위해 자신을 희생했던 성녀가 아니라, 자신의 나신을 엿보는 뭇 남성의 시선을 즐길 줄 알았던 음탕한 여인이었는지도 모른다.

―문 사장은 걔 어디가 그렇게 좋았어?

걔, 얘, 쟤. 딸이 그녀를 한 여사라고 칭하듯, 그녀가 딸을 부르는 호칭도 낯설긴 마찬가지였다. 신문에 날 만한 모녀였다. 내가 당신 딸을 좋아한다고요? 당신 딸한테는 1그램도 관심이 없었거든요, 라고 말하고 싶었다.

―솔직히 문 사장이 걔 짝으로 맘에 들었던 건 아니야. 하지만, 걔가 좋다는데……. 내가 반대한다고 내 말을 들을 애도 아니고. 문 사장도 알다시피 우리 모녀, 사이가 별로야. 문 사장이라도 걔한테 신경 좀 많이 써줘요.

부모 마음은 다를 게 없는 건가? 딸은 엄마를 이해하려는 노력조차 하지 않는다. 그렇게 따지자면 그녀에게 빠져든 자신도 불가사의한 것은 마찬가지다. 그게 바로 사랑일지 모른다.

　　그녀는 새치름한 표정으로 눈을 내리깔고 있었다. 주인의 시선이 그녀를 향하는 게 거슬렸다. 그녀를 만나면 승규는 남자들의 시선으로부터 그녀를 지켜야 한다는 강박관념에 사로잡혔다. 그녀는 남편이 연구한 묘약이라며 승규에게 한번 먹어보라고 권했다. 뚱뚱하고 못생긴 딸의 뚱뚱하고 못생긴 아버지. 승규는 가끔 늙수그레하고 추남인 그녀의 남편에게 살기 비슷한 질투가 솟구치곤 했다.
　　"뭘 믿고요. 제가 마루타인가요?"
　　승규 입에서 좋은 말이 나올 리 없었다.
　　"인체에는 무해하니까 걱정은 하지 말고. 무슨 예비 사위가 이래. 예비 장인을 못 믿어서야 어디, 원. 쯧쯧쯧! 그리고 식약청 인증도 받은 거야."
　　"믿고 말고요. 믿겠습니다. 아버님도 믿고, 어머님도 믿고요."
　　승규는 일명 사랑의 묘약이라는 제품을 지속적으로 섭취했을 때의 효과를 설명하는 그녀의 입술만 바라보았다.
　　"문 사장도 반은 우리 식구잖아. 한번 먹어보고 기분이 어떤지 솔직한 얘기나 들어보려고 갖고 나왔어."
　　승규는 자기 손안에 있는 그것을 새삼스레 내려다보았다. 호박색깔에 윤기를 머금고 있었다. 익히 아는 쫀득쫀득한 식감이 혓바닥에서 녹을 자태를 뽐냈다. 승규는 에라 모르겠다는 마음으로 입속에 넣었다. 혓바닥과 입천장에서 맴도는 그것을 구강 전체가 감

샀다. 급한 마음에 앞니로 타원형의 어느 부분을 동강 냈다. 쫄깃한 젤리의 맛이 침샘을 자극했다. 끝맛은 약간 달콤 쌉싸름했다. 사랑의 묘약 원료 맛일 것이다. 깊은 맛을 음미하기 위해서 혀를 굴리자 순식간에 넘어갔다.

"어때?"

그녀가 눈과 입을 가운데로 모으며 물었다.

"맛이 썩 괜찮은데요."

맛있는 음식을 아껴 먹지 않고 날름 삼켜버려서 입속이 허전하고 아쉬웠다.

"아이, 이 사람! 맛이 아니라 기분이 어떠냐고?"

"기분이라. 글쎄요. 그건 잘 모르겠고. 다 이런 형태인 거예요?"

"캡슐 형태도 있어. 잘 느껴봐. 사랑할 때의 설렘, 그 비슷한 게 느껴지지 않아?"

유혹의 시그널일까? 승규의 가슴에 풍선 하나가 부풀어 오르기 시작했다.

"무슨 말씀이세요?"

"지금, 문 사장이 먹은 게 사랑의 삘이 꽂히는 거걸랑. 문 사장 앞에 어떤 여자가 있더라도 하트가 뿅뿅 샘솟는 그런 느낌이 나야 한다는 말이지."

내 앞에 있는 여자라면? 승규에게 여자는 오직 그녀뿐이다. 그러고 보니 그 신호가 빛의 속도로 빠르게 오는 느낌이 들기도 했다. 사랑의 묘약인지 뭔지 하는 게 정말 효과가 있는 걸까.

음악이 흐르는 약국

사랑 약국.

이환은 온라인 마켓 배너 광고에 올라온 네 글자를 확인했다. 유흥업소 마케팅이나 성인용품 판매가 아니냐는 별점 한 개짜리 테러에서부터 이혼 직전의 권태기 부부가 늦둥이를 봤다는 별점 다섯 개짜리 후기까지 댓글은 다채로웠다. 호기심이 발동할 만했다, 충분히.

인터넷 포털에서 검색해보라는 사장의 말이 맞았다. 아니, 사장의 입을 통해 전해 들은 그녀의 말이 다 사실인 셈이었다. 추호도 그녀를 의심하지 않았다. 이환은 머리를 설레설레 흔들었다. 혹여 그녀가 천연덕스럽게 거짓을 사실처럼 호도했더라도 이환은 믿었을 것이다. 그녀의 입에서 흘러나온 말이라면 그것이 뭐든.

이환이 어릴 적 읽었던 이야기의 한 토막. 동화였는지 전설이었는지는 정확하지 않다. 입을 열고 말을 할 때마다 뱀과 개구리와 쥐 등이 튀어나오는 여자와 금은보화와 꽃들이 입에서 쏟아져 나오는 여자가 등장한다. 앞뒤 맥락은 도통 생각이 나지 않지만 상반된 이미지 두 개만 머릿속에 깊이 각인되어 있다. 악한 사람은 더러운 해충이나 징그러운 동물로 벌을 받고, 선한 사람은 값비싼 보물과 향기로운 꽃으로 상을 받는다는 권선징악 이야기.

차량 점검을 하러 온 그녀에게 이환은 그 얘기를 들려준 적이 있다. 카센터와는 도무지 어울리지 않는 동화 얘기를 한 이유? 모르겠다. 누구에게나 스스럼없이 말을 건네는 이환의 습성 때문일 거다. 그녀와 이환이 서로 통성명을 한 날이기도 했다. 마침 사장이 출타 중이었고, 그녀는 차량 점검을 다 끝냈는데도 뭉그적거리며 자판기 커피를 석 잔째 마시고 있었다. 그때는 몰랐다. 그녀가 사장에게 마음이 있는 줄은.

─맞아요! 그 동화. 나도 어릴 적에 읽은 거 같네요.

맞장구를 쳐주는 그녀가 새롭게 보였다. 대부분의 손님이 이환의 시답지 않은 말에 시큰둥하기 일쑤인 것과 달랐다.

─와우! 손님도 읽었단 말이에요? 아이들한테 말의 중요성을 가르치려는 의도가 담긴 거겠죠?

이환은 자신이 제법 그럴싸한 코멘트를 날렸다고 생각하며 속으로 으쓱해졌다.

─글쎄요. 난 그거 읽으면서 벌이나 상이나 다 성가시고 불편하겠다, 그랬는데……. 생각해봐요. 입에서 해충이든 금은보화든, 그런 게 막 쏟아지면 어떻게 일상생활을 할 수 있겠어요.

머리를 45도 각도로 기울인 그녀의 표정이 시크해 보였다. 사실 이환도 같은 생각을 했다. 숙제할 때나 써먹고 치울 판에 박힌 교훈적 메시지 따위는 이환도 별로였기 때문이다.

—제 말이요! 사실 저도 그렇게 생각했어요. 손으로 만지는 것마다 황금으로 변하는 미다스 왕과 다를 게 뭐가 있겠어요.

—맞아요! 미다스 왕도 보나 마나 결국은 굶어 죽었겠지요, 뭐!

그녀도 이환에게 뒤질세라 손뼉을 마주치며 깔깔거렸다. 두 사람은 먼저랄 것도 없이 박장대소했다. 다른 사람이 볼 때는 별것도 아닌 대화였지만 그 순간 두 사람은 '삘'이 통했던 것이다. 물론 이환 혼자만의 느낌일 수도 있었겠지만. 그날 두 사람은 통성명을 했다. 그녀는 이환 씨 되게 재밌는 사람이네요, 라는 코멘트로 이환을 달뜨게 했다.

그날 이후 이환은 그녀의 차가 말썽을 부리길 기다렸다. 그리고 어느 순간부터 그녀의 입에서 흘러나온 해충이나 징그러운 동물조차도 반짝이는 보석과 아름다운 꽃으로 봐줄 수 있을 듯했다. 그것이 바로 사랑의 힘이다. 그래서 믿은 것이다.

사장에게 들었을 때는 에이, 그런 말도 안 되는 걸 누가 사요? 라며 대번에 비웃고 말았지만 사장이 그녀를 거론한 순간 이환은 진위와 상관없이 맹목적으로 신뢰했다. 그녀가 한 말이라면 빨간색과 초록색을 구별 못 하는 적록색맹도 정상이라고 우길 판이었다. 그만큼 그녀는 이환에게 절대적이다. 그런 그녀가 이환을 길거리 돌멩이 보듯 한다는 게 문제겠지만. 황금 보기를 돌 보듯 하라는 말도 있다지만 이환이 황금도 아니거니와 그녀가 고려 말 최영 장군도 아니기에. 문제는 황금도 돌도 아니다. 그녀의 눈에 아로새겨진 사람이 따로 있다는 게 가장 큰 걸림돌이다.

이환은 온라인 마켓에서 쉽게 구입할 수 있는 제품이라면 한번 사볼까 하는 생각이 아주 없지는 않았다. 배너 광고에서 '바로가기'를 클릭했지만, 판매로 이어지는 사이트가 아니었다. 배너에 띄운 것은 진짜 광고일 뿐이었다.

연인과의 관계가 삐걱거립니까?

누군가를 사랑하고 싶나요?

부부 생활이 권태롭습니까?

획기적인 묘약으로 호르몬의 변화를 느껴보십시오.

당신의 뇌가 움직여 마음에 사랑이 스미는 걸 경험하게 될 겁니다.

선정적인 문구들은 다분히 신파적이기도 했다. 별점 한 개짜리 테러를 한 사람들의 마음이 십분 이해됐다. 하지만 그 순간 그녀의 얼굴이 떠올랐다. 혹시 그녀도? 그래서 사장한테 그토록 맹목적이었던 걸까? 전문가와 상담 후 구매를 권장한다는 주의 사항이 이환의 눈길을 끌었다. 오프라인 구매가 가능한 이유가 거기에 있었다. 스크롤을 아래로 내려서 판매처를 확인했다.

서울특별시 연모구 무한대로 사랑3길 16-2.

이환이 사는 집과는 거리가 좀 있었다. 한 시간은 족히 걸릴 터다. 홈페이지 오른쪽 상단에 있는 예약 버튼을 클릭하고 상담 날짜와 시간을 입력했다.

예약한 날, 헛걸음하는 셈 치고 집을 나섰다. 연모구 무한대로는 서울의 동쪽에 있었고 무한대로역 5번 출구로 나와서 10분 거리였다. 이환은 휴대폰 지도 앱을 열었다. '사랑 약국'은 주택가에 있었다. 사랑3길에 들어서자 맞은편에 있는 고층 아파트와 빌딩이 주택가를 내려다보는 듯했다.

이환이 내키지 않은 발걸음으로 사랑3길 골목으로 들어서자, 재래시장이 나왔다. 유리창과 가게 문에 붉은 엑스 자가 그어진 걸 보면 철거가 얼마 남지 않은 듯 보였다. 낡은 차양에 맞춤법도 어긋난 상호의 간판이 삐뚜름하게 걸린 가게 앞에는 정체불명의 음식물이 살얼음 아래 담겨 있는 고무 대야가 보였다. 얼기설기 붙인 테이프로 간당간당하게 매달린 유리문 안으로 아무렇게나 뒹굴고 있는 플라스틱 탁자와 의자 등속이 짐승의 내장처럼 내비쳤다. 가게 밖에도 엉킨 전기 배선과 촌스러운 꽃무늬가 프린트된 냉장고, 먼지를 뒤집어쓴 조리형 집기류가 흉물스럽게 방치되어 있었다. 가게 안에 사람이 몇몇 보이기도 했다. 전기장판에 옹기종기 모여 막걸리잔을 부딪치는 사람들의 눈초리는 야생동물의 그것처럼 번들거렸다. 상인으로 보이진 않았다. 바깥세상과 다른 살풍경에 이환은 등줄기가 서늘했다. 어디선가 퀴퀴한 냄새도 풍겨왔다. 인터넷으로 검색했을 때도 일대가 곧 철거에 들어갈 재개발구역이라고 떠 있었다. 이환은 자신이 70년대 누아르 영화의 배경에 불시착한 것은 아닌가 싶은 착각이 들었다. 서울 한복판에 이런 곳이 남아 있다는 게 신기했다.

낮게 가라앉은 잿빛 하늘에 진눈깨비가 흩날렸다.

시장 끝자락에 다다르자 후락한 주택가가 나왔다. 휴대폰의 주소 앱은 여전히 이곳을 가리키고 있었다. 하필이면 이런 곳에? 이환은 무엇엔가 단단히 홀린 기분이었다. 일주일에 한 번 쉬는 휴일, 침대에 몸을 딱 붙이고 누워 있다가 배달 음식을 시켜 먹을 시간이다. 휴일의 사치스러운 게으름을 반납하고 이곳에서 애먼 짓을 하고 있다는 후회가 혈관을 타고 흐르는 알코올 기운처럼 이환을 슬슬 덮쳐왔다.

그래, 따지고 보면 그놈의 알코올 탓이다. 꽁꽁 감춰놓았던 속엣말이 술술 나오더라니. 사장한테 자기도 여자를 만나 연애를 해보고 싶다고 말한 것까지는 좋았다. 그 이후가 문제였다. 사장은 기분이 좋아 보였다. 몰래 만나는 여자와의 연애에 청신호가 켜진 걸까. 사장의 청신호가 그녀한테는 경고등일 것이다.

"사장님이야말로 개부럽거든요. 그런데 어떻게 그러실 수 있는지. 제가 볼 때는요, 정말 짱나거든요."

술기운에 기대어 사장에게 시비를 걸었다. 사장에게 그녀 몰래 만나는 다른 여자가 있다는 걸 안 탓이었다.

"얌마! 뭐가?"

홉뜨는 사장의 눈빛이 예사롭지 않았다. 이환은 사장에게 그녀한테 그러지 말라고, 그러면 벌을 받고 말 거라고, 아무 말 잔치를 했다. 맹세코 의도치 않았다. 사장은 아무런 대꾸도 없이 소주가 가득 담긴 술잔을 입에 털어 넣었다. 대단히 성가시다는 듯이. 아니면 자기도 괴로웠다는 듯이. 애매모호했다. 사장은 늘 그랬다. 특히 그녀에게는 더더욱. 그녀도 사장의 그런 태도를 헷갈려 하는지도 몰랐다. 그래서 사장에게 더 목을 매는지도. 사랑은, 늘 그런 거니까. 이환도 늘 목이 말랐다. 사람들은 그걸 애정 결핍이라 부르기도 하는 모양이다.

일찍 엄마를 여읜 이환은 홀아버지 손에 자랐다. 아버지는 나름대로 이환에게 최선을 다했지만 어린 이환의 마음 한구석은 차가운 겨울이었다. 한여름에도 어디선가 냉기가 스며들어 스산한 이환의 집. 아버지가 출근하기 전 전기밥솥에 해놓은 밥은 꾸덕꾸덕하거나 풀기가 없었다. 밀폐용기에 보관된 반찬에서는 MSG가 든 조미료의 향내와 냉장고 특유의 냄새가 풍겼다. 아버지가 단골로 가는 시장 반찬 가게는 늘 같은 회사 조미료를 썼다. 어쩌다 친구네 집에 가보면 집 안 공기부터 달랐다. 집 안 곳곳에 스민 온기. 그것은 여자의 손길이 미치는 마법이었다. 중년인 친구 엄마들은 대부분 배 둘레에 살집이 붙었고 푸근한 인상이었다.

아버지는 따로 밖에서 여자를 만나기도 했지만 끝내 재혼하지 않고 이환만 키우며 늙어갔다. 친척들은 이환에게 아버지의 희생을 강조했고 감사할 것을 강요했다. 이환의 결핍감 따위는 안중에도 없었다. 아버지가 밖에서 만났던 여자는 어떤 사람이었을까? 차라리 이환에게 새엄마를 만들어줬더라면 하는 생각을 했다. 그래서였을까. 이환은 또래 여자애들보다 어른 여자에게 환상이 있었다. 홈웨어 차림으로 싱크대를 분주히 오가는 친구 엄마가 풍기는 반찬 냄새에서 세상의 어떤 향수나 화장품 향기보다 더 큰 정감을 느꼈다. 그건 판에 박힌 아름다움 따위가 아닌 일상이 주는 정겨움이었다.

그녀에게서 그게 느껴졌다. 그녀가 존재하는 세상에는 황금 때문에 굶어 죽는 미다스 왕은 없을 것이다. 겨울에는 호호 불며 먹는 군고구마가 있고 여름에는 큰 나무 그늘에서 매미 소릴 들을 수 있을 듯했다.

"사장님, 나요! 좋아하는 여자가 생겼어요."

엉겁결에 나온 말에 이환은 스스로 소스라치게 놀랐다. 사장이 술잔을 내려놓으며 대수롭지 않다는 표정을 지었다. 개재수! 하마터면 그 말이 목구멍을 넘어올 뻔했다.

"좋아하는 여자가 있다니까요!"

이환은 큰 소리로 외쳤다. 누가 들으면 그래서 어쩌라고, 라는 반응을 할 만큼의 객기였다. 사장은 빈 잔에 술을 따르며 다른 한 손으로 이환의 어깨를 두어 번 툭툭 쳤다. 사장은 말수가 적은 사람이다. 이환이 말이 많은 것에 비해서. 처음에는 그게 마음에 들었다. 타인에게 자신의 우울을 내비치기 싫어서 굳이 명랑한 척, 웃기는 척하는 스스로가 짜증스럽기도 한 이환이었다. 사장 앞에서는 굳이 그렇게 하지 않아도 돼 편했다. 그런데 이환의 마음속에서 그녀의 존재가 커지면서 사장이 꼴 보기 싫어졌다. 사랑의 짝꿍인 질투가 따라붙은 것이라는 걸 이환도 안다.

"청춘사업 잘 해봐라!"

독려라고 하는 말 꼬락서니 하고는. 짜증이 제대로 올라오고 있었다. 사장의 말에 이환은 공연히 부아가 끓었다.

"혼자 좋아하니까 문제죠."

"젊은 녀석이 패기 있게 대시해봐. 아니면 마는 거고."

오늘따라 사장은 말이 많았다. 호탕한 웃음과 함께. 그녀를 향해서는 단 한 번도 짓지 않은 표정의 웃음. 사장의 시선이 그녀가 아니 다른 곳을 향하고 있다는 걸 알게 된 이후 이환은 사장에게 꼬장을 부리곤 했다. 술기운과 꼬인 심사가 어우러진 이환은 용기가 없다느니, 거절당할 게 두렵다느니 하면서 횡설수설했다.

　"사랑의 묘약, 그런 게 있다던데……. 나도 하나 먹어봤는데 효과가 있는 것 같기도 하고……."

　사장이 얼핏 꺼낸 말들은 황당무계했다. 사랑을 판매하는 약국이 있단다. 믿거나 말거나, 겠지만 한번 알아보란다.

　"에잇! 사장님은. 그런 거 다 사기예요. 불법 정력제 사이트 같은 거겠죠."

　마흔을 훌쩍 넘긴 꼰대 같은 사장이 솔깃할 아이템일 거다. 그녀도 미쳤지, 정력제 같은 거에 관심이 있는 인간한테 목을 매다니. 그런데 일순간 술이 확 깨는 말이 사장의 입에서 흘러나왔다. 그녀가 새로 시작한 일이라고 했다. 음악상담사라고 들었는데 정력제를 판매하는 사업을 한다는 게 믿기지 않았다. 사장 말이 그녀가 고객을 대상으로 상담을 해준다고 했다. 아이템 자체가 획기적이어서 은근히 인기가 좋다는 것이다. 알음알음으로 찾아가는 사람도 많고 SNS에서는 꽤 알려져 있다고 했다. 그녀가 한 말이라면 욕지거리라도 무조건 금과옥조로 들린다.

　"그래요? 어떤 건데요?"

　"일종의 정신적 비아그라 같은 거라나. 육체의 반응을 유도하는 게 아니라 마음을 움직여서 상대를 사랑하게 한다나 어쩐다나."

이환은 큐피드 화살이 떠올랐다. 그 화살에 맞으면 처음 보는 사람과 무작정 사랑에 빠진다는 그리스신화의 주인공. 그녀가 전하는 말대로라면 현실과 판타지의 경계 어딘가에 위치한 마법이 분명했다.

이환은 휴대폰 지도 앱에서 가리키는 방향으로 걸음을 옮겼다. 나지막한 집들이 고만고만한 그곳은 영락없는 주택가였다. 곧 철거가 진행될 시장보다는 깨끗했지만 후락한 것은 마찬가지였다. 이환은 왠지 석연찮은 기분이 들어서 발을 자꾸 헛디뎠다. 사장이 자신을 농락한 것은 아닐까 하는 의구심과 공연히 왔다는 후회가 밀려왔다. 이환도 어렴풋이 알고 있었다. 사장이 자신을 깔보고 있다는 것을. 이환이 기름때 묻히는 일을 싫어한다는 걸 알고부터인 것 같았다. 사장이 자기 밑에서 차근차근하게 배워서 일급 기술자가 되라고 거듭 말하는 걸 보면 그랬다. 사장의 그런 말조차 고깝게 들렸다. 나이 마흔을 훌쩍 넘기고 결혼도 못 한 주제에 그녀를 무시하기나 하고. 그래서 기름때 칠하는 일이 더 싫다고 했는지도 모른다. 덧붙이자면 오기가 몇 스푼 첨가된 것일 수도. 직접 가보니까 그런 데는 없던데요. 사장님은 나이에 안 맞게 그런 구라를 까고 싶어요, 라는 말을 해주고 싶은 오기.

그 순간 이환의 눈에 딱 들어온 약국 간판!

사랑 약국.

정말 있었다. 그 상호에 구미가 당겨 여기까지 찾아왔지만 믿기지 않아 눈을 동그랗게 크게 떴다. 간판 아래 창고를 개조해서 만든 약국은 전면이 유리였다.

통유리를 통해 들여다보이는 약국 매장 내부도 여느 약국과 크게 다르지 않았다. 인테리어를 새로 해서인지 제법 세련돼 보이기도 했다. 이환은 선뜻 문을 열지 못하고 약국 안을 기웃거렸다. 꽤 널찍한 약국 왼쪽에는 조제실이라는 붉은 글씨가 보였다. 나머지 공간은 매대를 기역 자로 설치해서 갖가지 의약품 상자를 진열해두었다. 저게 바로 마음을 움직인다는 사랑의 묘약인 걸까. 이환은 사장이 했던 말을 다시금 곱씹었다. 온라인 마켓 배너 광고의 문구들도 하나씩 떠올랐다.

이환은 심호흡을 하고 유리문 손잡이를 잡아당겼다. 꼼짝도 하지 않았다. 주인이 상점을 잠시 비운 걸까? 이환은 출입문을 다시 살펴보았다. 잠시 외출하니 아래 번호로 연락을 하라는 등의 쪽지도 보이지 않았다. 상점 안에 아무도 없다는 생각이 미치자 이환은 외려 마음이 차분해졌다. 손잡이를 다시 한번 잡아당기다가 슬쩍 밀었다. 순간 유리문이 스르륵, 미끄러지듯 열렸다. 마치 마법의 세계로 들어가는 통로가 펼쳐지듯. 미닫이문을 여닫이문으로 알았던 거다.

상점 안에 발을 들여놓는 순간 미세한 입자들이 이환의 몸을 살포시 감싸는 느낌이 들었다. 어린 시절 친구 집에 갔을 때의 넉넉하고 푸근한 분위기가 상점을 꽉 메우고 있다고나 할까. 을씨년스러운 재래시장과 고즈넉한 주택가의 분위기를 단번에 휘발시키고도 남을 만큼 실내는 아늑했다. 중앙에는 쿠션감이 좋은 소파와 탁자도 보기 좋게 배치되어 있었다. 신개념의 약국 분위기였다.

이건 뭐지? 정신을 차렸을 때 이환은 조용한 약국에 비음이 섞인 음성의 노랫가락이 흐르는 걸 깨달았다. 귀에 익숙했지만 제목은 모르는 외국 노래 같았다. 음악이 흐르는 약국이라니. 생소했지만 흰색 일색인 약국 인테리어와도 어울렸다. '진료는 의사에게 약은 약사에게'라는 상투어가 무색해진다고나 할까. 사랑 약국 분위기라면 '상담은 음악치료사에게 약은 약사에게'라는 캐치프레이즈를 하나 써 붙여도 될 것 같았다.

이환은 무엇에 홀린 듯 음악 소리가 나는 곳을 향해 발걸음을 옮겼다. 매대의 왼편에 있는 파티션으로 가려진 조제실이 그 진원지였다. 파티션 뒤로 안락의자와 벽장이 보였다. 안락의자에 앉아 헤드폰으로 귀를 가리고 눈을 감은 여자는 이환이 홀로 애를 태우며 질투의 가자미눈으로 사장을 보게 했던 바로 그녀였다. 사실 이환은 그녀를 보리란 기대 반, 보지 않았으면 하는 마음 반이었다. 그녀는 헤드폰을 통해 들려오는 음악에 깊이 빠진 표정이었다. 약국 안에 누가 들어와도 모르는 채로. 이환은 망연자실 그녀를 바라보기만 했다. 세상이 정지된 듯, 시간이 멈춰버린 듯.

제품구매동의서

우식은 유리문의 손잡이를 잡았다. 소리 없이 스르륵 열리는 슬라이드 문. 딱 보기에도 풍채가 만만치 않은 초로의 남자가 떡하니 가게를 지키고 있었다. 검은 뿔테 안경을 쓴 남자는 페르난도 보테로 그림의 인물이 튀어나온 듯했다. 보테로는 풍만함을 그리는 화가라고 했다. 세리가 오빠도 살 좀 찌세요, 라며 선물로 준 그림이었다. 미대를 졸업해서 화가가 되는 게 꿈이라는 세리한테 들어서 알게 된 화가였다. 우식보다는 애춘이 그 그림을 더 좋아해서 거실 벽에 걸어두었다. 그림 속 인물들이 애춘을 닮았다는 이유였다. 우식도 그림을 보고 있으면 기분이 느긋해졌다. 먹지 않아도 배부른 느낌이 든다고 해야 할까.

옴팡눈의 보테로는 표정이 복잡 미묘했다. 해변에서 에스키모를 만났을 때 지을 법한 표정이었다.

"여긴 어떻게 아시고……."

보테로는 복화술 하듯 입술을 거의 움직이지 않고 말했다. 손님을 맞는 주인의 태도라고 보긴 어려웠다. 어서 오시라고 반겨야 마땅하지 않을까. 하기야 그걸 따질 계제는 아니었다. 우식도 약을 사러 온 사람은 아니었으니까.

"말씀 좀 여쭐까 합니다. 음악심리상담사 선생님을 찾아왔는데요. 선생님 이름이, 최효선입니다만."

"아, 우리 효선이요. 그런데 무슨 일로?"

맞게 찾아온 모양이다. 보테로가 엉거주춤 일어나서 간이 탁자 옆 소파를 손으로 가리켰다. 우식에게 앉으라고 하는 제스처였다. 우식은 소파에 엉덩이를 내려놓고 앉아 약국 내부를 눈으로 훑었다. 오래된 단독주택을 리모델링해서 만든 약국이었다. 20년 가까이 이곳 토박이로 살았던 우식의 눈대중으로 잡힌 견적이었다. 오래된 주택을 개조해서 음식점을 내거나 공부방과 작은 카페를 하는 게 한때 유행하기도 했다. 그런 맥락에서 개업한 약국인 걸까? 동네 카페 분위기가 물씬 났다. 살풍경한 바깥과는 분위기가 전혀 달랐다.

연모구 보건소에서 여기 주소를 들었을 때 우식과 애춘은 조금 놀랐다. 음악심리상담사 선생이 일을 관뒀다는 사실이 귀에 들어오지 않을 정도로. 상담사가 일을 그만둔 이유는 아무래도 하나 때문인 것 같았다. 애한테 박치기를 당해서 눈 뼈가 부서졌다고 하니 정나미가 떨어질 만도 했으리라. 우식과 애춘도 그 얘길 듣고 얼마나 혼비백산했는지. 다소 되바라지긴 했지만 그럴 정도로 폭력적인 아이는 아니었다. 나름 똑똑하고 착한 구석이 많은 애였다. 다 부모 잘

못 만난 탓인 것만 같아 마음이 아팠다. 우식은 딸을 생각해서 게이로서의 인생을 반쯤 포기했다. 최소한의 부성애었다.

타고난 게이였던 우식이었지만 그걸 인정하기는 쉽지 않았다. 그냥 자신이 성적으로 어딘가 망가진 것이라고만 생각했다. 남성의 몸으로 태어났으면서도 남자를 보면 설레고 얼굴이 붉어졌다. 사춘기 때는 그런 자신이 혐오스러웠다. 중학교 때 우식에게 찾아온 첫사랑은 웃자라서 제법 수컷 냄새를 피우던 학교의 일진이었다. 코밑과 턱에 난 털도 거뭇거뭇하고 상체 근육이 단단해서 여름 교복 상의가 터질 듯 빵빵했다. 내성적인 우식은 혼자 가슴앓이하다가 일진에게 고백을 하고 말았다. 너를 사랑한다고. 너를 보지 못하면 숨이 끊어질 것 같다고. 일진에게 죽지 않을 만큼 맞았다. 일진은 퇴학당했고 우식은 정학을 맞았다. 남자가 남자를 좋아한다는 소문은 학교에 삽시간에 퍼졌고 우식은 학교를 관둘 수밖에 없었다. 우식은 집에서도 별종 취급을 받았다. 우식의 아버지는 우식에게 더러운 호모 새끼라며 매질을 했다. 2년 만에 중고등학교 검정고시를 붙은 우식은 집을 나왔다. 그나마 고등학교 졸업 자격증이라도 있어야 사회에서 명함이라도 내밀 수 있다는 생각으로 버틴 것이다. 정식 고등학교 졸업장도 아닌 검정고시 출신의 미성년자 우식의 취직자리는 없었다. 마음보다 몸이 맞았던 남자 두어 명과 연애를 하다가 게이 바와 클럽의 알바를 전전했다.

운명적인 만남을 주선해준다는, 게이 바에 나붙은 전단을 본 우식은 무작정 그곳을 찾아갔다. 연애하던 놈에게 실연당한 직후였다.

허름한 3층 건물의 한 사무실에서 애춘을 만났다. 애춘은 우식의 남다른 고민을 묵묵히 들어주었다. 애춘은 우식의 취향에 맞는 상대를 찾아보겠다고 했고 두 사람은 자연스럽게 가까워졌다.

우식은 애춘을 누님이라고 불렀고, 애춘도 우식을 먼 친척 동생뻘로 대했다. 그 지점에서 우식이 방심했던 것이다. 우식만 보면 꿀이 떨어지는 애춘의 눈빛이 알코올로 풀린 눈이라고 여겼다. 두 사람은 하루가 멀다 하고 술을 마실 만큼 친해졌다. 술을 한잔 걸치면 각자 인생을 푸념했다.

─내 나이 벌써 마흔이 코앞이다. 이 구석에 짱박혀서 중신어미 역할이나 하고 있으니 어느 남자가 나를 여자로 보겠어. 늙지도 젊지도 않은 나이에 연애도 못 해보고 자식도 못 낳아보고. 내 팔자도 참 사나워.

애춘은 오징어 다리를 질겅거리며 소주잔을 입에 털어 넣었다.

─에이, 씨! 누님만 팔자가 사나운가? 누님 말 마셔! 내 팔자도 더러워. 오늘 어떤 년이 내 팬티에 손을 넣는 거 있지. 클럽에 왔으면 조용히 놀다 갈 것이지, 손버릇이 더러운 것들이 꼭 있다니까. 증말 짜증 나! 그년 500년은 재수 없을 거다. 내가 좋아하는 놈은 나를 정신병자 취급하고, 관심도 없는 여자들은 나를 무슨 장난감 취급이나 하려고 들고.

우식은 남자에게 몹쓸 짓을 당한 처녀 아이처럼 징징거렸다. 그렇게 술잔을 주거니 받거니 날밤을 새우던 어느 날, 우식은 애춘의 등을 감쌌고 애춘은 우식의 가슴에 살포시 몸을 기댔다. 몽실몽실 말랑말랑한 연민이 두 사람의 발바닥을 간질이더니 심장이 풍선처럼 부풀어 올랐고 결국 사타구니에 불이 났다.

　그날 이후 우식은 애춘과 연락을 끊었다. 애춘이 우식이 알바를 하는 클럽에 나타났을 때 우식은 뒷문으로 줄행랑을 쳤다. 어떻게 알았는지 애춘은 우식의 원룸까지 찾아와서 멱살을 잡고 우식을 쓰러뜨렸다. 이후로 우식의 원룸과 애춘의 집에서는 온갖 소리가 흘러나왔다. 눈물과 한숨이 뒤섞인 쾌감이었고, 웃음과도 묘하게 어울리는 협화음이었다.

　우식의 성적 취향과 무관하게 우식을 향하는 여자들의 마음은 한가지였다. 비리비리한 우식이 여자들에게 모성애를 자극한다나 어쩐다나. 당시 애춘도 그랬고, 세리도 우식만 보면 뭔가 챙겨주지 못해 안달이 나는 것만 봐도 그렇다.

　그렇게 몇 달이 흘렀다. 바가지 엎어놓은 듯 봉긋 솟아난 애춘의 아랫배가 단지 나잇살의 똥배가 아니라는 것은 누가 봐도 다 아는 기정사실이었다. 우식은 울며 겨자 먹기로 애춘과 혼인신고를 했다. 애춘 배 속에 있는 생명을 아비 없는 자식으로 키울 수는 없는 일이었다. 불밤송이에 눈이 똥그랗게 생긴 아기는 그렇게 태어났다. 세상에 오직 하나뿐일 만큼 귀하다는 의미로 이름을 '강하나'라고 지었다. 우식은 불면 날아갈까 만지면 부서질까 딸을 키웠다. 딸을 키우는 재미와 달리 우식의 가슴은 허했다. 먼산바라기를 하는 우식을 보다 못한 애춘은 우식에게 게이 클럽을 차려주었다. 남자를 사랑한다고 남자 장사를 잘하는 것은 아니었다. 클럽을 운영하는 것은 성적 취향의 문제가 아니라 사업 수완의 문제였던 것이다. 우식이 클럽을 세 번 말아먹는 동안 애춘의 빌라는 깡통이 되었다. 세

식구가 사는 105호 집 하나 건진 것도 다행이었다.

딸은 우식을 닮아 체질이 약하긴 했어도 명랑 쾌활한 아이로 자랐다. 우식과 애춘이 여느 부모와 다르다는 것도 개의치 않아 했다. 다행이었다. 물론 속은 어떨지 몰라도. 그런데 이놈의 계집애가 늦게 사춘기가 도지는지 우울증에 실어증까지 겹치더니 끝내 제 손목에 칼을 그어댔다. 결국 학교도 쉬게 하고 병원에 입원을 시켰다. 그런데 다른 사람에게 폭력까지 휘두르기에 이른 것이다.

"꼭 찾아가기까지 해야 할까? 욕을 엄청시리 먹을 텐데."

애춘은 처음과 달리 몸을 사렸다. 신경정신질환자가 우발적으로 저지른 행위를 환자의 부모가 나서서 사과할 필요가 있느냐면서. 딴에는 맞는 말이다. 하지만 우식이 상담사를 만나려는 것은 사과만이 목적은 아니었다. 하나가 입을 열었다는 것에 방점을 찍은 것이다.

"우리 하나가 그 상담사에겐 무슨 말인가 했다고 하잖아. 애가 무슨 말을 했는지 상담사를 만나야 들을 수 있잖아. 당신은 우리 하나가 무슨 말을 했는지 궁금하지 않아?"

"그거야 나도 궁금하지."

우식이 보건소에 연락해 최효선이 그만뒀다는 사실을 듣게 되었고 여기를 알게 된 것이다. 우식은 SNS를 통해 사랑 약국에 관한 몇 가지 정보를 서치했다. 약국에서 파는 사랑이 뻔한 거 아니야. 파란색 비아그라 같은 거겠지. 애춘은 망설이지 않고 그렇게 응대했다. 우식의 설명을 듣고는 이상 야리꾸리한 데라고 일갈했다.

보테로는 우식의 여차여차한 스토리를 진지하게 들은 뒤에 효선이 자기 딸이라고 했다. 우식의 딸이 자기 딸의 눈을 그 지경으로 만들었다고 하는데도 가타부타 말이 없었다. 딸이 출타 중이어서 돌아오려면 시간이 걸리니까 기다리든지 아니면 나중에 다시 찾아오라고 했다. 우식은 알겠다고 대답하고 약국을 둘러보았다. 매대에 진열된 여러 의약품 상자들만 보고서는 무슨 효능이 있는지 알 수 없었다.

우식은 지갑을 꺼냈다. 사랑의 묘약에 대해서는 잘 모르니까 흔한 비타민이라도 사야 할 것 같았다. 사과하러 오면서 흔한 음료수도 사 오지 않은 자신의 빈손이 민망스럽기도 했다. 비타민 정도는 병원에 있는 하나에게 사다 줘도 좋을 것이다. 보테로는 의자에 앉아 뿔테 안경을 코에 걸치고 책을 읽으려는 자세를 취하고 있었다.

"어르신, 드링크 한 박스와 비타민 하나만 주세요. 제일 비싼 걸로요."

보테로는 안경을 오른손 중지로 치켜올리고는 우식을 물끄러미 쳐다보았다.

"우리는 비타민 같은 것은 팔지 않는 약국이라오."

우식은 귀를 의심했다. 일반 약국에는 흔하게 진열되어 있는 제약회사 광고나 구강 청결제나 드링크 등이 보이지 않긴 했다. 사랑의 묘약을 판매한다더니 일반 약국에서 판매하는 의약품은 아예 없다는 뜻인 걸까?

"그러면 무슨 약을 파는데요? 여기 진열된 약은 다 뭔가요? 병원 처방전 약만 파는 약국인가요?"

우식은 여기 오기 전에 SNS를 통해 알게 된 정보에 대해서는 모른 척하기로 했다.

"우리는 사랑에 관한 약만 취급하고 있소이다. 관심이 있다면 우선 내 설명부터 들어보겠소?"

우식은 머리를 끄덕거렸다. 보테로는 매대에서 작은 약상자를 하나 꺼내서 우식 앞으로 내밀었다.

"이건 키스펩틴이라는 사랑의 묘약이라오."

"키스펩틴이라는 사랑의 묘약이라고요?"

우식은 보테로의 말을 되받았다.

"맞소이다. 모르면서 함부로 먹었다가는 공연히 사랑앓이를 할 수도 있지."

보테로는 우식에게 환상특급에나 나올 법한 기묘한 썰을 풀기 시작했다. 원료인 키스펩틴에 대한 장황한 설명에서 시작해 정신적 비아그라로 마침표를 찍었다. 인터넷에서 대충 섭렵한 정보였지만 반은 알아듣고 반은 알아듣지 못했다.

"어쨌든 이건 판매하는 게 아니란 말씀인가요?"

보테로는 머리를 가로저었다.

"팝니다. 팔고 말고요. 이렇게 약국까지 차린걸요. 하지만……."

보테로는 단서를 붙였다. 상품을 사려면 '제품구매동의서'에 서명을 해야 한다고 했다. 무슨 약이기에 이토록 복잡한 걸까?

"제품구매동의서에 서명하기 이전에 사랑의 묘약을 왜 구매하려고 하는지 상담받아야 하는 절차도 있소이다."

보테로는 중대한 선언서라도 낭독하는 사람처럼 말했다. 내 돈

주고 내가 산다는데 드럽게 절차도 복잡하네. 차라리 나를 찾아오라고 해. 사랑은 무슨 개뿔! 조건에 맞는 사람과 결혼하면 한평생이 꽃길인겨. 애춘이 이 자리에 동석했다면 거친 말을 쏟아냈을 게 틀림없다.

"그 상담은 누구한테 받아야 하는 건가요? 어르신이 해주시는 겁니까?"

우식은 두 손을 모으고 사뭇 공손한 자세로 물었다.

"고객이 원하신다면 내가 해드려도 무방하지만, 우리 딸한테 받고 싶으시다면 그리하셔도 괜찮소이다."

"아, 최효선 선생님한테요."

우식은 일면식도 없는 최효선에게 묘한 친근감이 들었다. 깊은 신뢰에서 오는 감정이었다. 실어증에 걸린 하나의 입을 열게 했다면 상담사로서는 실력을 검증받은 셈일 테니까 말이다. 그때 우식의 등 뒤로 인기척이 들렸다.

"효선아, 너 찾아온 손님이시다."

우식의 맞은편에 앉아 있던 보테로가 딸을 맞았다. 우식은 몸을 돌렸다. 유리문 앞에 또 한 명의 보테로가 서 있었다. 페르난도 보테로 그림 속에서 방금 튀어나온 여자 캐릭터였다. 살굿빛이 도는 볼과 두 개의 턱이 도톰한 효선은 아버지와 달리 커다란 눈망울이 인상적이었다. 만화영화 속 개구리 왕눈이를 닮은 눈이었다. 우식은 효선의 눈부터 살폈다. 안대도 하지 않았고, 멀쩡해 보였다.

"안녕하세요? 최효선 선생님. 하나 아빱니다."

우식은 허리를 굽히며 자기소개부터 했다.

"하나가 누구죠?"

"강하나요. 선생님 눈을 머리로 들이박은……."

"아! 그런데 여긴 무슨 일로……."

효선이 엉거주춤한 자세로 의자에 앉았다.

"눈은 좀 괜찮으신 겁니까?"

"아, 네. 이제 괜찮습니다."

"우선 뭐라고 사죄의 말씀을 드려야 할지 모르겠네요. 우리 하나가 그렇게 폭력적인 아이는 아닌데, 심신이 불안정한 상태라서 선생님께 큰 결례를 저지른 것이니 용서해주시길 바랍니다."

"아버님이 이렇게 직접 찾아오실 일은 아닙니다. 제가 하나를 끝까지 맡아서 상담을 하지 못한 점이 죄송할 따름입니다."

"효선아, 이분이 우리 제품에 관심이 있으신가 보구나."

두 사람의 대화를 듣고 있던 보테로가 불쑥 끼어들었다.

"아니, 그것보다도 우리 하나가 선생님께 뭐라고 하던가요? 선생님께는 말문을 열었다고 들었는데. 선생님도 아시다시피 개가 통 입을 떼지 않았거든요. 하나 엄마와 저는 그것 때문에 놀라기도 했고, 하나가 앓고 있는 마음의 병을 치료할 수 있겠다 싶은 희망이 보였답니다. 그래서 이렇게 염치 불고하고 찾아온 것이지요."

옴매! 우리 우식 씨가 말은 청산유수라니까. 애춘의 설레발이 우식의 귓가에서 팔랑거렸다.

"네, 저도 들었습니다. 담당 의사 선생님께도 입을 다물어서 실어증 진단을 받은 내담자라고요. 아, 저희는 환자를 내담자라고 합니다. 물론 이제 저는 상담사도 심리치료사도 아닙니다만."

"그러니까요. 우리 하나 때문에 선생님만 공연히 일자리를 잃은 게 아닌가 하는 죄송한 마음도 들었습니다."

"아니에요. 보시다시피 저희 가족이 이 약국을 오픈하느라고 심리상담사 일을 접은 거니까 그런 부담은 갖지 않으셔도 됩니다. 하나는 차도가 좀 있나요?"

"전혀요. 실어증도 여전하고요. 저희로서는 선생님께 무슨 말인가 했다는 게 놀라울 뿐이죠."

"잘 기억이 나진 않지만 이름을 말했던 거 같아요. 재, 뭐라고 했는데……. 아, 맞아요. 재완이라고 했어요. 제가 아는 사람과 이름이 같아서 이름을 듣는데 바로 꽂히더라고요."

"재완요?"

"혹시 아버님도 아시는 사람인가요?"

"아니요. 저도 처음 듣는 이름이네요. 애 엄마한테 한번 물어보도록 하겠습니다."

"제 생각인데, 어머님께 물어보시는 것도 좋지만, 하나의 수첩이나 다이어리 같은 걸 살펴보시는 것도 좋을 것 같네요. 아니면 하나의 학교 앨범이나 친구 전화번호를 뒤져보시는 방법도 있을 테고요. 심리적으로 불안한 하나가 입을 열자마자 떠올린 이름이라면 하나에게 어떤 의미가 있는 사람이 아닐까 싶어서요."

"선생님이 상담을 계속 맡아주셨다면 하나의 회복이 더 빨랐을 거예요. 저희로서는 안타까운 일입니다. 근데 우리 애가 왜 선생님께 덤벼들었던 걸까요?"

"아이의 아킬레스건을 건드렸나 보군. 쯧쯧!"

보테로가 무심하게 던진 말이었다.

"아빠가 그렇게 말하는 걸 보니 맞는 것도 같네. 나중에 곰곰이 생각해보니 하나가 나한테는 오픈 마인드였는데, 건드리면 위험한 하나의 상처를 언급한 게 아닌가 싶네요."

우식은 보테로 쪽을 쳐다보았다. 고수는 따로 있었다. 이 상점의 정체가 와락 궁금해졌다. 상담사는 프랑스 샹송 가수를 말해줬단다. 그때까지는 하나도 흥미로운 표정을 지었다고 했다. 우식은 상담사에게 하나가 노래에 재능이 있다고 이야기했다. 상담사는 고개를 끄덕거렸다. 우리 하나가 트로트는 기똥차게 잘 부르지, 암만! 애춘이라면 벙글거리면서 맞장구를 쳤을 것이다.

"그 가수의 일생을 말해주는데, 돌변했어요. 맞아요. 딱 그때였어요."

"가수의 일생이라뇨? 가수의 일생이 어땠는데요?"

곧이어 상담사가 얘기한 가수의 어린 시절. 우식은 하나의 심정이 십분 이해되었다. 보테로가 말한 아킬레스건이 맞을 가능성이 높았다. 낯선 사람의 입을 통해 자신의 내밀한 속살이 까발려지면 기분이 더럽다. 우식의 인생을 쥐뿔도 모르는 누군가가 우식에게 동성애나 게이에 관해 떠벌렸다면 자신도 그 사람을 들이박고 싶었을지 모른다.

상담사에게 더 들을 얘기는 없었다. 하나의 조울증이 어디서 연유된 것인지 감이 잡혔다. 아빠가 남들과 다르다는 것, 아빠와 엄마의 관계 등 모든 면에서 정상일 수 없는 환경에서 자라난 하나였다. 그런 결핍을 채워주기 위해 우식과 애춘은 일반적인 부부 시늉을 내느라고 나름 노력해왔다. 그 노력 덕인지 하나는 그런대로 잘 자라주었다. 하지만 겉만 멀쩡했을 뿐 속까지 멀쩡한 것은 아니었던 모양이다. 하나가 사춘기를 앓으면서 그런 것들에 예민해진 것일지도 몰랐다.

"아까 말씀하신 제품구매동의서를 좀 보여주시겠습니까?"

"저희 제품을 구매하시려고요?"

상담사가 눈을 크게 떴다.

"오늘 선생님과 대화를 한 걸 상담이라고 해도 될 것 같은데요. 안 되는 겁니까? 선생님 아버님이 절차를 말씀해주셨답니다."

보테로는 편수책상 서랍에서 종이 한 장을 꺼내 왔다.

제품구매동의서

1. '사랑의 묘약'과 관련된 모든 사항에 대해 충분한 설명을 듣고 이해했습니다.

2. '사랑의 묘약'의 섭취로 인해 예기치 못한 상황(본인 의사와 별개로)이 발생할 수 있다는 사실도 알고 있습니다.

3. 본인은 위의 항목을 숙지하였으므로 '사랑의 묘약' 섭취 시 본인의 판단에 따른 행위임을 인지하고 있으며, 차후 어떤 법적인 문제에도 본인의 책임이 수반되어야 함에 동의합니다.

문구들이 사뭇 비장했다. 우식은 서명란에 자신의 이름을 썼다. 수술을 앞둔 환자의 보호자라도 된 기분이었다.

"사랑의 묘약이, 아까 말씀하신 바로 그 키스펩…… 뭐라고 하는 원료로 만든 건가요?"

"이 제품은 그것과는 조금 차이가 있습니다. 아빠가 뭐라고 말씀하셨는지는 모르겠지만, 이 제품에는 마음을 편안하게 하는 효과가 있거든요. 하나가 복용해도 좋을 듯싶네요. 마음이 편안해져서 자기 속에 있는 말을 털어놓을 수도 있어요. 우리 몸에 알코올이 들어갔을 때 모든 혈관이 느슨해지면서 허심탄회하게 말하게 되는 것과 같은 효과라고 보시면 될 거예요."

"선생님 말씀을 들으니까 우리 하나에게 꼭 필요한 제품이라는 생각이 드는군요. 그런데 굳이 제품구매동의서까지 작성해야 하는 건가요?"

"오래전에 아빠한테 다소 곤란한 일이 있었거든요. 큰일은 아니었지만, 아빠가 그 일로 충격이 크셨어요. 저희로서는 최소한의 안전장치인 거죠."

우식은 사랑의 묘약을 들고 상점을 나왔다. 마법의 세계를 잠시 여행하고 온 기분이었다.

왜 억울하다는 생각이 들지?

다섯 번의 만남. 그녀는 변하고 있었다. 약속 시간에 늦었고 데이트 도중 지루하다는 듯이 하품하거나 입을 다물고 있기 일쑤였다. 내가 뭘 잘못했나, 진혁은 자책하며 그녀의 비위를 맞추기 위해 최선을 다했다. 처음 그녀가 손뼉을 치며 좋아하던 레스토랑을 다시 예약해보기도 하고 인터넷을 뒤져 데이트 코스와 맛집 별점을 검색해서 데리고 갔다. 진혁의 이러한 눈물겨운 노력에 대한 대가는 싸늘한 반응으로 돌아오곤 했다. 그녀는 데이트 만족도 최하의 점수를 주는 표정으로 일관하다가 슬그머니 몸을 빼는 걸로 데이트를 종료했다. 피곤하다는 게 이유였다.

이런 젠장! 진혁의 입에선 거친 말이 나오기 일보 직전이었다. 그녀를 기필코 잡아야 했다. 그녀가 쌀쌀맞게 대할수록 그녀와의 결혼이 일생일대의 목표인 것처럼 진혁은 안달이 났다.

커플 매니저가 가입비의 20퍼센트를 할인해준다는 말에 솔깃해서 진혁이 직접 결혼중개업자에게 전화를 걸기까지 했다. 좋은 상대를 만나기 위해 커플 매니저에게 부모님 재력을 부풀렸던 것도 나름의 계산이었다. 커플 매니저는 결혼중개업자로부터 알짜배기로 빼 온 리스트 중 A급이라고 생색을 냈다. 진혁으로서는 매칭 상대가 A급이고 가입비까지 저렴하다면 마다할 이유가 없었다.

진혁은 첫 만남에서 그녀에게 사로잡혔다. 그녀를 사랑하게 된 것이다. 사랑하지 않고서야 이렇게 애가 닳을 리가 없었다. 새치름한 표정의 그녀가 미소 짓는 걸 보고 싶다는 일념으로 그녀의 비위를 맞추는 자기 행동을 무엇으로 설명하겠는가. 사랑에 포위당한 진혁은 그녀를 만나지 않는 시간에도 오직 그녀를 즐겁게 할 생각에 온 정신이 팔려 있었다.

그녀만 차지한다면 진혁의 인생은 남들이 부러워할 만했다. 부모님이 열심히 사신 덕분에 대한민국이 말하는 중산층 이상의 가정이라고 말할 수 있었다. 대기업 신입 사원으로 입사한 아버지는 착실하게 승진을 해서 이사급에서 정년퇴임을 한 건실한 샐러리맨이었다. 엄마도 사교육 시대에 발맞춰 진혁의 입시에 열과 성을 다하는 평범한 가정주부였다. 진혁 또한 큰 말썽 부리지 않고 착실하게 중고등학교를 거쳐 인 서울 대학을 졸업하고, 공시생 열풍에 발맞춰 7급 공무원 시험에 합격했다. 이 정도면 순탄하고 무난해서 제법 성공한 인생을 살고 있다고 자부할 만했다. 부모님도 여생을 즐길 만큼 노후 대책이 되어 있었기에 오직 진혁의 결혼이 당신네 남은 인생의 마지막 퍼즐이라고 생각하시는 분들이었다. 그 점에서 진혁도 부모님과 뜻을 같이했다. 인생의 동반자로서 진혁에게 넘치지도 모자라지도 않을 여자를 고르는 일이 크게 어려울 것 같진 않았다.

　—진혁아, 네 짝으로 교사가 딱 맞다. 부부 공무원 좀 좋으냐.

　부모님의 바람이자 진혁의 꿈이기도 했다. 중고등학교 교사는 잔업이 많다고 들었다. 머리 큰 녀석들을 상대해야 하고, 입시에 맞춰 보충 수업과 진로 상담을 하다 보면 자연 퇴근도 늦어질 것이다. 그에 비해 초등학교 교사가 인기 짱이라고 했다. 진혁의 짝으로 더할 나위 없이 적합했다. 정년이 보장되고 방학도 있고 무엇보다 중고등학교 교사가 아니라는 점에 마음이 놓였다. 초등학교 교육과정 정도는 진혁이 대충 훑어도 알 만한 내용일 것이다. 하지만 중고등학교 교육은 그래도 전문적인 지식이 수반되어야 할 것이다. 진혁의 전공과는 거리가 먼 교과목을 가르칠 수도 있었다. 여자에게 밀리고 싶지 않다는 이상한 똘기가 작용했다.

　—여자는 쥐고 살아야 하는 법이다.

　아버지의 입버릇이 진혁에게 영향을 끼친 것일지도 모른다.

　—아무리 시대가 변해서 여자가 대학물을 먹는 세상이라고 해도 여자는 여자야. 여자 나대는 꼴은 못 본다.

　아버지와 진혁의 뒷바라지로 평생을 보낸 엄마의 말에도 세뇌당한 것일 터다. 그렇다고 애오라지 진혁의 월급만 바라보면서 살림하는 여자는 진혁뿐 아니라 부모님도 노 땡큐였다. 시대착오적인 현모양처는 당신 아들 등골만 빼먹는 여자라는 것이다.

　—너 혼자 벌어서 어느 세월에 넓은 집을 장만하고, 자식을 키우고, 노후를 설계하겠냐. 맞벌이는 필수다.

부모님의 성화가 아니더라도 진혁도 엄마 같은 여자는 싫었다. 살림만 한다는 이유로 친가의 모든 행사에 불려가서 허리 한번 펴지 못하고 일하는 엄마의 모습이 결코 좋아 보이지는 않았다. 정장 차림의 여자를 자기 엄마라고 소개하던 친구가 부러운 적도 많았다. 집에서 살림만 하는 여자가 하찮게 보이는 게 진혁의 솔직한 감정이었다.

진혁은 커플 매니저에게 상대 여성의 직업은 초등학교 교사여야 한다고 강조했다. 커플 매니저는 자기네 회사에서는 초등 교사 여성은 씨가 말랐다면서 마당발 결혼중개업자를 소개해주겠다고 눈을 찡긋했다.

간절히 원하면 온 우주가 돕는다는 말을 진혁은 실감했다. 인물과 몸매도 평균에서 빠지지 않았고 집안도 진혁의 집과 엇비슷했다. 첫 대면에서 그녀도 진혁에게 호감을 보였다. 세 번 만났을 때 영화도 보고 술도 한잔하면서 가벼운 스킨십 정도는 어색하지 않을 정도로 가까워졌다. 두 사람 모두 결혼 적령기였던 터에 실질적인 대화를 나누는 편이었다. 각자 집안의 상황에서부터 두 사람의 저축 액수와 연봉에 이르기까지.

언제부터인지 그녀의 태도가 뜨뜻미지근해지면서 진혁에게 가까워질 듯하다가도 평행선을 지키며 머뭇거렸다. 그럴수록 진혁은 몸이 달았다. 부모님도 언제 인사를 시킬 거냐고 덩달아 조바심을 냈다. 진혁은 부모님께 짜증을 냈다. 만난 지 얼마나 되었다고 성화를 하시느냐고.

답답한 마음에 여자의 환심을 사는 법, 20대 여자의 남자 선호도 등을 포털에서 검색해보기도 했다. 연애와 사랑의 연관 검색어에 주르르 딸려 올라온 문구 한 줄이 진혁의 눈길을 끌었다. '사랑을 완성해드리겠습니다.' 이건 뭐지? 연인을 위한 이벤트 아이템인가? 자본주의 사회에서 인간의 감성을 건드릴 만한 상품이리라. 호기심이 동하자마자 화면을 터치했다. 자동 반사 같은 작용이었다.

심신의 안정과 함께 눈과 마음을 열어준다고도 했다. 자양 강장제 비슷한 제품일까? 성적 의욕 저하 치료 및 불임 치료에도 획기적이라는 광고 문구가 눈에 거슬렸다. 정력제인가? 진혁의 머릿속에 떠오른 단어는 '비아그라'였다. 혈기 왕성한 진혁에게는 필요 없는 약이었다.

인터넷 창을 닫고 카톡을 열었다. 오늘도 진혁은 그녀에게 선톡을 날려본다. 진혁을 만나면 입을 빼물며 눈을 착 내리깔고 있는 그녀가 밉상이었지만 그럴수록 이상한 오기가 발동했다. 그녀가 수업을 마칠 시간이다. 진혁도 퇴근 시간이 가까워져 오고 있었다.

'수업 끝났나요?' 선톡을 날렸고 곧바로 숫자 1이 사라졌지만 답이 없다. 아직 수업 중이라서 그럴 테지. '퇴근 후 저녁 어때요?' 다시 한번 톡을 보냈다. 역시 묵묵부답. '이태원 파스타 집 폭풍 검색으로 알아본 집이에요. 분위기 좋죠?'라는 메시지와 함께 파스타 음식점 사진을 첨부했다. 그녀는 유독 파스타를 좋아했다. 파스타를 맛있게 하는 레스토랑을 고르는 일은 어렵지 않았다. 가격이 좀세다 싶으면 여자들은 무조건 좋아하니까. '네.' 달랑 날아온 회신이다. 분위기 있는 파스타 음식점 전경 사진에 겨우 넘어온 것이다. 이런 젠장! 무슨 지가 여왕이라도 되는 줄 아나 보네. 그녀가 보낸 중

세 시대 기사 나부랭이 취급하는 짧은 회신에 진혁은 와락 화가 치밀었다. 이럴 때마다 다 때려치우고 싶은 생각이 불쑥 올라왔다.

진혁이 파스타 집에서 기다린 지 10여 분 만에 그녀가 나타났다. 어정쩡한 표정의 그녀에게 진혁은 메뉴판을 들이밀며 온갖 비위를 맞췄다.

쟁반만 한 접시에 소똥만 한 샐러드와 파스타, 그리고 한우 안심 스테이크를 주문했다. 거기에 구색 맞추기로 하우스 와인까지. 오늘도 사흘 치 용돈이 다음 달 카드 청구서로 날아올 것이다. 후식으로 나온 푸딩과 커피를 마실 때였다.

"저기요……."

그녀가 새치름한 표정으로 진혁을 말끄러미 바라보았다. 이름이 있는데도 그녀는 항상 '저기요'라고 진혁을 호칭했다. 여기 있다, 어쩔래? 진혁은 속으로 그렇게 대꾸하며 억지 미소를 지었다.

"저는요, 좀 억울하다는 생각이 들어요."

억울하면 내가 억울했지, 네가 왜? 역시 속으로만 구시렁거릴 뿐이다. 그다음으로 그녀의 입에서 자분자분 흘러나오는 말은 한마디로 가관이었다. 그녀는 자기 말을 거리낌 없이 쏟아내면서 진짜 억울해서 못 살겠다는 표정을 지었다. 부아가 치미는 대로라면 그녀의 면상에 먹다 남은 푸딩을 뭉개주고 싶었다.

"그래서요? 지금 와서 어쩌자는 겁니까?"

진혁도 사람인지라 상기된 표정으로 따지듯 되물었다.

"아니, 뭘 어쩌자는 게 아니고요. 그냥 현실이 그렇다는 거예요. 동료 교사를 봐도 그렇고요. 엄마가 주위 분들 말씀을 들어보셔도 그렇다고 하네요. 사실 진혁 씨는 공무원이 된 지 얼마 되지 않아서 호봉도 그럴 거고, 공무원 월급이라는 게 뻔하잖아요."

그러는 너는? 초등학교 교사 연봉은 뭐 억대급이냐, 라고 되받아치고 싶었지만 꾹 눌러 참았다.

"무슨 말인지 충분히 알아들었습니다. 오늘은 이만 일어나죠."

진혁은 자리에서 몸을 일으키는 걸로 그녀의 말을 끊었다.

다른 날 같으면 데이트 마지막 코스로 집 앞까지 여왕 모시듯 데려다주었을 것이다. 하지만 오늘은 도저히 그럴 마음이 나지 않았다. 진혁은 급한 볼일이 생겼다면서 택시를 잡아 그녀만 태워 보내고 거리를 털레털레 걸었다. 기분이 자꾸 나빠졌다. 진혁 딴에는 열심히 살아왔고 자기 정도면 평균 이상이라고 자부했었다. 부모님이 설계한 인생 플랜에는 진혁의 라이프 매뉴얼도 포함되어 있다. 매우 만족스러운 설계라고 여겼다. 인생 플랜에 딱 맞춤하게 등장한 그녀가 진혁의 계획에 차질을 빚고 있는 것이다.

누군가에게 하소연이라도 하고 싶었다. 하지만 구차해지기 싫다는 마음이 앞섰다. 친구들한테 이런 얘기를 털어놓으면 개부럽다는 표현과 함께 빈정거림이 날아올 게 뻔했다. 겉으로는 다 진지하게 들어주는 척할 것이다. 하지만 속으론 지금껏 큰 고비 없이 순탄했던 진혁의 인생과 자신들의 인생을 견줄 게 분명하다.

머리 검은 짐승은 하등 믿을 게 못 된다는 아버지의 인생 지론이 진혁에게도 영향을 준 탓이 컸다. 포커페이스를 유지하는 것. 이사급으로 정년퇴임을 한 아버지한테 어느 순간 어느 때라도 자신의 속내를 타인에게 속속들이 보여주지 않는 것이 처세술이라고 배운 것이다. 차라리 친한 친구보다 낯모르는 사람에게 몇 마디 툭툭 던지며 속을 털어놓는 게 나을지도 모른다. 그때 진혁의 머릿속에 스치는 문구는 바로 '사랑을 완성해드립니다'였다. 고객 상담 후 맞춤형 제품을 판매한다는 홍보 글귀가 떠올랐다. 속는 셈 치고 한번 가보자는 생각이 들었다. 밑져야 본전이다.

다음 날 진혁은 바로 그곳을 찾아갔다. 진혁은 원래 그렇게 즉흥적인 사람이 아니었다. 그만큼 그녀가 진혁을 힘들게 한다는 방증이리라.

"왜 하필이면 이런 동네에……."

진혁은 혼잣말을 했다. 약국이 자리 잡은 동네에 들어서면서부터 짜증이 났다. 발길을 돌릴까 했지만 처음에 생각했던 '속는 셈 치고'와 '밑져야 본전'이라는 말을 거듭 되뇌었다. 약국 실내가 동네 분위기와 백팔십도 달라서 그나마 다행이었다. 슬라이드 유리문을 밀자 비발디의 〈사계〉가 물처럼 흐르고 있었다.

"여기 동네가 좀 그렇죠? 곧 재개발이 될 거거든요. 상가가 들어서면 저희도 상가 건물을 분양 받아서 새롭게 약국을 오픈할 생각이랍니다……."

진혁의 표정을 읽은 건지 여자가 변명하며 말끝을 흐렸다. 여자는 음악심리상담사라고 자신을 소개했다. 여자가 내미는 명함에도 그렇게 적혀 있었다. 나이가 가늠되지 않았다. 통통한 체형 때문에 진혁보다 서너 살은 너끈히 많아 보였지만 말투나 행동거지로 보면 진혁보다 어린 사람 같았다. 나이가 무슨 상관이랴.

진혁은 브라운 색깔의 안락의자에 몸을 기댔다. 상담 전용 의자인 듯했다. 상담사는 진혁에게 이러저러한 말을 시켰고 진혁도 상담사에게 그녀 이야기를 시작했다. 삼십 평생 처음으로 사랑하는 여자를 만났고, 그녀의 사랑을 얻어 반드시 결혼에 골인하고 싶다는 말도 했다.

"여친 분과는 언제 데이트하셨어요?"

상담사는 일상을 나누듯 편안하게 물었다.

"어제 만났습니다."

"데이트를 끝내고 집까지 바래다주셨겠네요."

"어, 으음……. 아, 물론 데려다줬지요."

"데이트에서는 뭘 드셨나요?"

"파스타요."

"여친 분이 파스타를 좋아하세요?"

"파스타를 좋아하냐고요?"

"네."

"글쎄요. 좋아하는 거 같습니다."

"여친 분도 진혁 씨를 사랑하나요?"

"그걸 잘 모르겠어요. 그게 고민이에요. 그래서 하는 말인데, 사랑의 묘약을 구입해서 제 여친에게 선물로 주면 어떨까요?"

"진혁 씨가 드실 게 아니고요?"

"내가 그걸 왜 먹겠습니까? 나는 내 여친과 결혼하고 싶은 사람이라니까요."

"손님은 결혼을 하고 싶으신 거지, 여친을 사랑하는 건 아닌 것 같네요."

"어떻게 그렇게 단언을 하는 거죠?"

진혁 자신도 부정했던 팩트를 상담사가 짚어내고 있었다. 무심히 치고 들어오는 상담사의 수법에 은근히 말리는 기분이 들었다. 비발디가 끝나자 쇼팽의 왈츠가 연이어 들렸다. 생각했던 만큼 이상한 곳은 아니었지만 생각한 것 이상으로 이상한 약국이긴 했다.

"고객님은 여친한테도, 자기 자신에게도 솔직하지 못하다는 생각이 듭니다. 물론 저한테도 마음을 닫고 있고요."

"내가 왜 당신에게 내 속내를 다 보여야 하는 겁니까?"

"저한테 상담을 의뢰하셨잖아요. 사랑에 관한 상담요."

"사랑한다니까요. 내 배우자로 초등학교 선생인 그녀를 원해요. 저희 부모님도 교사 며느리를 꿈꾸셨고요. 제 여친이 바로 그런 사람이라니까요. 그러니, 제가 어떻게 그녀를 놓칠 수 있겠어요. 그런데……."

"여친과의 데이트가 뭔가 만족스럽지 않으셨군요."

"데이트가 만족스럽지 않았냐고요? 아니요. 아닙니다. 만족했어요. 내가 뭐가 부족해서요. 나 정도면 신랑감으로 에이뿔까지는 아니더라도 에이제로는 되는 남자인걸요. 우리 부모님도 그렇게 생각하시고요."

"부모님께 말씀드리지 못했겠네요."

"뭘요?"

"여친 분과의 관계가 원만하지 않다는 것을요. 부모님은 결혼을 재촉하실 테니까요."

"아! 음, 으……. 원만하지 못하다니요? 아니요. 우리 둘은 원만한 편이에요. 매우……."

진혁은 거짓말을 하는 자신을 발견했다.

"다시 어제의 데이트로 넘어올게요. 데이트는 즐거우셨나요?"

"네, 즐거웠습니다. 우리는 곧 결혼할 사람들이니까요."

"어제 두 분은 몇 시에 헤어지셨나요?"

또 혹 치고 들어온 질문에 진혁은 어제의 데이트 순서를 머릿속으로 배열하기 시작했다. 이른 저녁을 먹고 기분이 상해서 저녁 7시 반쯤 헤어진 게 생각났다. 하지만 상담사에게 자신의 구차함이 들통나는 게 싫었다.

"8시 반이 지나서였을 거예요."

"여친의 집이 어딘데요? 정말 데려다주신 게 맞아요? 그러면 빨라야 10시, 아니 그보다 훨씬 더 늦은 시간에 헤어졌을 텐데요. 곧 결혼을 약속할 남녀가 그렇게 빨리 헤어졌다고요?"

상담사는 말이 빠른 편이 아니었다. 하지만 진혁은 따발총에서 연달아 쏟아지는 총알을 연거푸 맞은 듯이 정신이 혼미했다. 상담사가 진혁을 지그시 바라보았다. 진혁이 상담사의 눈을 피해도 집요한 시선이 그를 놓아주지 않았다.

"고객님, 제 눈을 좀 똑바로 봐주시겠어요?"

상담사가 다소 고압적인 말투로 말했다. 진혁은 올가미에 붙들린 사냥감처럼 상담사의 눈을 보기가 두려워졌다. 어제 그녀에게 당한 모욕이 고스란히 떠올랐다. 그녀는 낯빛 한번 바꾸지 않고 말을 이어 나갔다. 자기 정도면 더 좋은 조건의 남자를 만나도 된다고 했다. 그녀가 말한 자기 정도라는 게 어느 만큼인 걸까. 진혁은 그녀에게 되묻고 싶었다. 자기 정도면 초등학교 교사 정도는 만나도 되지 않냐고. '정도'와 '조건'의 교환가치가 사랑이라고 믿었다. 아니, 사랑이라고 믿고 싶었다.

사랑을 연구한 사람들이 그랬다. 아무리 뜨거운 남녀의 사랑도 유효기간이 3년이라고. 3년이 지나면 유통기한이 넘은 식료품처럼 폐기 처분되어도 아깝지 않은 호르몬 작용이 사랑인 것이다. 그 후에 남겨지는 것은 무엇일까. '정도'와 '조건'에 따라 법으로 묶인 의무감과 가족이 느끼는 미지근한 정(情)이 MSG로 첨가된 상태일 뿐일 것이다.

"두 분이 함께 와보시는 건 어떨까요?"

상담자는 부드러워진 눈빛에 맞게 목소리도 나긋해져 있었다.

"제 여친과 함께 와야 살 수 있다는 말입니까?"

"그렇지는 않습니다. 오늘도 제품구매동의서만 작성해주시면 사실 수 있어요. 그건 고객님 선택입니다."

까다로운 조건이 참 많았다. 그럴수록 신뢰가 간다는 게 이상했다. 이 약국이 왜 SNS에서 유명세를 타는지 조금은 알 것도 같았다. 사람의 묘한 심리를 기가 막히게 파고드는 판매 전략이 성공한 게 아닌가 싶었다. 판매 전략인 줄 알면서도 진혁은 제품을 얼른 구입하고 싶은 마음이 생겼다. 묘한 승부수가 발동한 것이다. 진혁은 동의서에 서명하고 사랑의 묘약 한 상자를 샀다.

"여친 분에게 선물로 드리기 전에 손님이 먼저 저희 제품을 드셔보신 후 여친 분과도 꼭 같이 와주시길 부탁드립니다."

"글쎄요. 여친이 함께 올지는 미지수라는 생각이 듭니다만."

"혹시 어제 고객님과 여친 분 사이에 의견 충돌이 있었던 건 아니었나요? 실례가 되는 말씀일 수도 있겠지만 두 분의 결혼에 경고등이 들어온 건 아닌가 싶네요."

상담사가 진혁의 속내를 간파한 듯했다.

"음, 어…… 아니에요. 아닙니다. 그 여자는 나와 꼭 결혼할 겁니다. 내가 그렇게 되게 할 거니까요."

진혁은 목소리에 힘을 실었다. 그녀가 진혁의 직업과 월급을 폄하했을 때 결심은 더욱 굳어졌다. 반드시 그녀와 결혼을 할 것이라고. 수단과 방법을 가리지 않고. 사랑의 묘약이 큐피드의 화살 역할을 해주길 간절히 바랄 뿐이다. 상담사는 진혁에게 권했지만 진혁은 그녀에게 사랑의 묘약을 먹게 할 생각이다. 결혼에 골인해서 3년이 지나면 그녀와 진혁은 타인의 눈에 보기 좋은 중산층 가정의 표본이 될 것이다. 그것이 비록 쇼윈도에 지나지 않을지라도. 진혁은 부모님의 뒤를 이어 완벽한 라이프 플랜의 주인공이 되고 싶을 뿐이었다.

거짓말을 꿰뚫어 보는 심리 기술

최영광은 딸에게 신약 샘플을 보여주기 위해 마당으로 통하는 약국 문을 열었다. 조제실을 거쳐 실내로 들어섰을 때 효선과 상담을 끝낸 청년이 약국을 막 나가고 있었다. 무언가에 쫓기는 듯한 청년의 모습은 안쓰러워 보였다. 영광은 청년에게 오래전 자신이 투영되는 듯싶어 머리를 설레설레 흔들었다. 약국은 입소문을 타고 찾아오는 고객들이 점점 늘어나는 추세였다. 딸이 SNS나 유튜브를 통해 젊은 고객을 유치한 덕분이다.

―내가 뭐랬어. 효선이랑 같이 하길 잘했지.

아내가 달라지고 있었다. 딸을 부르는 호칭부터 바뀌었다. 사랑의 묘약 덕분인 걸까? 아침마다 아내는 식구들에게 사랑의 묘약을 먹도록 했다. 손님한테 권하기 이전에 우리가 먼저 효과를 봐야 한다고. 딴에는 맞는 말이다. 그렇다면 딸은? 딸도 조금씩 달라지고 있었다. 영광은 견원지간이던 두 사람 사이에서 곤혹스러울 때가 많았다. 그런데 요즘은 정말 다리를 뻗고 편안하게 잘 수 있었다.

"지금 금방 나간 사람이 누구냐? 손님?"

"손님이지, 누구겠어요. 이게 새로 개발했다는 신제품이에요?"

딸은 영광에게 제품을 받아서 냄새를 맡았다. 이 제품도 역시 젤리 형태와 캡슐 형태 두 가지로 판매할 생각이었다. 젤리 형태는 여성과 노인들에게 인기가 좋았고 캡슐 형태는 남자들이 선호했다.

"오호! 찐 애플망고 향인데. 이번 신제품의 이미지와도 잘 맞겠네. 한수애 여사님의 과일 향 선정이 제법이신데."

"으이고! 또 한 여사란다."

딸에게 눈을 부라렸지만 영광은 딸이 전과는 달라졌다는 것을 모르지 않았다. '한 여사'라는 무미건조한 호칭보다 '한수애 여사님'이라는 호칭은 뉘앙스에서 애정이 담긴 듯 느껴졌기 때문이다. 딸은 입을 삐죽거리면서 포장 회사에 전화를 걸었다. 전에는 아내가 맡아 하던 일이었는데, 이젠 딸도 베테랑이 되었다.

"이번엔 어떤 콘셉트예요?"

"이걸 어떻게 설명하면 좋을까? 음, 사람이 어떤 상황에 직면했다고 치자. 그 상황이 좋은 쪽으로, 혹은 좋지 않은 쪽으로 진행될 때, 자신에게 유리한 방향으로 상황을 해석하려는 게 사람이야. 하지만 사랑에 빠진 사람은 좀 달라. 사랑하면 세상이 아름다워 보인다고들 하잖니. 마음이 어린아이처럼 순수해진다는 거지. 만약 어떤 사람이 사랑을 놓고 이해득실의 계산을 한다면 그 사람은 진짜 사랑을 하는 게 아니야. 그걸 깨닫게 해주는 제품이라고나 할까?"

"무슨 말인지 이해가 되네요. 아, 근데 좀 아깝네요. 그런 효능이 있는 거라면, 아빠가 한발 늦으셨네."

딸이 안타깝다는 표정으로 혀를 찼다. 영광은 그게 무슨 말이냐고 물었다.

"아까 그 손님 말이에요. 이 제품이 그 손님한테 맞는 거였는데……."

"그 손님이 우리 물건을 사 가지 않은 게로군."

"사실 팔고 싶지 않았는데, 손님이 산다고 해서 팔긴 했어요."

"왜? 제품구매동의서에 서명하지 않겠대?"

"아니요."

"그런데?"

"그 손님한테는 우리 제품을 팔기가 싫더라고. 뭐랄까 좀 위험하다는 생각이 들었거든요. 그래서 손님에게 조심스럽게 제안했어요. 우리 제품을 먹어보고 다시 한번 가게에 방문해달라고요."

"그게 무슨 말이냐?"

"진실을 말할 줄 모르는 사람 같았어요. 자신의 사랑에 대가를 원하는 사람 같다고 해야 할까. 사랑이라는 것이 자기 인생에서 쟁취해야 하는 무엇이라고 생각하는 사람 같더라고요."

영광은 딸의 얘기를 더 자세히 듣고 싶어서 팔짱을 끼고 의자에 엉덩이를 걸쳤다. 소파에 앉아 있던 딸도 두 손바닥 끝을 뾰족하게 맞대고는 두 팔꿈치를 양쪽 무릎에 얹었다. 긴 이야기를 시작할 모양이었다.

"심리학에는 상대의 거짓을 알아내는 기술이 있거든요."

딸이 입을 뗀 서두가 영광의 흥미를 확 끌어당겼다. 딸의 말에 따르면 작정하고 거짓말을 하는 사람은 인지 과부하가 걸릴 확률이 높다고 했다. 인간이 처리할 수 있는 정보의 양은 정해져 있는데 그것보다 정보의 양이 많아지면 문제가 생긴단다. 그걸 인지 과부하라고 한단다. 진실을 말하는 사람은 큰 고민을 하지 않고 상대에게 말을 하므로 인지적인 처리가 거의 필요치 않다. 그에 비해 거짓말을 하는 사람은 머리를 써야 하기 때문에 과부하가 걸린다는 것이다. 거짓말을 들키지 않으려고 말과 행동, 표정과 눈을 통제해야 하고 거짓말하는 과정에서 누수가 되지 않게 하려고 과하게 두뇌를 회전시켜야 한다. 거짓말하는 사람은 대체로 세부 사항이 모호하고 빈번하게 일시 중단 상태가 된다. 이때 '음'이나 '어' 같은 애매한 신음을 연발하는 특징을 보인단다. 또한 시간을 벌기 위해 뒤로 기대는 자세도 취한단다.

"효선이 네 말인즉, 그 손님도 그랬다는 거냐?"

효선이 크게 머리를 주억거렸다. 딸이 기특하면서도 화가 났다. 그렇게 남의 심리는 잘 꿰뚫는 녀석이 승규 속은 어떻게 그렇게 모를 수 있는지. 사랑에 눈이 멀면 상대방한테만큼은 한없이 관대해지는 걸까.

"내가 그 고객한테 더 면밀하게 접근을 해봤어요."

"어떻게?"

첫 번째로 일어난 상황을 역순으로 회상하게 하는 방법을 썼다고 했다.

"거꾸로 얘기하게 했단 말이냐? 하긴 애들한테 구구단을 외우게 할 때도 거꾸로 외우게 하지."

영광은 보습학원에서 원생들을 교육하던 방법이 생각났다. 더듬거리긴 하지만 뇌의 원활한 활용법으로도 최고인 학습법이다.

"맞아요. 거짓말을 하는 사람은 순차적 혹은 연대기적으로 준비를 하는 경향이 짙거든요. 무의식적이든 의식적이든 나름 연습도 했을 테고. 근데, 그걸 역순으로 물어보면 대부분 헷갈려 하죠. 중간에 훅 치듯이 질문을 던지니까 고객이 당황하면서 증상을 보이더라고요."

"무슨 증상?"

"내가 아까 얘기했잖아요. '음'이나 '어'와 같은 소리를 연발하고, 세부 사항도 왔다 갔다 하더라고요. 나한테서 멀찍이 떨어지려고 몸도 뒤로 젖히고요. 마지막으로는 눈 맞추기를 시도했어요."

"눈을 맞춘다고? 그건 또 뭐냐?"

영광은 현대인들이 왜 심리학에 열광하는지 조금 이해되기도 했다. 인간의 무심한 행동을 데이터화한 걸로 개개인의 내면 심리를 다 파악할 수는 없겠지만 흥미로운 것만은 분명했다.

"어린애들이 어른들을 속이려고 할 때 어른들이 아이의 팔을 딱 잡고 눈높이를 맞추면서 하는 말 있잖아요."

"아빠 눈 똑바로 보고 얘기하라는 거?"

"네, 맞아요. 왜 눈을 마음의 창이라고 부르겠어요. 거짓말을 하는 사람들도 상대의 눈을 정면으로 보지 못하고 피하는 경향이 있거든요."

"그 고객이 그랬다는 거냐? 무슨 거짓말을 했는데?"

"결혼하고 싶은 여자친구가 있는데, 사랑하지 않으면서 사랑한다고 스스로에게조차 거짓말을 하는 거 같더라고요."

"왜 그랬을까?"

"여자친구를 그 사람 자체로 좋아하기보다 여자친구의 조건이 손님이 원하는 부분과 맞아떨어진다는 것에 집착하는 게 아닌가 싶었어요."

"너는 승규 녀석과는 진전이 좀 있는 거냐?"

영광도 딸의 허를 찔러보기로 했다.

"아빠는! 뜬금없이. 그 사람 얘기는 갑자기 왜 꺼내요."

"고객들 심리는 그렇게 환하게 뚫고 있으면서 정작 네 애인 속마음은 얼마큼 아느냔 말이다. 그 녀석이 너를 좋아하긴 하는 거냐?"

"나를 좋아하니까 우리 집을 뻔질나게 드나드는 거겠죠."

"프러포즈는 받은 거냐?"

"때가 되면 하겠죠."

"도대체 그때가 언젠데?"

영광이 혀를 차는 걸로 대화는 끝났다. 딸에게 더 이상 상처 주는 말을 하고 싶지 않아서였다. 딸도 승규가 의심스러울 것이다. 하지만 그것을 부정하고 싶은 속내를 감추고 있는 것일 터. 어디 딸뿐인가? 수십 년을 속이고 살아온 자신은 또 어떤가.

아내와 결혼한 후 내팽개친 연구를 다시 시작할 수 있었던 계기는 미국 제약사 화이자가 개발한 비아그라였다. 비아그라는 성관계에 어려움을 겪는 남성들에게 새로운 세상을 열어주었다. 영광은 촉각을 곤두세웠고 사랑에 관한 연구에 박차를 가했지만, 시기상으로 이미 늦은 연구였다. 이미 비아그라는 매출이 2조 원이 넘어설 정도로 선풍적인 인기를 끌었다. 영광은 땅을 쳤다. 자신의 연구가 조금만 빨랐더라도 비아그라 이상의 혁명을 몰고 왔을 것이 자명하므로. 영광은 마음을 다잡았다. 늦었다고 생각하는 순간이 가장 빠르다는 격언에 기대어보기로 했다. 몇 년의 연구 끝에 서광이 비치기 시작했다. 어렵게 줄을 대어 학회에 소논문을 발표했고, 연구에 관심을 가진 메디컬센터와 생물학 연구소에서 인터뷰 요청을 해왔다. 연구비를 지원해주겠다는 산하단체도 생겼다.

그런데 전격적인 임상실험 단계에서 경고등이 켜졌다. 임상실험에 참여한 한 남성이 문제를 일으켰다. 혼자 좋아했던 여자에게 지나친 애정 공세를 쏟아붓자 견디다 못한 상대 여자가 남자를 스토커로 경찰에 고발했다. 경찰서에서 참고인으로 오라는 연락을 받았다. 영광이 개발한 사랑의 묘약은 이미 식약청에서도 인증받은 터라 별다른 문제는 없었지만 아내와의 일이 떠올라 식은땀이 흘렀다. 참고인 조사를 받고 온 영광에게 아내가 물었다. 자기한테 할 말이 없느냐고. 영광은 아내의 질문에 대답하는 대신 연구를 접겠다고 선언했다. 조소 띤 표정을 짓던 아내는 조금씩 달라지기 시작했다. 이전까지는 영광의 손아귀에서 한 발짝도 나가지 못하던 아내였다. 귀가 시간이 늦어졌고, 한껏 외모를 꾸몄다. 영광은 아내를 제재할 수가 없었다. 점점 그림자 부부가 되어갔고, 그 사이에서 딸은 방황이 깊어졌다.

"효선아, 그거 아빠한테도 한번 해보겠니?"

"뭘요?"

"거짓말을 꿰뚫어 보는 심리 기술 말이다."

"아빠도 배워보시게?"

딸의 반응이 엉뚱했지만 영광은 그렇다고 대답했다. 딸에게서 들은 청년 고객에게서 자신이 투영된 탓이 컸다.

30여 년 전, 영광은 생화학 박사과정을 밟는 고등학교 생물 교사였다. 사랑은 단지 두뇌의 호르몬 작용일 뿐이라는 이론으로 무장된 영광 앞에 한수애가 나타나기 전까지 세상과 담을 쌓고 사는 과학도였다. 인간이란, 더군다나 수애는 수많은 세포와 무기질과 단백질 및 몇 가지 액체로 합성된 생물체를 뛰어넘어 매력 그 자체인 유기체라는 걸 깨닫는 순간 스파크가 튄 것이다. 생화학에 인생을 걸었던 과학도 최영광이 사랑의 묘약을 추출했던 시기와 맞물렸다.

선생이 미성년자인 어린 제자를 넘본다는 것은 있을 수도, 있어서도 안 될 일이었다. 방법은 오직 한 가지. 수애가 영광을 사랑하는 길밖에 없었다. 영광이 추출한 생화학 물질은 그걸 이루게 하는 사랑의 도구였다. 수애는 외모도 뛰어났지만 머리도 좋은 학생이었다. 문과와 이과를 결정하는 시기에 수애가 영광을 찾아왔다. 수학과 과학 성적이 우수했던 수애는 성량이 풍부해서 성악가도 꿈꾸는 다재다능한 학생이었다. 자신의 미래에 대해 진지하게 고민하는 수애를 앞에 두고 영광은 심장이 두근거려 미쳐버릴 것만 같았다. 영광은 알고 있었다. 자신의 사랑이 임상실험의 결과일지도 모른다는 것을. 영광이 섭취한 것은 연구 막바지에 이른 키스펩틴이었다.

영광은 수애의 담임에게 특별히 부탁해서 수애에게 일주일에 두

번 방과 후 과학실 청소를 맡겼다. 막 연구를 시작한 바소프레신이라는 물질의 임상실험으로 수애가 적격이었다. 오직 한 사람에게만 사랑의 감정을 느끼는 호르몬이었다. 수애가 오직 영광만을 바라보길 원하는 마음이었기에. 청소가 끝날 시간이면 영광은 주스 한 잔을 수애에게 내밀었다. 아무것도 모르는 수애는 그것을 받아 마셨다. 주스에 침투된 호르몬이 수애의 심경에 어떤 변화를 일으키는지 지켜보았다. 영광은 수애가 마음에 둔 남학생이 있는 것은 아닌가 노심초사했다. 바소프레신의 효과가 엉뚱한 곳에서 효력을 발휘할 수도 있을 테니까. 하지만 다행히 수애가 특별히 좋아하는 남자는 없는 눈치였다. 연구의 초기 단계라는 걸 감안하더라도 수애에게서는 자잘한 변화가 보이기 시작했다. 수애가 바소프레신에 의해 영광에게 집중하는 게 느껴졌다. 사랑의 화살을 맞은 영광이 수애에게 푹 빠진 것처럼.

처음, 과학실에 청소하러 온 수애의 얼굴에는 그늘이 져 있었다. 하지만 점차 시간이 지남에 따라 수애는 청소하면서 콧노래를 흥얼거렸고, 영광한테도 싱그러운 미소로 인사를 했다. 영광을 바라보는 눈빛도 달라졌다. 선생님은 애인 없으세요? 선생님의 이상형은 어떤 여자분이세요? 라는 짓궂은 질문을 생글거리며 던지기도 했다.

청소를 끝낸 어느 날 오후, 수애는 영광이 따라준 오렌지 주스 한 잔을 말끔히 비웠다. 영광은 주스에 떠돌던 사랑의 묘약 입자들이 수애의 분홍색 입으로 들어가는 것을 지켜보았다.

─선생님!

─왜?

―뭐 하나 질문드려도 되나요?

―해봐. 생물에 관한 질문이냐?

―피이! 선생님은 제가 범생이로만 보이시죠?

수애는 뾰로통한 낯빛으로 눈을 곱게 흘겼다. 영광은 당장이라도 수애를 와락 끌어다가 자기 품에 안고 싶은 마음이 굴뚝같았다. 귤빛 황혼이 과학실 창문을 적시고 있었고, 대기 중에 사랑의 미립자들이 은밀히 퍼져 둥둥 떠다니는 기분이었다. 영광은 어떤 대가를 지불하더라도 수애를 갖고 싶었다.

―이 녀석아! 음대를 포기하고 전공을 이공계로 바꾼다면서? 그러면 열심히 공부해야지!

―전 대학 안 가요. 아니 못 가요.

―그게 무슨 소리야? 너, 얼마 전에 나한테 진학 상담하러 왔었잖아.

―아, 그거요. 저도 그때 고민 중이었거든요. 대학이야 당근 가고 싶죠. 근데 제 현실이 그렇질 못해요. 사실, 저요. 언니랑 단둘이 살고 있어요. 우리 언니도 상고 나와서 취업했어요. 언니는 저한테 대학에 가라고 하지만, 진심은 아니에요. 왜냐면 언니는 곧 결혼할 거거든요. 세상에 어느 형부가 처제 공부를 시키겠어요.

―부모님은?

―선생님은 모르셨군요. 저희 부모님 오래전에 돌아가셨어요.

수애는 불우한 가정환경을 말할 때도 얼굴에 생기가 감도는 아이였다. 진흙탕에서도 꿀 향기를 내는 특이한 식물처럼.

―어쩌다가…….

영광은 정말 측은한 표정을 지어 보였다.

―엄마는 제가 갓난아기일 적에 돌아가셨대요. 그래서 엄마 얼굴도 잘 몰라요.

―아버님은?

―울 아빠요? 아빠가 엄마 대신 밥도 해주고, 빨래도 해주고, 돈도 벌고 그랬는데요. 언니는 고등학교 때였고, 저는 초등학생 때 돌아가셨어요.

―저런! 어쩌다가.

노을이 비쳐서 발갛게 상기된 수애의 얼굴을 넋 나간 듯 바라보면서 영광은 혀를 찼다.

―사고였죠, 뭐. 불행한 스토리는 왜 다 그렇게 천편일률적인 걸까요? 그런 스토리대로라면 저 같은 아이는 당연히 대학을 안 가는 게, 아니 못 가는 게 맞겠지요? 저요, 줄리아드 음대 같은 데를 나와서 성악가가 되고 싶었어요. 아니면 선생님처럼 대학 졸업하고 대학원에도 가 계속 공부해서 노벨상을 받고 싶은 꿈도 있었고요. 그래서 선생님을 찾아갔던 거예요. 선생님 그거 아세요? 선생님 되게 멋있다는 거요.

―내가? 내가 뭘 멋있어.

영광은 멋쩍게 웃었다. 귓불까지 빨개진 줄도 모르고. 사랑은 인간을 유치하게 만드는 요소가 있었다. 사랑하는 이에게 작은 칭찬을 받으면 뭉게구름에 올라탄 듯 기분이 붕붕 뜨는 법.

―당근 멋지시죠! 선생님은 박사 공부도 하시잖아요.

영광은 자신도 모르게 입이 벙싯 벌어졌다.

─너, 아까 나한테 뭘 물어본다고 하지 않았니? 선생님이 다 가르쳐줄게.

할 수만 있다면 하늘의 별과 달이라도 따 주고 싶은 심정이었다.

─선생님?

─웅!

─절, 좋아하세요?

수애의 입가에 빙그르르 돌고 있는 미소. 영광의 눈에는 오직 수애의 입술만 보였다. 한입에 삼켜 빨고 싶은 수애의 그것. 체리같이 달콤한 향내를 잔뜩 머금고 있을 그것. 수애의 질문이 아득했다. 자기를 좋아하느냐고 그랬나? 그걸 말이라고. 지금 그런 말을 나한테 물어보는 너의 의도는 도대체 뭐니? 다리가 허공에 붕 떠오른 상태였던 영광의 귀로 겹겹이 쌓여 있던 플라스틱 물컵이 한꺼번에 와르르 쏟아지는 소리가 들렸다. 그 소리는 다름 아닌 수애의 까르륵, 하는 웃음소리였다. 수애는 선생님, 얼굴 진짜 새빨개지셨어요, 라며 배를 잡고 웃었다.

─절요! 절! 스님들 있는 절을 좋아하시냐고요?

─이 녀석이! 선생님을 놀리고 있어!

영광은 화끈거리는 얼굴을 손바닥으로 연신 훑어 내리며 헛기침했다.

그날 이후 수애는 영광에게 착 달라붙었다. 절을 좋아하느냐는 시답지 않은 농담이 신호탄이 된 셈이다.

─저는요, 아빠 같은 남자한테 끌려요.

수애가 영광에게 한 첫 고백이라고 할 수 있었다. 과학실 한쪽에 자리를 차지하고 있던 싸구려 인조가죽 소파. 교장실에 새로 들인 응접세트에 밀려 폐기 처분되기 직전에 과학실에 실려 온 그것에서 영광과 수애는 처음 사랑을 나눴다. 훗날 수애가 야로라고 부르는 것의 전말이다.

수애의 배가 불러왔고 학교에 소문이 퍼지기 시작했다. 징계받은 영광은 학교를 그만뒀고 수애도 자퇴해야 했다. 영광이 연구한 물질의 임상실험 첫 시작은 미성년 성폭행일 수도 있었다. 지금 시대라면 몇 년 콩밥을 먹고도 남을 범죄였다. 수애는 자신이 왜 그렇게 쉽게 생물 선생에게 마음과 몸을 열었는지 스스로도 의아했다. 하지만 학교 자체에서 열린 심의위원회에서 수애는 생물 선생이 자신을 강제로 추행한 것은 아니라고 진술했다. 사건의 전말을 되짚어보면 근거 없는 진술도 아니었다. 수애의 그런 진술이 영광에게 정상 참작이 되어 영광에게 법적 조치가 내려지지 않았다. 수애의 입버릇대로 순전히 야로였던 셈이다.

법의 테두리는 넘어갔지만 두 사람 인생에 파장은 컸다. 결혼을 앞둔 수애의 언니는 예비 신랑과 예비 시댁에 배가 불러오는 동생이 부끄럽다면서 수애에게 등을 돌렸다. 영광은 자신의 아기를 임신한 수애를 어렵지 않게 차지할 수 있었다. 그 모든 것이 정말 사랑의 묘약이 지닌 효능 때문이었던 걸까? 영광도 100퍼센트 확신할수는 없었다.

"아빠는 거짓말 심리 기술을 배워서 어디에 쓰려고요?"
딸이 영광을 다시 한번 재우쳤다. 회상에 젖어 있던 영광은 정신을 차렸다.

"음, 어……. 거짓말 심리 기술을 어디에 쓰려고 하느냐고?"

더듬거리는 반응과 상대의 말을 되묻는 자신을 쳐다보는 딸의 의미심장한 눈초리를 영광은 똑바로 바라볼 수 없었다.

인간의 영혼을 완벽하게 만드는 것

조용희는 학과 조교로부터 전화를 받았다. '문학과 사랑'이라는 과목이 다음 학기에 용희가 맡게 될 강의라고 했다. 인문학과 학생들의 교양 선택 과목이었다. 박사과정 논문이 통과되자마자 지정받은 첫 강의였다. 용희는 지도 교수에게 전화해서 감사 인사를 드렸다. 다른 대학원생 동기보다는 늦게 받은 강의라서 굳이 감사할 필요는 없었지만 관행적 예의였다.

용희는 학교 홈페이지에 들어가서 사번을 쳤다. 따분한 문학보다 달콤한 사랑이라는 단어에 메리트가 있는 까닭인지 수강 신청인원이 많은 과목이라고 했다. 원래 40명 정원의 한 반이었는데, 수강 신청이 많아지자 A반과 B반으로 분반해 정원이 80명으로 늘어났다. 같은 내용으로 두 반을 가르치는 것이 한 반을 가르치는 것보다 강의료가 두 배 많다는 장점이 있긴 하지만, 학생 관리와 성적

처리를 할 때도 두 배라는 점이 부담스럽긴 했다.

처음 작성하는 강의 계획서. 무엇인들 처음이 아닌 게 있으랴. 첫 강의. 학생 신분이 아닌 선생으로서 강단에 서는 첫 경험. 처음으로 대하는 학생들의 눈빛과 표정. 거의 10년 가까이 배우기만 해온 문학을 타인에게 처음으로 전달해야 하는 부담감.

학습 목표 및 교재 등을 필두로 15주 차에 걸쳐 작성해야 하는 한 학기의 강의 계획서 카테고리를 닫았다. 칸칸이 채워서 입력해야 하는 내용들이 아득했다. 문학 전공자인 용희에게는 맞춤한 교양 과목이었지만 낯설기만 했다. 언감생심 욕심을 내자면 용희가 가르치고 싶은 과목은 소설론 쪽이었다. 하지만 용희에게 차례가 올 리 만무했다. 서른 중반을 훌쩍 넘겼지만 인생에서 실질적으로 이룬 게 없는 용희였다. 어영부영하다 마흔 줄에 들어서기 십상이라고 했던 선배의 말이 뼈에 사무쳤다.

대학을 졸업하고 몇 군데 직장을 전전하다가 들어온 대학원이었다. 대학 동기들이 하나둘 취업 대신 '취집'으로 노선을 바꾸던 시기와 맞물렸다. 나름 괜찮은 직장을 다니면서 결혼에 골인한 워킹맘 동기들이 늘어갈 즈음에도 용희는 박사과정을 밟으며 교수 비위를 맞추고 있었다. 생각해보면 몸에 밴 성실함 때문인 것도 같았다.

중고등학교 시절 용희는 노력파였다. 눈 씻고 찾아봐도 별다른 재능이 없었던 탓인지 공부만큼은 잘해야 한다는 강박감이 있었다. 그다지 머리가 좋진 않았지만 성실한 것만큼은 자신이 있었고 그만큼 성적이 나왔다. 물론 혀를 내두를 만큼 뛰어나고 우수한 정도는 아니었지만 상위권을 유지했다. 현실을 뛰어넘는 단계를 향해 욕심을 부리면 자기 능력이 초라했고, 현실에 안주하면 스스로 화가 났다. 그 갭을 메우고자 책에 눈을 돌렸다. 책의 세계는 경쟁과 무관했기에 용희에게 쉼표가 되어주었다.

독서에 빠지면서 용희는 인생의 이정표를 세울 수 있었다. 읽고 쓰는 일에 종사하고 싶다는 막연한 생각이 그것이었다. 남들 앞에서 거창하게 꿈이나 장래 희망이라고 부르기도 민망했지만.

누구 앞에 나서는 것은 질색인 용희였다. 집 안에서 발걸음 소리도 죽이는 부모님 성정을 닮은 탓도 있었다. 자기주장이 확실하고 목소리가 큰 사람이 부러우면서도 그런 사람들과 함께하면 귓가가 왕왕거렸고 숨이 막혀서 심장이 뛰었다.

고등학교 다닐 때 친구가 용희에게 작명소에 같이 가자고 한 적이 있었다. 자기 이름이 마음에 들지 않는다는 이유로.

─용희야, 너도 생년월일이랑 이름 한번 넣어봐.

용희는 여느 때처럼 빙긋이 웃기만 했다. 작명인은 친구의 이름과 사주에 맞춰 그럴듯하게 풀이해주었다. 맞기도 하고 틀리기도 한 애매한 친구의 인생 풀이는 그런대로 재미있었다. 작명인은 용희를 넌지시 쳐다보았다. 이제 네 차례니까 말해보라는 신호였다. 옆에 있던 친구가 용희의 생년월일과 이름을 냉큼 댔다.

─태어난 시(時)는 언제야? 사람의 사주팔자에서는 시가 아주 중요하거든.

용희는 기어들어 가는 목소리로 출생 시간을 말했다.

─음, 학생 이름 참 잘 지었네.

─어머, 그래요! 그럼 얘, 대학에 붙나요? 아니면 이담에 부자가

되나요? 용희야, 넌 좋겠다!

친구가 호들갑을 떨었다.

─그런 의미가 아니야. 사주와 이름의 궁합이 맞는다는 거지. 사주보다 이름이 세면 사주가 눌리고, 사주보다 이름이 약하면 사주가 힘을 받지 못 하거든. 조용한 사주야. 요란스럽지 않고, 나대지 않고…….

작명인이 주저리주저리 읊어대는 용희의 성격이 실제와 맞아떨어지는 부분이 많았다.

─맞네요, 맞아요. 얘, 네 이름이 바로 조. 용. 희. 잖아! 얘가 원래 있는 듯 없는 듯 조용하거든요.

친구는 용희의 어깨를 때리며 박장대소했다. '유레카'를 외친 고대 수학자처럼. 학생들이 우르르 몰려가서 재미로 보는 작명소 카페였던 만큼 그다지 신빙성은 없었다. 그래도 용희는 작명인인 동시에 점술가가 들려준 전언이 친구의 설레발과 함께 뇌리에 깊이 박혔다. 그때부터 용희는 더더욱 눈을 내리깔았고 몸을 낮추면서 '조용히' 살아왔다.

용희는 중상위권 대학에 무난히 붙었다. 책을 읽는 게 좋았고, 국어와 한국사 과목에 점수가 높게 나온 걸 감안해서 전공은 국문과를 택했다. 취업에는 메리트가 없는 학과지만 여자가 공부해서 시집을 가는 데는 적당하다는 게 부모님의 생각이기도 했다.

졸업반이 되었지만, 예상대로 취직이 쉽지 않았다. 4년 내내 취업을 위한 스펙도 쌓지 않았고, 인턴 지원도 하지 않은 까닭이기도 했다. 동기들이 발 빠르게 움직이는 시간에 용희는 자신의 필살기인

책 읽기에만 몰두했다.

대학 졸업 후 용희는 작은 출판사에서 교정을 보거나 보습학원 국어 강사로 몇 년을 보냈다. 직장 생활에 적응을 못 해서 몸에 맞지 않는 옷을 입은 느낌이 지속되자 용희는 책이 가득한 학교 도서관이 그리워졌다. 몇 년 알뜰히 모은 돈이면 부모님께 기대지 않아도 학비를 댈 수 있으리란 계산이 나왔다. 용희는 같은 대학 대학원에 입학 원서를 냈고 정해진 수순처럼 대학원생이 되었다. 세상에 나가기가 두려워서 학교라는 공간에 숨어버린 것일지도 몰랐다.

뚜렷한 목표가 없어서인지 특별한 고난도 없이 물 흐르듯 살아온 셈이었다. 밍밍한 밥알을 입안에서 오래 씹었을 때 느껴지는 단맛 같은 날들이었다. 매사에 느리고 유순한 부모님도 용희를 지켜봐주시는 편이었다.

─사귀는 사람이 있으면 데려와 봐.

스치듯 한마디를 던지던 부모님의 속이 어지간히 탔던 걸 용희도 모르지 않았다.

─아직은…… 없어요.

입속으로 웅얼거리는 걸로 제 속내를 보여주는 게 다였다. 용희가 석사를 마치고 연이어 박사과정에 들어가겠다고 했을 때 부모님도 용희처럼 웅얼거리시는 걸로 당신들의 속내를 드러냈다. 여자가 시집을 가야지, 공부는 무슨…….

박사학위 논문 통과와 동시에 받은 첫 강의는 본교에서 석박사를 한 제자에 대한 예우 차원이었다. 사실 흔하다면 흔할 수 있는 등단을 한 것도 아니었기에 2학점짜리 교양 과목 두 강좌도 용희에게는 과분한 것일 수 있었다.

"그럼, 교수인 거냐?"

배움이 많지 않은 부모님은 벙싯 입이 벌어지셨다. 용희는 최대한 강한 의사 표시로 손사래를 쳤다.

"아니요, 아니에요. 시간강사는…….'

시간강사는 교원이 아닌 근로자로 분류되어 있고, 보호 대상에서도 제외된 직업군이다. 용희는 시간강사의 하찮은 지위를 차마 부모님께 말씀드릴 수가 없었다.

"그래도 학생들은 교수님이라고 부를 거 아니냐?"

엄마의 얼굴에는 뿌듯함이 가득했다.

"그, 그럴 테죠. 하지만, 뭐 학생들도 다 알아요. 전임과 시간강사의 차이를…….'

"그런 게 무슨 대수냐. 우리 용희가 대학 강단에 선다는데."

아버지는 오래간만에 술 한잔을 거하고 걸치고 들어와서 봉투를 내밀었다. 용희가 한 달 받을 강사료보다 더 많은 돈이 들어 있었다.

"옷 한 벌 사 입어라. 학생들 앞에서 선생이 초라해서 되겠니."

"얌전한 옷으로 사 입어."

옆에서 엄마도 한마디 보탰다. 부모님께는 자신이 하는 일이 별것 아니라고 했지만, 용희도 살짝 설렜다. 대학 강단을 올려다보기만 하다가 내려다볼 생각을 하는 것만으로도. 40명의 학생이 일제히 자신을 바라보며 눈을 반짝거릴 생각만으로도. 몇몇 친구가 물었다. 뭘 가르치니? 현대문학을 전공한 용희였다. 국어문법이나 고

전문학은 아닐 테고. 친구들은 단서를 붙였다.

　―써먹지도 못하는 공부는 계속해서 뭐 할 거니? 너도 나처럼 결혼정보회사에 가입해서 조건에 맞는 결혼이나 해.

　용희가 대학원에 간다고 했을 때 대학 동창이 한 말이었다. 용희는 동창처럼 내세울 게 없었다. 부모님 직업도, 집안 재산도. 결혼정보회사에서 용희의 조건은 동창의 조건보다 한참 아래일 게 분명했다. 그러므로 동창의 말은 아무런 도움이 되지 않는 헛소리에 불과했다. 동창은 용희와 자신이 '베프'라 여기며 용희의 내장까지 곧잘 끄집어내곤 했다. 용희는 단 한 번도 동창을 절친이라고 여긴 적이 없어서 예의에 벗어난 말은 한 적이 없었다. 결혼정보회사에서 조건으로 만난 남편이 여전히 잘나가는 데다 교육에 열을 올리는 초등학생의 학부모가 되었는데도 동창은 아무것도 갖춘 게 없는 용희가 왜 못마땅한 걸까? 이번에도 용희가 본교에 강의를 나간다는 소식을 어디선가 듣고 동창이 전화를 했다.

　"용희야, 나한테만 얘기해봐. 너 아직, 인 거지?"

　"아직, 이라니?"

　"아이, 참. 모솔!"

　자지러지게 웃는 동창의 의도는 무엇일까? 이쯤 되면 베프를 가장한 동창이 용희에게 폭력을 행사하는 거라는 생각이 들 지경이었다. 용희는 돌연 말문이 막혔다.

　"여보세요? 용희야!"

　동창은 자신의 입맛에 맞는 가십을 행여나 놓칠세라 재우쳤다.

　"어, 말해."

"얘, 난 또 전화가 끊긴 줄 알았다."

용희는 동창을 이해할 수 없었다. 동창과 한 번도 견주거나 경쟁을 한 적이 없었다. 그런데도 동창은 늘 용희보다 자신이 나은 선택을 했다는 것을 강조했다. 그러고는 인생에서 자신이 용희보다 앞섰다는 걸 주지시켰다. 그 순간 동창은 어떤 쾌감이 느껴지는지 특유의 까르르, 하는 웃음을 터뜨리곤 했다.

느릿하고 둔한 용희가 천천히 생각을 해보면 대학 때 동창보다 용희의 학점이 좋았던 게 시작이었나 싶기도 하다. 수업 발표 시간에도 튀는 걸 좋아하는 동창보다 콘텐츠에 충실한 용희의 발표에 교수의 칭찬이 뒤따랐던 것도 동창의 뇌관을 건드린 것일지 몰랐다. 생각해보면 결정적인 게 또 하나 있었다. 결혼을 일찍 한 동창은 너무 안정된 생활을 무료해하다가 용희가 대학원에 간다고 하니까 함께 공부하자면서 시험을 봤지만 탈락했다. 그 이듬해 다시 도전했다면 분명 통과했을 것이다. 하지만 그 정도를 갖고. 용희는 머리를 휘휘 내둘렀다.

무슨 과목을 강의하냐는 동창의 말이 뾰족했다. 용희는 기어들어 가는 목소리로 대답했다. '문학과 사랑'이라고.

"사아랑? 얘, 얘. 진짜 웃긴다!"

동창은 또 예의 자지러지는 웃음을 터뜨릴 모양이다. 용희는 바짝 긴장한 채 동창의 웃음을 기다렸다. 그런데 웃음이 없었다. 웃음은커녕 휴대폰 너머의 공기가 싸했다.

"모솔인 주제에 네가 뭘 알아서 사랑을 가르치니? 네가 가르치는 학생들이 연애 백치인 너보단 훨씬 실전에 강하겠다. 얘. 책에 나

온 내용을 그대로 읽어주며 밑줄이나 긋게 하려면 애초에 고사하는
게 낫겠다."

동창의 말에 반박 비슷한 말을 하려고 아랫배에 힘을 주는 동
안 동창의 다음 말이 이어졌다. 초등학교 고학년인 아들을 학원에
보내야 할 시간이라고 했다. 아들이 영어학원의 레벨업 반에 들어
가는 바람에 놀지 못해 속상하다면서. 동창은 자식 자랑의 끝판을
보여주는 엄마였다.

"하긴 애도 안 낳아본 네가 뭘 알겠냐마는."

동창은 용희의 가슴을 후벼 파는 촌철살인의 한마디를 찾기 위
해 고군분투하는 투사 같았다. 처음 화두로 꺼낸 모솔에 덧붙여 더
하고 싶은 말이 무궁무진했을 것이다. 30대 후반을 향해 달려가는
용희에게 너 아직도 처녀지? 라며 얼굴을 붉히게 했을 말. 스무 살
청춘과 빗대어 한물이 아니라 두 물 간 용희를 맘껏 빈정거리고 싶
은 동창. 동창은 용희가 대학 강단에 서는 일이 부당하다고 몰아붙
였다. 용희의 가슴 깊은 곳에서 살짝 출렁거렸던 설렘이 돌연 깊은
자괴감으로 바뀌고 있었다. 남들이 다 사는 인생도 잘 모르면서 인
생의 닮은꼴인 문학을, 그것도 사랑을 가르친다고? 용희 자신이 생
각해도 웃기는 일 같았다.

그 순간 베른하르트 슐링크의 소설 『더 리더』가 떠올랐다. 중년
을 바라보는 여인이 10대 남자를 성적으로 능수능란하게 리드하는
이야기. 용희가 한 학기 커리큘럼을 위해 선정한 텍스트 중 하나였
다. "인간의 영혼을 완벽하게 만드는 것은 단 하나, 그것은 바로 사
랑입니다." 작품이 영화화되었을 때 주인공 남자의 내레이션 구절이

었다. 용희는 이 구절을 강의 첫 시간에 화이트보드에 적으려고 생
각했다. 병약한 15세 소년과 문맹인 36세 여인의 사랑이 겉 이야기
라면, 그 속에서 여인의 문맹을 통해 나치 치하 독일 전후 세대의
죄의식을 그리고자 한 작품이었다.

> 샤워를 하면서 욕망은 다시 살아났다. 책 읽어주기, 샤워, 사랑 행위, 그러
> 고 나서 잠시 같이 누워 있기—이것이 우리 만남의 의식(儀式)이 되었다.*

『더 리더』에 나온 이 구절은 용희에게도 어떤 메시지를 주는 듯
했다. 용희의 순서도 다르지 않았기에. 책에서 세상의 모든 사랑을
배웠으니까. 소년과 여인의 사랑 행위가 책 읽기, 샤워, 섹스. 그러고
나서 누워 있기, 였던 것처럼.

용희는 이 모든 것의 실체가 모호해진다는 기분에 사로잡혔고
점점 숨이 막혔다. 사랑을 모티브로 한 소설 원작이 영화화된 작품
으로 커리큘럼을 짤 계획이었다. 학생들이 가벼운 마음으로 수강할
수 있는 교양 과목이므로 대중적인 매체를 활용하려는 게 용희 나
름의 의도였다. 소설 원작만을 텍스트로 다루면 접근하기 어렵지만
영화를 접목한 건 신의 한 수라는 뿌듯함도 있었다. 문학과 사랑에
대해 학생들과 한 학기 동안 신나게 수업하리란 포부와 함께.

매주의 테마는 첫사랑, 동성애, 신과의 사랑, 불륜으로 정했다.
그에 맞춰 소설과 영화도 선별했다. 사랑이라는 단어가 등장하는

• 『더 리더: 책 읽어주는 남자』, 베른하르트 슐링크, 김재혁 옮김, 이레 출판사, 2009, 49쪽.

순간 텍스트는 '청불'이 될 가능성이 높다. 동창 말대로 모솔인 용희였다. 하지만 30대 후반을 달리는 나이 때문도 있거니와 작품을 통해 수없이 접했던 성애 장면에 익숙한 터라 어떤 장면에도 뻔뻔할 자신이 있었다. 그런데 동창의 전화는 용희의 뻔뻔함이 자신감이 아니라 가식일 뿐이라고 비웃는 듯했다. 용희가 선별한 모든 텍스트가 진정성과는 거리가 먼 거짓일 뿐일까?

한 소녀의 거짓말이 단초가 되어 비극적 사랑으로 극을 맺는 『속죄』를 두고 용희는 학생들과 소설가의 책무에 관해 토론할 생각이었다. 장애인의 사랑을 다룬 『조제와 호랑이와 물고기들』을 통해 첫사랑의 통과의례에 대한 화두를 던질 생각이었다. 그런데 동창이 던진 화살이 용희의 가슴에 깊은 상흔을 남긴 것이다. 사랑을 해보지 않은 모솔이 청춘들에게 사랑의 시옷 자를 언급하면 교육 사기꾼으로 낙인찍히기라도 하는 기분이었다.

누군가를 혼자 사랑했던 기억은 있다. 하지만 구체적 행위에 대해선 몰랐다. 그런데 사랑이 테마인 수업을 맡으면서 실제로 사랑을 해서 얻을 수 있는 구체적인 체험이 간절해졌다. 어쩌면 동창도 그 부분을 적나라하게 지적한 것일지도 몰랐다.

드라마나 영화, 문학 작품 혹은 실생활에서도 사랑은 수도 없이 등장하는 레퍼토리다. 그렇게 도처에 널린 그것이 용희의 소유가 된 적이 없었다니. 동창에게 조롱거리가 될 만했다.

용희는 개강 날이 점점 두려워졌다. 휴대폰 인터넷에 '사랑'을 검색해본다. 사랑에 관한 사전적 정의와 함께 사랑에 관련된 음악, 영화 및 결혼정보회사 등의 정보가 나열되었다. 예상했던 바였다. 무심하게 스크롤을 내리다가 손가락을 멈췄다. '사랑 약국'. 용희의 눈에 걸린 낚싯밥이다. 하지만 이내 다음으로 넘어가려는데 사랑을 느끼고 체험하고 싶으냐는 문구가 눈을 붙들었다. 용희의 고민을 꿰뚫기라도 하듯. 손가락으로 터치한 후 화면을 늘렸다. 한 달 복용으로 사랑에 눈이 떠진다는 광고 문구는 선정적이긴 했다. 사기가 아닐까 하는 의심도 들었지만, 식약청 GMP에서 기능성과 효능에 대한 인증을 마친 제품이라는 말에 신뢰가 생겼다.

'안녕하세요? 고객님! 사랑 약국입니다. 저희는 고객님이 원하시는 사랑을 위해서 최선을 다하고 있습니다.' 용희가 전화를 걸자마자 컬러링 음악과 함께 코멘트가 흘러나왔다.

"네, 사랑 약국입니다."

녹음 코멘트와 똑같은 목소리의 여성이 전화를 받았다.

"여, 여보세요?"

"네, 말씀하세요."

"저기요, 거기 약국에서 사랑의 묘약을 판매하신다고 해서 전화드렸습니다."

"어떤 경로를 통해 저희 제품을 알게 되신 건가요?"

"인터넷에서 알았습니다."

"네, 그렇다면 저희 제품 구매 방법도 읽어보셨나요?"

"온라인 판매는 하지 않는다는 것밖에……."

"네, 맞습니다. 저희는 고객님과의 긴밀한 상담을 통해 맞춤형 제품을 권해드리고 있습니다."

용희는 주춤했다. 낯선 사람에게 자기 속마음을 털어놓는다는 게 마음에 걸린 탓이다. SNS 홍보를 자세히 읽어보지 않고 전화부터 건 게 불찰이었다.

"여보세요? 고객님!"

침묵이 이어지자 여성이 용희를 불렀다.

"네, 조금 더 고민하고 연락드리겠습니다."

용희는 전화를 끊고 사랑 약국 홍보 사이트에 들어가 '오시는 길' 카테고리를 클릭했다. 약국이 있는 무한대로 사랑3길은 서울의 동쪽에 있었다. 용희의 집과는 정반대라 대중교통으로 한 시간 반은 걸렸다.

상품 구매 별점 평가가 눈에 띄었다. 다섯 개의 별점 중 세 개 반이 평균이었다. 높은 점수는 아니었다. 후기를 읽어보니 별점이 왜 세 개 반인지 알게 되었다. 제품을 구매한 사람 대부분은 네 개에서 다섯 개의 별점을 준 반면, 구매도 하지 않고 SNS 홍보 글에 반감을 품은 악플러들이 별점 테러를 했기 때문이었다.

사랑의 묘약 제품으로 힘겨웠던 사랑이 결실을 보았다는 후기 밑에 사랑을 응원한다느니 예쁜 사랑을 하라느니 하는 손발이 오글거리는 댓글이 달리기도 했다. 바람을 피우던 배우자의 버릇이 고쳐졌다는 후기 밑에서는 그런 배우자는 고쳐 쓸 게 아니라 폐기 처분하라는 웃지 못할 댓글도 눈에 띄었다.

용희는 문득 도니체티의 오페라가 생각났다. 그 오페라의 제목도 〈사랑의 묘약〉이었다. 사기꾼 약장수 둘카마라는 신 포도주를 네몰리노에게 사랑의 묘약이라고 속여 판다. 순진한 청년 네몰리노는 그걸 마시고 아디나에게 사랑을 고백하지만 거절당한다. 하지만 결국 네몰리노가 유산을 상속받게 되자 아디나의 마음이 움직여서 사랑이 이루어진다는 이야기다. 순수한 열정보다는 돈이나 조건이 최종적으로 사랑을 이루게 하는 것일지도 모른다는 쓸쓸한 생각이 드는 오페라였다. 결혼정보회사에서 조건에 맞는 배우자를 찾아 잘 살고 있는 동창을 봐도 그랬다.

　사랑 약국에서 판매하는 사랑의 묘약도 제품 자체의 효능보다는 사람의 심리를 이용하는 플라시보 효과가 덧입혀진 것인지도 몰랐다. 이성으로 받아들여지지 않는 현상은 무조건 의심부터 하고 보는 용희의 오랜 습관일 수도 있었다. 플라시보 효과라고 해도 호기심이 드는 것은 사실이었다. 개강하려면 아직 한 달 남짓 남았다. 인체에 무해하다면 한 달간 복용한 후 수업을 시작해도 될 터였다. 모솔이라고 빈정거리던 동창의 코를 납작하게 눌러주기 위해서가 아니다. 용희 자신이 사랑에 관해 자괴감 대신 자존감을 회복하고 싶었기 때문이다.

뻔뻔하고 무책임한 말

"이제 그만 일어나세요. 한동안 좀 괜찮더니, 왜 또 이러시는 건지. 술도 약한 양반이……."

포장마차 신 씨가 김상도의 겨드랑이에 양팔을 끼워 넣는다. 신씨는 상도를 부를 때 아들의 이름을 앞세웠다.

"여기나 와야지 우리 아들 녀석 이름을 들을 수가 있다니까. 신사장, 여기 소주 일병에다 오돌뼈 추가요!"

"사모님한테 전화드릴 겁니다."

신 씨는 상도를 다룰 줄 알았다. 상도에게 아내는 호랑이보다 더무서운 곶감 같은 존재였다. 상도는 휘청거리는 몸을 간신히 일으켰다. 신 씨의 혀 차는 소리가 차라리 정겨웠다. 낮에는 어떻게든 이를 악물고 버텼다. 직장에서도 잘리면 인생 막장으로 치닫는 건 시간문제일 것이다. 아내와 먹고는 살아야 했다.

상도는 대기업에 OLED 소재와 이차전지를 납품하는 중견기업 부장이다. 대기업 하청을 받는 회사라서 부채 비율도 낮고 재무도 탄탄해 정년퇴직이 보장되어 있었다. 그에 따라 상도도 목에 힘깨나 줬다. 중년 스포츠의 트렌드로 자리 잡은 골프를 좀 배워볼까 하는 생각도 했다. 아내와의 합의로 자식은 아들 하나만 낳았고 그 녀석 뒷바라지도 자신이 있었다. 친구 가게에서 알바하는 아내의 수입도 쏠쏠해서 해외여행을 다니는 노후를 꿈꿨다.

이만하면, 더 바랄 것이 없어! 아내의 입버릇이었다. 상위권 성적을 맴도는 아들에게도 상도는 그만하면 됐으니까 너무 애쓰지 말라고 했다. 상도는 너무 애쓰는 인생이 싫었다. 안분지족. 거실에 액자로 해놓지 않았지만 상도 인생의 모토였다. 아내도 그런 상도와 뜻을 같이했다. 부부와 달리 아들은 전전긍긍하는 타입이었다. 부부는 아들의 성적에 만족하는데도 아들은 욕심을 부렸다. 그조차도 상도는 자신의 복이라고 생각했다. 부모 입장에서는 욕심 없는 자식보다는 욕심을 부리는 자식이 오히려 마음이 놓이니까. 그렇게 안분지족의 굴곡 없는 인생이 계속 펼쳐질 줄 알았다. 방심한 틈으로 인생의 복병이 스며드는 줄도 모르고. 지나친 노심초사가 큰 재난은 비껴가게 한다는 사실을 미처 몰랐던 것이다. 스트레스로 이어져 성인병을 얻을지라도 말이다.

아들이 원체 말이 없는 아이라고만 생각했다. 과묵한 아이로 치부하기에는 그늘이 너무 진하게 드리워져 있다는 걸 왜 간파하지 못했을까. 상도보다 먼저 눈치를 챈 것은 아내였다. 여자의 촉이 남자보다 빨랐다.

―남자 자식이 까부는 것보다야 진중한 게 좋지. 당신은 별걸 다 걱정해. 사춘기가 온 거겠지.

상도는 아내에게 이차 성징이 나타나는 남자애들의 성향을 열심히 설명해줬다. 사내 녀석들은 몽정을 시작하면 자신을 감추기도 한다고. 일종의 부끄러움을 표현하는 방식이라고.

―당신 말대로 뭔가를 감추는 건 맞는 거 같아. 그런데 그게 부끄러움은 아닌 것 같아서 그래. 당신이 한번 살펴봐요. 학교에서 무슨 일이 있나…….

―좋아하는 여자애가 생겼나.

상도는 대수롭지 않게 넘겼다. 그러던 어느 늦은 밤, 상도가 목이 타서 주방으로 물을 마시러 가는데 거실 화장실에서 물소리가 났다. 아들일 게 분명했다. 상도는 화장실 문을 열었다. 소년의 태를 벗고 제법 사내 티가 나는 아들의 뒷모습. 벌어진 어깨보다 먼저 눈에 들어온 게 있었다. 아들의 몸에 휘감긴 자국들. 붉고 푸른 생채기가 시간이 지나면서 보랏빛으로 변한 흔적이었다. 상도는 잠깐 현기증이 났다. 그 순간 아들이 상도를 향해 몸을 돌렸다. 순한 아들의 눈이 충혈되어 있었다. 목욕탕 습기로 가려졌어도 상도는 알 수 있었다. 아들이 울고 있다는 것을. 발단 전개 위기 절정 결말에 도달하는 스토리 따위는 다 제쳐두고 액면가는 단순했다. 모범생이고 착하기만 한 아들이 누군가로부터 폭력을 당했고 그 때문에 울고 있다는 것. 구구절절한 사연은 다 필요 없었다.

일순간 아들의 슬픈 눈이 성난 눈으로 돌변했다. 큰 소리로 울부짖는 아들의 목소리는 평소 아이의 것이 아니었다. 타인 앞에서 보여주고 싶지 않은 치부를 들킨 것에 대한 분노가 앞서는 절규였다. 그 소리에 놀란 아내가 안방에서 혼비백산 뛰어나왔다.

　―여보, 무슨 일이에요?

　―나가! 나가라고! 제발!

아들은 타일 바닥에 몸을 무너뜨렸다.

"여보, 갑시다. 당신이 이러면 신 사장님이 힘드셔."

　어느새 상도 앞에 나타난 아내가 상도의 팔을 잡아당겼다. 까무룩 졸았던가 보다. 신 씨가 포장마차를 정리하고 있었다. 신 씨가 아내에게 전화를 건 모양이다. 상도가 극도의 슬픔을 이기지 못하고 술의 힘을 빌리기 위해 찾던 신 씨의 포장마차. 일면식도 없는 그에게 상도는 제 슬픔을 쏟아냈다. 절친한테도 자신의 찢어지고 헤진 속을 보이고 싶지 않은 때가 있었다. 그럴 때는 오히려 낯선 이가 편했다. 그 사람도 자신도 훌훌 털어버릴 수 있기에. 상도도 그랬다. 신 씨는 포장마차를 치우지도 않고 상도의 술주정을 말없이 들어주었다. 자식 키우는 사람의 심정은 다 마찬가지라는 표정으로.

　신 씨에게도 아픈 손가락이 있었다. 그날 말없이 소주잔을 채워주던 신 씨는 며칠이 지난 뒤 자신의 아픈 손가락 얘기를 했다. 발달 장애인 딸아이를 가진 부모의 아득한 심정을. 아이 엄마가 나오면 일이 훨씬 수월할 테지만 딸을 돌보느라고 자기 혼자 포장마차를 꾸려가야 한다는 말을 시작으로.

　그날부터 상도는 신 씨의 포장마차에 오면 위로받는 기분이었다. 여기선 술을 먹고 꺼이꺼이 울어도 부끄럽지 않았다. 신 씨는 아들 이름을 앞세워 누구 아버님이라고 콕 집어 호칭했고, 그게 싫지 않았다. 상도의 깊은 상실감을 아는 지인들은 상도 앞에서 아들 이름의 첫 자음도 꺼내지 않았다. 마치 아들의 이름을 발설하는 순간 상도를 더 깊은 상실의 우물에 빠뜨리는 것인 양. 그래서 상도는 그들을 만나기가 두려웠다. 아들이 없는 상도의 인생은 무의미했다. 상도의 친척들과 친구들은 그걸 몰라줬다.

─사람들한테 우리 딸아이는 투명 인간이었어요. 아예 없는 존재로. 성가신 존재로. 타인에게 민폐를 끼치는 존재로. 저도 때때로 딸이 내 인생에서 사라져줬으면 하는 때도 있긴 했어요. 근데 생각을 바꾸기로 했지요. 아니 생각이 바뀌더라고요. 아무래도 그것 때문이 아닌가 싶긴 한데……. 결혼하기 전에 내가 푼돈이나 벌어볼까 하고 무슨 실험에 참여한 적이 있었거든요. 근데 그 연구자가 연구를 다시 시작했다는 말을 들었어요. 그래서 거길 찾아갔답니다. 연구자가 개발한 그 약을 복용한 효과인지 내 딸이 그렇게 사랑스러워 보일 수가 없더라고요. 아무리 못났어도 부모에게 제 자식은 세상천지에 가장 귀한 존재잖아요. 저도 그걸 잊고 살았던 거지요. 자식이 멀쩡할 때만 예쁘고 귀한 존재는 아니잖아요. 보편적인 기준에서 조금 벗어나면 폐기 처분해야 할 존재로 취급해도 된다는 법이 어디 있겠어요? 요즘은 제 딸애가 사랑스러워죽겠어요.

신 씨는 상도에게 아들의 이름을 물었다. 착하고 성실하고 온순하고 바르고 똑똑하고 이해심이 깊었던 우리 아들. 상도가 죽어서 사라져도 결코 잊지 못할 존재. 우주를 준다고 해도 절대 바꾸지 않을 존재. 그 이후로 신 씨는 상도를 아무개 아버님이라고 불렀다. 상도는 신 씨가 눈물겹도록 고마웠다. 신 씨가 지나치는 말로 했던 어느 박사의 연구 따위는 궁금하지 않았다. 술기운에 시나브로 잦아들었으니까.

상도가 술이 만땅으로 취해서 바닥을 길 때 신 씨는 상도의 휴대폰에서 아내의 번호로 전화를 했다. 아내가 단숨에 뛰어왔고 이후로도 신 씨는 여차하면 아내에게 SOS를 쳤다.

"여보, 나도 좀 살자. 나도 죽겠어. 어쩌자고 이래. 그냥 우리 다 죽을까?"

아내가 상도를 붙들고 울었다. 처음에는 아내가 무너져서 상도가 정신을 꽉 부여잡았다. 아내까지 잘못되면 모든 게 끝장난다는 의식 하나로 버텼다. 아내가 겨우 정신을 차리자 이번에는 상도가 연체동물이 된 듯 흐느적거렸다. 술로 시작해서 술로 하루를 마감했다. 그동안 회사에 기여한 게 많기도 했지만, 상도의 개인적인 아픔을 이해해준 덕분에 회사에서 해고가 되진 않았다. 상도는 술을 마신 상태로 거래처를 방문해서 횡설수설하기 일쑤였다. 난색을 보이는 거래처 직원에게 회사가 나서서 선처를 구한 적도 여러 번이었다. 자식 키우는 부모 입장이라서 이해를 받곤 했다. 하지만 그것도 임계점에 이르렀다. 언제까지 봐줘야 하느냐는 윗선의 질타가 이어졌다.

아내는 상도를 붙들고 통사정했다. 우리라도 살아야 하지 않겠느냐고. 자기는 살고 싶다고. 살아서 오랫동안 아들을 추억하고 싶다고. 당신이 도와달라고. 아내의 눈물 어린 호소에 상도는 그러겠다고 철석같이 약속해놓고 술만 들어가면 도로 아미타불이었다. 알

163

코올이 상도의 육체와 정신을 과거로 소환해냈다. 그만하면, 이만하면 하던 안분지족의 시간 속에 자신이 있었다. 알코올에 의지한 환각이었지만 상도는 비로소 숨이 쉬어졌다.

"얼른 정신 좀 차려보세요."

포장마차 정리를 마친 신 씨가 아내와 함께 상도를 부축했다. 신 씨가 부른 카카오 택시에 두 사람은 몸을 실었다. 차에서 내리고 보니 택시 요금을 신 씨가 지불했다.

"당신, 신 사장한테 언제까지 투정을 부릴 거야?"

"그래도 그 사람은 딸을 볼 수도 있고 얘기를 나눌 수도 있잖아. 나는, 우리는 아무것도 할 수 없어."

상도는 술에 취할수록 이기적으로 되어갔다. 그래도 그 사람은, 이라는 생각이 먼저 들었다. 세상 어떤 사람도 자신만큼 불행한 사람은 없다는 것에 화가 났다.

"날 그냥 놔둬. 제발! 우리 아들의 추억 속에 살도록. 그러려면 알코올이 필요해. 맨정신으로는 우리 아들을 만날 수가 없어."

상도는 집으로 돌아와서 알루미늄 포장지처럼 구겨졌다. 술은 이미 반쯤 깼다. 아내는 상도에게 꿀물을 타다 줬다.

"당신한테 할 말이 있어요. 오늘 하지 않으면 다시 말하고 싶지 않을지도 몰라서."

"무슨 말인데?"

"오늘 누가 나한테 전화를 했어."

"누가? 무슨 전화?"

"그 아이 아빠라는 사람이래……."

그 아이! 상도와 아내한테만 통하는 명칭이었다. 상도는 머리끝에서 불이 타오르고 있었다. 그토록 찾아 헤매던 그 아이. 아들을 세상에서 사라지게 한 원흉. 아들이 살아 있기만 했다면 그 어떤 원흉도 용서할 수 있었으리라. 신 씨의 딸처럼 장애인이 되었더라도, 아니 식물인간으로 간신히 숨만 쉬고 있었더라도 세상 모든 것에 자비를 베풀 수 있었을 것이다. 하지만, 세상 어디에도 아들은 티끌로도 존재하지 않는다. 상도가 무너지는 지점이었다.

아빠, 제발! 아들이 그렇게 외치던 날 모른 척했어야 했던 걸까. 하지만 그 시간 그 상황으로 다시 돌아간다고 해도 상도는 그때와 똑같이 했을 것이다. 세상과 단절한 채 자기 안으로 들어가 똬리를 틀고 있는 아들의 손목을 잡아끌었다. 무슨 일이냐고 다그치며 종주먹을 들이댔다. 아내와 함께 학교를 찾아가서 담임을 만나고 반아이들도 만났다. 알아낸 것은 아무것도 없었다. 아들은 더 깊이 숨어들었고 입을 닫았다. 상황은 오리무중이었고 아무도 해답을 가르쳐주지 않았다. 몸의 상처보다 아들의 정신이 더 깊은 상흔을 입고 있다는 것을 간과했다.

그날의 비극은 아주 작은 징조로도 나타나지 않았다. 누가 그랬던가. 천륜으로 맺어진 부모와 자식 사이에는 투명하게 연결된 끈이 있다고. 개뿔이다. 아내는 느꼈을까? 자신의 배 속에 열 달을 품는 동안 탯줄로 이어진 특별한 관계였기에. 한 번도 아내에게 진지하게 물은 적은 없었다. 상도도 아들과 가느다랗지만 무명실처럼 질기고 튼튼한 끈이 있었다면 얼마나 좋았을까.

상도에게는 어떤 징후도 어떤 예감도 없이 그저 그런 하루였다.

아무것도 해결되어 있지 않은 아들의 일로 가슴 한복판에 묵직한 바윗덩어리를 안고 출근했다. 그날따라 무지 바빴다. 거래처 서너 군데를 들러야 했고, 새롭게 오더받은 OLED 소재를 반도체 회사에 납품해야 했다. 본사와 공장을 수시로 오가며 최종 점검을 하고 있었다. 거래처의 요구 사항을 이해는 하지만 공장의 고충도 모르지 않았기에 상도가 절충해야 하는 입장이었다. 공장장과 언성을 높이는데 휴대폰이 울렸다. 아내였다. 일할 때 걸려 오는 전화 중에 제일 짜증 나는 건 집이다. 왜? 로 시작해서 바빠, 끊어! 가 고정 레퍼토리일 만큼. 그날도 역시 상도는 왜? 로 시작했다. 아내는 재빨리 용건을 말하지 않았다. 지방에 사시는 연로한 부모님이 편찮으시다는 것인가 싶어서 짜증이 올라왔다. 그런데 갑자기 휴대폰에서 희미한 흐느낌이 들렸다. 기분이 이상했다.

　─무슨 일이야? 빨리 말해!

　상도는 한 번 더 소리를 질렀다.

　─여보, 어. 떡. 해……. 무슨 말을 어떻게 해야 할지 모르겠어…….

　아내는 말을 끝맺지 못했다. 휴대폰 너머의 완벽한 침묵이 의문부호처럼 느껴졌다. 옆에 있던 공장장도 이상한 낌새가 느껴졌는지 불안한 낯빛으로 상도를 살폈다.

　─아버님, 지금 속히 와주셔야겠습니다. 어머님 상태도 좋지 못합니다.

　아내의 목소리 대신 낯선 사람이 긴박한 뉘앙스로 상황을 전했다. 아내의 휴대폰을 건네받은 여자는 상도가 와야 할 병원의 위치를 말해줬다. 여자의 말소리가 허공에 떠도는 먼지처럼 무의미했다. 정확한 상황을 듣진 못했지만 일생일대의 비극이 일어났다는 것은 감지할 수 있었다. 병원까지 가는 시간이 몇 겹의 세월로 느껴졌다가 순간 이동을 하는 것처럼 찰나 같기도 했다.

그날을 반추해보면 기억이 오락가락했다. 아들이 아파트 옥상에서 뛰어내렸다고 했다. 두개골이 박살 나고 온몸이 두부처럼 으깨어졌단다. 아파트 화단에 피가 낭자했고 아들은 즉사했단다. 아파트 경비원의 연락을 받은 아내는 아들의 마지막 모습에 혼절했고 119 구급차에 실려 갔다. 아들이 남긴 것은 쪽지 한 장이었다. '엄마, 아빠! 저 이제 쉬고 싶어요. 못난 아들 때문에 너무 많이 슬퍼하진 마세요.'

상도는 아들의 장례를 치르면서도 머릿속은 무서울 정도로 명징해졌다. 상도는 아들의 학교를 날마다 찾아가서 상도의 반 아이들을 한 명씩 만났다. 아들이 죽기 전에 그렇게 들쑤시고 다닐 때는 시치미를 떼던 아이들은 겁에 질린 탓인지, 양심에 찔린 탓인지 하나둘씩 입을 열기 시작했다. 그동안 아들이 왕따를 당해왔다고. 상도는 찾아야 했다. 아들을 왕따 시킨 녀석을. 처음에는 친절했던 선생과 아이들도 편집증 환자와도 같이 집요한 상도를 슬슬 피하기 시작했다. 그렇게 해서 얻은 결과는 초라했다. 먹이사슬 삼각형을 따라 올라가듯 최종적으로 거론된 한 아이가 있었다. 이름조차 모르는 그 아이는 아들의 중학교 동창이었다고 했다. 그것 외에는 더 이상 알아낼 수가 없었다.

"바로 그 아이란 말이지? 누구야! 말해! 어서!"

상도가 아내의 어깨를 흔들며 소리쳤다.

"제발, 흥분하지 말아요. 당신 그 사람들 만나볼 수 있겠어? 우릴 찾아오겠대."

"봐야지! 두 눈을 똑바로 뜨고 볼 거야! 어떻게 자식을 키웠길래 남의 자식을 그렇게 만들 수 있는지."

"자기네도 몰랐대. 자기네 아이도 우리 아들이 그렇게 된 걸 몰랐다고 하더라고. 근데 난 그 말이 다 거짓말인 것만 같았어. 오늘이 지나면, 난 그 사람한테 전화 온 것 자체도 잊고 싶은 심정이야. 그래서 당신한테 지금 얘기하는 거예요. 여보, 난 말이야. 안 만날 거니까 그렇게 알아요. 난 못 보겠어요. 어떻게 그 사람들을 봐. 그 아이도 못 보겠어. 보는 순간 미쳐버릴 거 같아."

아내의 얼굴은 하얘졌고 입술은 파랗게 질려 있었다. 몰랐다고. 지금에 와서 어떻게 그런 뻔뻔한 말을 할 수 있을까. 사람을 죽여놓고 살인할 의도는 전혀 없었지만 미안하기는 하다는 말인 걸까. 멀쩡했던 내 자식은 이 세상에 티끌로도 남아 있지 않은데, 자기 자식이 그런 줄 몰랐다고 하면 모든 게 끝나는 건가? 어떻게 그런 무책임한 말을 할 수 있는 걸까. 그동안 그렇게 꼭꼭 숨어 있더니만 이제 와서 왜?

그의 눈빛은 어디로 향하고 있을까?

여자는 상점 주위를 맴돌다 발길을 돌리고는 다시 나타났다. 영광은 여자가 슬라이드 유리문을 열고 들어올 시간을 카운트다운한다. 30초, 29초, 28초……. 시계 초침이 한 번 움직이는 시간은 지극은 짧은 데 비해 여자의 망설임은 영겁의 시간을 세고 있는지도 모른다.

영광은 안경을 치켜올리고 유리문 밖의 여자를 관찰했다. 크림색 목폴라 니트에 블랙 스커트를 입은 여자는 겨울 날씨 옷차림으로는 추워 보였다. 상의에 하프코트나 가벼운 패딩을 걸쳐야 겨울외출 차림으로 딱 맞을 것이다. 재래시장 입구의 공용 주차장에 주차하면서 조수석에 겉옷을 벗어두고 가벼운 옷차림으로 이곳을 찾아온 게 아닐까 추측해본다.

그동안 딸은 SNS의 여러 루트를 통해 상점을 홍보해왔다. 상품평이나 후기를 올리는 고객에게 사은품이나 포인트 점수를 주면서 한 번 온 고객을 단골로 만들었다. SNS 정보에 빠삭한 젊은 고객들이 처음에는 호기심 반 기대 반으로 찾아왔다가 재구매율을 높였고, 다시 SNS에 입소문을 퍼뜨렸다. 물론 악플러들도 없지 않았다. 딸은 악플도 관심이 없으면 달지 않는다면서 악플의 불만에도 친절히 댓글을 달았다. 개중에는 악의를 품고 찾아와서 시비를 거는 손님도 있었다. 그중엔 10여 년 전 임상실험에 참여했던 사람도 있었다. 스토커로 신고당하자 영광을 걸고넘어졌던 사내였다. 세파에 시달렸는지 얼굴이 몹시 상해서 처음엔 몰라봤다. 사내는 자신을 경찰에 신고했던 여성과 결혼했다고 했다. 영광은 인생은 참 아이러니라는 생각이 들었다. 사내는 영광에게 자신의 지난날을 사죄했다.

—그래, 아내와는 사이가 좋으신가?

영광이 물었다. 영광으로서는 그게 가장 궁금했다.

—여느 부부와 다 똑같습죠. 지금 생각하면 뭘 그렇게까지 쫓아다니면서 애걸복걸했나 싶다니까요. 그건 다 지난 일입니다. 오늘은 다른 고민이 있어서 이렇게 염치 불고하고 박사님을 찾아왔습니다. 좀 도와주십시오.

사내는 발달 장애아로 태어나 세 살 아이의 지능에 멈춰 있는 딸 얘기를 했다. 10년 넘게 딸을 뒷바라지하느라 직장도 없이 살았단다. 그러다 겨우 터를 잡은 포장마차가 제법 장사가 된다고 했다. 아내가 도와주면 훨씬 수월할 텐데, 아내는 딸한테 온통 매달려 있단다. 혼자 이리 뛰고 저리 뛰면서 딸이 자꾸 미워진다고 했다.

영광은 사랑의 호르몬 물질을 혼합해서 조제해주라고 수애에게 시켰다. 수애는 마음도 넓다며 입을 삐죽거렸지만 영광이 시키는 대로 조제했다. 손님에 따라 완제품을 권하기도 하지만 경우에 따라서 조제해주기도 했다. 어쨌든 사내는 수애가 조제한 사랑의 묘약을 사서 갔다. 결과는 모르겠지만 예전처럼 말썽을 일으키진 않으니 다행이었다. 이성 간의 문제뿐 아니라 사내처럼 결핍된 가족 관계 때문에 찾아오는 고객도 왕왕 있었다.

너는 너, 나는 나로 초지일관 두꺼운 벽을 치고 살았던 가족이 마음의 문을 연 것은 꼭 사랑의 묘약 덕만은 아니리라. 그 힘을 빌려서라도 가족과 소통하고 싶어 하는 진심이 통했다는 게 더 옳을 것이다. 사랑의 묘약에 플라시보 효과가 첨가된 것일지도 모른다. 인간 내면의 불씨는 미세한 부싯돌 작용만 있어도 커다란 불꽃을 피워낼 수 있는 것이다. 그 불씨에 찬물을 끼얹는 인간관계도 있고, 부싯돌 역할을 하는 인간관계도 있는 법. 어찌 보면 사랑의 묘약은 그 불씨의 촉매제일 수도 있었다.

유리창 바깥에서 서성이는 여자는 어느 경계에 있는 걸까? 여자가 유리문 손잡이를 잡았다. 나름대로 결심을 한 모양이다.

"어서 오십시오."

영광이 무표정한 낯빛으로 여자를 맞았다. 슬라이드 문을 열 때만 해도 당당했던 여자는 영광을 보고 무르춤했다. 유리문 바깥에서 봤을 때보다 더 깔끔한 인상이었다. 작은 흐트러짐도 용납할 수 없는 성격의 소유자라는 게 간파되었다. 여러 고객을 상대하다 보니 영광도 사람 보는 눈이 좀 생기는 것 같았다. 시시때때로 읊어대는 딸의 심리학 이론도 사람의 내면을 간파하는 데 적잖은 도움이 되었다.

"안녕하세요? 여기가 거긴가요?"

외모나 차림새와는 전혀 다른 애매한 어법이었다.

"네, 맞소이다. 여기가 거기입니다만."

딸이 그랬다. 상대의 말을 도로 받아 되묻는 것 자체가 거짓말을 하고 있다는 증거라고. 하지만 영광은 지금 이 순간 여자 손님에게 손톱 반만큼도 거짓이 없기에 되묻지 않고 있는지도 모른다. 만약 영광이 손님에게 거짓 상품을 파는 사람이었다면 "여기가 거기라뇨?"라고 되물었어야 할 것이다. 물론 손님의 말을 어림짐작으로 알아차린 까닭이기도 했다. 여기가 거기냐는 말은 여자가 인터넷에 올라온 상점의 홍보를 읽어봤고 거기가 맞느냐는 의미일 테니까.

"그런데, 이걸 어쩌나. 상담사가 오늘 출근이 좀 늦나 보구려. 손님도 상담부터 신청하실 거 아니겠소?"

약국을 오픈한 지 얼마 안 되었을 때는 제품 소개부터 상담의 필요성과 제품구매동의서에 관한 장황한 설명까지가 기본이었다. 하지만 요즘 찾아오는 손님들은 그런 기본에 대해서 주인 못지않게 섭렵하고 있었다. 그만큼 약국이 유명세를 탄다는 증거였다.

"상담이라고요? 그게 꼭 필요한가요? 저는 상담은 좀 그런데요."

"정 그러시다면야……. 구매동의서를 작성하신 다음 구매를 도와드리겠소이다."

영광은 진열장 옆의 칸막이에서 동의서 한 장을 가져왔다. 처음에는 책상 서랍에 보관했지만, 이제는 눈에 보이는 곳에 쌓아놓았다. 기본 룰을 다 아는 손님들이 먼저 동의서 종이에 서명한 뒤에 제품을 구매하는 일도 심심치 않았다.

"아니요. 동의서에 서명하기 전에 선생님께, 선생님이라고 불러도 될까요?"

차림새만큼이나 예의가 바른 손님이었다.

"호칭이야 고객님 편하실 대로. 할아버지라고 부르는 학생도 있다오."

"저는, 초등학교 교사입니다. 굳이 밝힐 필요는 없겠지만요."

여자는 자기소개를 했다. 단호하게 상담받지 않겠다던 발언과는 거리가 있었다. 영광은 여자에게 의자를 권했다. 여자는 사양하지 않고 의자에 앉았다. 겉옷 없이 니트 차림인 여자는 추워 보였다.

"추워 보이는데, 따뜻한 차 한잔 마시겠소이까?"

"아니요. 괜찮습니다. 시장 주차장에 차를 두고 오면서 코트를 벗어놓고 와서요. 거기서 멀지 않을 줄 알았는데 제법 거리가 있더라고요. 아, 아니네요. 차를 한잔 마시고 싶기도 하네요. 차 한잔 주신다면 잘 마시겠습니다."

영광은 딸이 끓여놓고 간 허브차를 머그잔에 가득 부어 여자에게 건넸다. 허브차에는 심신의 안정을 도와주는 사랑의 묘약이 함유되어 있었다. 여자는 양손으로 머그잔을 감싸며 한 모금씩 천천히 마셨다.

"여긴 어떻게 알고 찾아오셨나? 인터넷에서 보고 찾아온 것일 테지요."

173

"아닙니다. 아니에요."

듣다 보니 여자는 '아니'라는 부정어를 습관적으로 사용한다는 것을 알게 되었다. 상대의 말을 곧이곧대로 믿지 않고 자기식대로 해석하는 사람일 확률이 높았다.

"그럼?"

"남자친구를 통해 알게 되었습니다. 그 사람이 여길 다녀왔다고 하더군요. 혹시 기억하시나요? 직업이 공무원인데……."

여자는 자신을 소개할 때도 그랬고 남자친구를 언급할 때도 직업을 먼저 내세웠다. 이곳을 알게 된 경로나 사는 지역을 말하는 게 일반적이었다. 때로 자기가 처한 상황을 설명하는 사람도 있었다.

"글쎄올시다. 우리 딸이 상대한 고객일 거요. 내가 상대한 고객이라 해도 고객의 개인 정보를 일일이 기억하고 있진 않습니다만."

"그것도 그렇겠군요."

"남자친구가 우리 제품을 구매했다고 하던가요?"

"네, 여기 제품을 구매해서 먹었다고 하더군요. 그런데 여기서 제 남자친구에게 여자친구와 한 번 더 방문하라고 했답니다. 그래서인지 남자친구가 저한테 여길 같이 오자고 하더군요."

"손님, 무슨 오해가 있으신 거 같군."

"오해라뇨?"

"우리는 고객한테 어떤 식으로든 강요하지 않소이다. 남자친구한테 내 딸이 어떤 식으로 상담해드렸는지 모르겠지만요. 남자친구가 구매동의서에 서명하고 구입한 후 손님한테 선물로 줘도 되는데 왜 굳이 같이 오라고 했을까? 난 모르겠소이다."

"그건 잘 모르겠네요, 어쨌든 그 사람이 이상해졌어요. 뭐랄까, 이전까지와는 다른 태도와 방식으로 저한테 다가오는 느낌이라고 해야 할까요."

상담받지 않겠다던 여자는 어느새 자기 이야기를 하고 있었다. 여자와 남자는 결혼정보회사의 소개로 만났단다. 7급 공무원인 그 사람은 초등학교 교사 아내를 맞는 게 인생 플랜이었단다. 여자도 그의 플랜과 크게 다르지 않았다. 남들이 부러워할 만한 조건의 남자를 만나 안정된 결혼에 이르고자 했던 것. 그런데 남자를 만나다 보니 왠지 모르게 자신이 손해를 보는 기분이 들었다고 했다.

"저는 몰랐는데, 조건 갖춘 남자들이 결혼 상대자로 초등학교 교사를 선호한다고 하더라고요. 제가 숙맥이었던 거지요."

지금까지 말하는 걸로 보건대 전혀 숙맥이 아닌 여자는 자신을 숙맥이라고 자처했다. 영광은 딸을 떠올렸다. 외모와 직업 등에서 좋은 조건을 갖춘 데다 영악하기까지 한 20대 중반 여성 고객을 보고 있자니 서른을 훌쩍 넘긴 효선이야말로 정말 숙맥이라는 생각이 들었다. 세상 잣대로 보면 영광 앞에 앉아 있는 고객에 비해 많은 면에서 부족할 수도 있겠지만 그래도 딸은 눈치조차도 박치였다. 타인의 심리는 기가 막히게 잘 꿰뚫으면서 승규의 속마음은 왜 알아보지 못하는 걸까? 승규의 눈빛이 어디를 향하는지, 머릿속에 무슨 생각이 있는 건지 도무지 캐치를 못 하고 있었다. 영광도 그게 답답해서 아내를 시켜 승규에게 사랑의 묘약을 권해보기도 했다. 그걸 먹고 딸을 대하는 태도가 달라졌으면 하는 마음이었다.

─승규, 그 녀석은 별말 없냐?

－무슨 말요?

부루퉁한 표정의 효선을 바라보는 게 안타까웠다.

－너희는 사귄 지 1년이 지났는데도 무슨 진전이 없는 게냐? 아직은 때가 아닌가 보네.

－그때가 언젠데요? 그 사람은 내가 눈을 다쳤을 때도 안대를 했는지, 실밥을 풀어서 안대를 뺐는지도 못 알아보던데요. 요즘은 우리 집에 가자는 말도 잘 안 해요. 맨날 바쁘다는 말만 하고.

－승규가 너를 좋아한다는 확신은 있는 거냐?

－내가 그 사람을 좋아한다니까요.

－아빠가 누누이 말했잖니. 사랑은 서로 주고받는 교류라고.

－그러니까 내 속만 시커멓게 타는 거죠.

－너희 엄마도 네 걱정 많이 한다.

영광은 아내 숟가락을 슬쩍 얹어놓았다.

－아빠는, 한수애 여사가 행여나. 오빠가 나한테 데면데면한 것도 다 내 탓이라고 할걸요.

딸의 말에 영광은 저절로 이맛살이 구겨졌다. 딸이 아내에게 엄마라는 호칭을 사용하지 않은 지 꽤 됐다. 딸의 중학교 시절 일기장 육두문자의 대부분이 아내를 향하고 있다는 걸 알고 충격을 받았었다. 저를 좋아하는 기색이라고는 없는 승규한테 애면글면하는 딸은 애정 결핍인지도 모른다. 딸은 부부의 어긋난 결혼 생활에 등이 터진 새우였던 걸까?

딸이 처음 사귄 남자친구라면서 승규가 집에 온 날이 기억난다. 딸의 남자친구 자격으로 온 승규의 마음이 어디를 향하는지 알

수 있었던 눈빛. 딸을 대하는 눈빛과 확연히 다른 뜨거움이 향하던 곳. 바로 아내였다. 정념이 깃든 레이저 눈빛이 아내의 옷가지를 열두 번은 더 벗겨내고 있었다. 예전에 영광이 아내를 갈망하던 그것과 한 치도 다르지 않았다. 여자를 원할 때 남자는 불처럼 뜨겁다. 딸에게 그렇게 조언할 때마다 영광은 자신의 과거 상처에 소금이 뿌려지듯 쓰라렸다. 조언의 대부분은 어디까지나 본인의 인생 경험에서 비롯하기 마련이다.

아내가 야로라고 부르는 그것. 30여 년 전에도 그것만으로 아내가 영광에게 마음과 몸을 연 것은 아닌 걸 알고 있다. 아내의 내면에 잠재하고 있던 여러 갈래의 감정 중 하나가 끄집어내어진 것일 뿐. 아내가 영광을 싫어하기만 한 것은 아니었다는 말이다. 어쩌면 상대를 싫어하는 감정 또한 관심의 또 다른 표현일 수 있다. 아내가 영광에게 던진 무수한 신호에 자신이 걸려든 것일지도 몰랐다. 단지 아내는 자신이 가진 감정의 색깔을 구별하기에는 너무 어렸다. 그렇지만 나이도 많고 인물도 없는 선생과 불장난을 일으킨 자신을 쳐다보는 세상의 눈이 두려웠을지 모른다. 그런 까닭에 스스로를 보호하고 방어할 알리바이가 필요했던 것이리라. 영광이 쳐놓은 덫에 세상 물정 모르는 자신이 걸려들었다는 믿음을 스스로 끊임없이 세뇌하면서. 그런데 지독한 애증으로 얽힌 결혼 생활의 최대 피해자는 딸인지도 몰랐다.

"제가 그만, 하지 말아야 할 짓을 했어요. 지금은 그게 제일 마음에 걸려요."

여자는 후회하는 표정으로 한숨을 쉬었다.

"무슨 짓을 했다는 건가?"

이럴 때 딸이라면 어떻게 응대했을까. 영광은 고객을 대하는 면에서 아직은 서툴렀다. 딸은 상담 안락의자에 고객을 앉히고 음악을 틀어줬을 것이다. 딸의 머릿속엔 어떻게 그렇게 많은 종류의 음악이 착착 정리가 잘 되어 있는 걸까.

"그 사람을 비교했거든요. 그게 제일 나쁜 거거든요. 아까 제 직업이 초등학교 교사라고 했잖아요. 교사가 학생들에게 하지 말아야 할 첫 번째가 바로 그거거든요. 아이들을 비교하는 거요."

영광은 이해가 가지 않았다. 결혼정보회사를 통해 만난 남녀는 이미 비교라는 필터링을 거친 상품이 아닐까? 자신이 왠지 밀진다고 생각하는 것은 본인 생각일 뿐, 결혼정보회사에서는 통계상 맞는 조건의 남녀로 짝을 맞춰 만남을 추진했을 것이다.

"설마, 손님이 남자친구한테 대놓고 비교하는 말을 한 것은 아닐 테고⋯⋯."

영광이 정곡을 찔렀던 걸까? 여자의 얼굴이 파삭 구겨졌다. 잘 다림질된 셔츠일수록 주름이 더 선명해지듯.

"아니요. 제가 그만 그 사람한테 대놓고 그 짓을 하고 말았어요. 제가 미쳤었나 봐요."

"혹시 실례가 되지 않는다면, 손님이 남자친구한테 뭐라고 실수하셨는지 물어봐도 되겠소이까?"

여자는 잠깐 망설이는 듯했다. 자신을 모르는 타인에게 발설하기에도 꽤 부끄러운 발언인 듯했다.

"말씀드릴게요. 여기까지 왔을 때는 저도 다 말하려고 온 거니까요."

영광은 여자를 향해 머리를 끄덕거려주었다.

"제 조건 정도면 전문직에 종사하는 남자를 만나도 된다고 했어요. 일테면 의사나 법률가 정도요. 제가 생각한 게 아니라 동료 교사들이 그러더라고요. 엄마도 어디서 듣고 오셨는지 그러셨고요."

여자가 그토록 뜸을 들인 것보다는 대수롭지 않다는 생각이 들었다. 어차피 두 남녀가 스파크가 튀어 만난 사이도 아니라면 충분히 따질 수 있는 문제였다. 단지 그걸 표면화시켜서 속물임을 자처한 게 낯 뜨거운 것일 뿐.

"남자친구 반응은 어땠소이까?"

"그대로 일어나서 나가더라고요. 자존심이 많이 상했나 봐요."

"그리고 연락 두절이었나?"

"아니요. 며칠 있다 만나자고 연락이 왔어요."

"그 며칠 동안 남자친구가 여길 다녀갔던 거로군."

"선생님도, 이젠 제 남자친구가 누군지 기억나시겠어요?"

영광은 머리를 가로저었다.

"역시 딸이 상대한 고객 같소이다. 아까도 말했지만. 우리는 고객의 사생활에 대해서는 함구한다오. 그것이 우리 약국의 기본 방침이오. 손님이 오늘 나한테 털어놓은 사적 얘기를 우리 가족끼리 이러쿵저러쿵하면서 가십으로 삼는다면 기분이 어떻겠소이까? 아무리 고객이 듣지 않는 자리라고 해도."

영광의 말에 여자는 신뢰가 담긴 표정으로 머리를 끄덕거렸다.

"그런 후 그 사람이 백팔십도 달라졌어요. 처음엔 그 사람이 여기 다녀온 줄 몰랐어요. 그런데 저도 많은 걸 생각하게 되더라고요. 그 사람이 저한테 적극적일 때도 온전히 제 존재 자체를 좋아해서 그런 게 아니었다고 생각했거든요. 단지 조건일 뿐이었지요. 그 사람 인생에서 아내의 자리는 초등학교 교사였고, 제가 그 조건에 맞았던 것일 테니까요. 그런데 여길 다녀온 뒤로 저를 한 사람의 여자로 사랑해줄 뿐 아니라 인격체로 존중해주는 느낌이 드는 거 있죠? 그래서 제가 물어봤어요. 전문직 남자와 비교하는 말을 들었는데도 기분 나쁘지 않았냐고요? 그런데도 왜 나한테 더 잘해주는 거냐고요? 그 사람 말이 여기 제품을 먹고 있다는 거예요. 그런데 이상한 것은 저도 그 사람이 달리 보였어요. 그 사람의 직업이나 연봉, 그런 조건보다 사람 자체가 보이기 시작하더라고요. 그래서 저도 여길 와본 거예요."

여자는 길게 숨을 토했다.

"손님도 우리 제품을 구매할 의향이 있다는 얘긴 거요?"

"저도 그 사람처럼 될 수 있다면요?"

"그게 무슨 말이오?"

"그 사람이 저를 바라보는 눈빛으로 저도 그 사람을 바라보고 싶어요."

"손님은 이미 그런 눈으로 바라보고 있는 것 같은데."

"아직은 자신이 없어요. 그 사람의 조건을 갖고 다른 사람과 비교했던 게 너무 부끄럽고 창피해죽겠어요. 또 그 사람에게 제 마음을 솔직히 보여주는 것도 부끄럽고요. 저도 알겠더라고요. 제가 그 사람을 많이 좋아하고 있다는 것을요. 사랑에도 유효기간이 있다면서요? 이 제품도 혹시 유효기간이 있는 건가요?"

영광은 여자의 말에 쉽게 대답할 수가 없었다. 자신도 알 수 없는 문제였기에. 여자는 제품구매동의서에 서명하고 한 달 치 제품을 구매했다. 여자가 슬라이드 문을 열고 막 나가려는 참에 딸과 부딪쳤다. 여자와 대비될 정도로 딸의 표정이 어두웠다. 요즘 승규와의 연애가 더 꼬이는 듯했다. 어젯밤에도 늦게까지 옥탑방에 불이 환했다. 쉽게 잠이 들지 못할 만큼 고민이 많은 모양이었다. 오늘 아침에는 늦잠을 자는지 옥탑방에 기척이 없어서 영광이 딸 대신 약국 문을 열었다.

"손님도 없는데 뭘 나왔어. 하루 쉬지. 아침은 먹고 나온 거냐?"

"별로 입맛이 없어요."

"승규한테 점심이나 사달라고 해서 먹고 와라."

"또 바쁘다고 할 텐데, 뭐."

영광이 승규에게 대신 전화를 했다. 딸 점심이라도 사주라고. 딸의 말처럼 승규는 수리할 차가 많아서 바쁘다고 했다. 딸의 얼굴이 더 어두워졌다. 마치 똥 마려운 강아지처럼 안절부절못했다.

"아빠, 나 저거 하나만 가져갈게요."

딸이 손가락으로 가리킨 것은 신제품 약이었다. 사람의 마음을 이완시켜서 속엣말을 털어놓게 하는 작용을 하는 파인애플 향의 묘약. 술에 취해 자기 속내를 털어놓는 것과 마찬가지의 작용을 하는 제품이었다.

딸도 사랑의 묘약을 승규에게 먹이고 싶은 마음이 왜 없었겠는

181

가. 하지만 딸은 그렇게 승규의 마음을 얻고 싶지 않은 거였다. 사랑의 묘약 판매자로서의 딜레마일 수도 있다.

"만약 그 사람 마음에 내가 없다면 묘약의 힘을 빌려 나를 억지로 좋아하게 하고 싶지는 않아요. 하지만 그래도 나에 대한 생각이 어떤지는 속 시원하게 듣고 싶긴 해요."

"혹시 승규한테 너 아닌 다른 여자가 있는 건 아니냐?"

영광은 딸에게 직격탄을 날렸다. 딸은 반박하지 않았다. 무슨 눈치를 챈 걸까? 딸도 이제 알아야 했다. 승규의 마음이 수애를 향하고 있다는 것까지는 몰라도 효선을 사랑하지 않는다는 것쯤은. 딸은 신제품을 따로 챙겼다. 그걸 승규에게 먹였을 때 승규가 어떤 말을 할지 어렴풋이 짐작할 수 있었다. 승규의 마음을 모른 채 속을 태우는 딸도 이제 끝낼 때가 됐다는 생각이 들었다.

미러 현상

무한대로 사랑3길에 있는 약국. 하나의 집에서 멀지 않았다. 하나가 눈을 들이박은 상담사의 집이기도 하다니. 세상은 넓고도 좁았다. 아빠의 간곡한 부탁이 아니었다면, 엄마의 회유가 아니었다면, 하나는 움직이지 않았을 것이다.

통유리에 프린트된 파란색 십자로 안에 쓰인 '약'이라는 빨간색 글씨는 여느 약국과 별반 다르지 않았다. 주택가 골목이라는 주위 배경이 특이했을 뿐. 약국 상호도 그런대로 봐줄 만했다. 도로명 주소에 맞춰 지은 상호일 것이다.

하나를 약국에 데려오기 위해 엄마와 아빠는 공동 작전을 펼쳤다. 먼저 엄마가 하나를 회유했다. 수십 년간 결혼중개업자로 살아온 전력의 엄마였기에 확실히 노회했다. 하나는 엄마의 수법에 순식간에 휘말리고 말았다.

―의사 선생님이 너한테 주로 뭘 물어보시냐?

하나가 담당 의사를 지독히 싫어한다는 것을 알면서도 하나의 생각을 깡그리 무시한 질문이었다.

―그 여잔 약만 한 움큼씩 준다니까.

―의사 선생님께 그 여자라니! 너, 그럼 못써!

듣지 않는 데선 나라님 욕도 하는 거라고 목소리를 높이던 사람이 엄마 아니었나? 언제부터 예의를 갖췄다고.

―뭐래? 엄만 아무것도 모르면서.

―엄마가 뭘 몰라! 다 알고 물어보는 거지. 너한테 궁금한 거라고는 없고 약만 들입다 주는 신경정신과 의사한테 그 비싼 진료비를 갖다 바쳐야겠느냐고!

무슨 말일까? 그제야 엄마는 상담사를 거론했다. 하나의 입을 열게 한 사람이었다는 것에 포커스를 맞춰서. 상담사가 왕따라는 말만 꺼내지 않았더라도 그런 격한 행동은 나오지 않았을 것이다. 하나로서는 자기 입을 열게 한 것이 중요하지 않았다. 상담사의 눈을 작살낸 게 가장 큰 문제였다. 그다음 역할은 아빠가 맡았다. 엄마가 하나에게 지긋지긋한 병원을 나갈 구실을 만들어줬다면 아빠는 하나가 마음의 문을 열도록 이끌어준 셈이었다.

―하나야, 어떡하지? 아빠가 하나의 비밀을 알게 됐어…….

하나의 비밀은 단 하나밖에 없다. 가족의 비밀이기에 아빠도 알고 있는 것이다. 이 시점에서 아빠가 말하는 또 다른 비밀이란? 하나는 등에서 식은땀이 흘렀다. 아빠는 딸을 다 이해한다는 제스처로 하나의 등을 쓸어주었다.

—상담 선생님한테 들었어. 네가 선생님께 한 말. 그게 열쇠였던 거지. 그걸로 인해 하나 네가 정신적으로 고통받았다는 것도 이해하게 되었단다. 하나야, 우리 천천히 해나가자. 너무 어려워하지 말고. 아빠와 엄마가 옆에 있어 줄게. 아빠 생각에는 말이다. 상담 선생님을 찾아가서 죄송하다고 사죄를 드리는 게 네가 제일 먼저 할 일이 아닐까 싶은데.

엄마의 회유와 아빠의 부탁은 간단했다. 퇴원하는 대신 상담사 선생에게 사과하라는 것이었다. 어차피 사과는 포장이고 다른 속내가 있다는 것도 모르지 않았다. 상담사에게 하나를 맡겨서 완전히 치료받도록 하는 것일 테다. 그 중심에는 그 아이로부터 하나가 해방되길 원하는 속내가 있었다. 하나에게 거대한 벽과도 같은 그 아이. 그 아일 생각하면 숨도 쉴 수 없을 만큼 답답했다.

엄마의 회유에는 하나도 전적으로 공감한다. 의사인지 꼰대인지 하는 여자는 하나에게 1그램도 관심이 없었다. 하나를 앉혀놓고 자기 잘난 척하지 못해 환장한 사람 같다. 그러고는 약만 주면 장땡인 줄 안다. 한마디로 개짜증이다.

상담사라면? 음악으로 치료를 해준다는 데 호기심이 들었던 것은 사실이다. 하지만 그것도 나중 일이다. 하나는 퇴원이라는 소기의 목적을 달성하기 위해 사과를 하겠다고 머리를 끄덕였다.

엄마가 앞장서서 약국 문을 열었다. 약국엔 뿔테 안경을 코끝에 걸친 할아버지가 있었다. 페르난도 보테로, 맞았다. 거실의 그림 속 인물을 많이 닮았다. 엄마도 그걸 느꼈는지 하나를 돌아보면서 눈을 찡긋했다. 아빠에게 들은 말에 동의한다는 제스처다. 엄마와 아빠도 한마디로 웃기는 커플이다. 남녀로 좋단 사이면서 무늬만은 여느 부부 못지않은 케미를 보여준다. 어쩌면 그런 쇼맨십 덕분에 하나가 이만큼 성장했는지도 모른다.

"어서 오세요."

"여기 상담사 선생님이 계신가요?"

"상담받으시려고?"

미간을 좁히자 할아버지의 작은 눈이 더 작아졌다. 하나와 엄마는 동시에 머리를 끄덕거렸다. 할아버지는 집 전화기를 들어서 느릿느릿 숫자 버튼을 눌렀다. 요즘도 저런 집 전화를 쓰는 사람이 있구나 싶어서 신기한 듯 넘겨보았다.

"손님 오셨다."

무뚝뚝하게 한마디 툭 내뱉고는 전화를 끊었다. 아무리 용건만 간단히, 라고 해도 너무 간단했다. 전화를 끊은 지 일이 분도 채 걸리지 않아 조제실 뒤편에서 문 열리는 소리가 들렸다. 조제실 뒤편이 안채 마당과 통하는 모양이다. 일반 주택 마당의 창고를 개조해 약국을 만든 것 같다는 아빠의 말이 생각났다. 그 약국에서 파는 게 뭔데? 하나가 물었다. 약! 가끔 아빠는 당연한 말을 당연하지 않은 어투로 얘기해서 사람을 웃기는 재주가 있었다. 엄마도 그런 아빠에게 빠져든 걸까. 여자를 좋아하지 않는 아빠인 줄 다 알면서도. 그렇다면 아빠는 여자를 좋아하지 않으면서 엄마와는 어떻게 연애를 한 걸까?

―어떻게?

아이도 하나에게 똑같이 물었다. 아이의 얼굴이 사뭇 진지했다. 알아서는 안 되는 하나의 비밀을 듣게 된 게 곤혹스럽다는 듯이. 그런 아이의 얼굴에 따귀를 올려붙이고 침을 뱉고 싶은 심정은 또 뭐였을까?

조제실 파티션 너머로 불쑥 얼굴을 들이민 상담사는 하나를 보는 순간 뜨악한 표정이었다. 엄마의 두툼한 손바닥이 하나의 머리 위에 얹혔고 힘이 들어갔다. 고개를 숙이라는 무언의 압력이다. 할아버지는 중지로 뿔테 안경을 콧잔등 위로 올리면서 세 사람을 번차례로 훑었다.

"최효선 선생님! 안녕하세요? 제가 하나 엄마입니다. 인사가 늦었네요."

하나는 상담사의 눈을 살폈다. 겉으로 보기에는 멀쩡했다. 마음이 놓였다. 만약 하나가 지금 같은 상태이고 상담사가 또 왕따 어쩌고저쩌고, 라는 말을 한다면? 그때처럼 돌발적인 행동은 하지 않을 것이다. 극도의 흥분 상태였던 그때는 하나도 자신을 컨트롤할 수가 없었다.

"안. 녕. 하. 세. 요."

하나의 입에서 띄엄띄엄 흘러나온 말.

"이것아, 너 때문에 선생님이 퍽도 안녕하시겠다. 어서 사과드려!"

엄마는 하나의 머리에 다시 한번 압력을 가한다. 엄마는 조금 전에 자기도 안녕하시냐고 인사를 해놓고 하나한테만 트집이다. 상담사 앞에서 하나를 잡도리하는 것이 사과의 진정성을 보이는 태도라고 생각하는 걸까. 엄마의 태도가 가식적이라는 생각 때문인지 고개가 더 뻣뻣해졌다. 사람을 자빠뜨려놓고 미안하다면 다야? 아빠와 싸울 때마다 나오는 엄마의 입버릇이다. 하나가 볼 때 어폐가 있는 넋두리다. 부부 싸움에서 엄마의 힘에 눌려 맥없이 자빠지던 사람은 언제나 아빠였다. 그래 놓고도 사과하는 것은 항상 아빠 쪽이었다. 불공평함의 극치였다.

"죄. 송. 해. 요."

"네 이름이 하나였지."

"네, 맞아요. 선생님. 우리 애 이름이 강하나예요."

엄마가 냉큼 나섰다.

"그런데 어쩐 일로……. 지난번에 애 아빠가 왔다 갔잖수."

이번엔 할아버지가 끼어들었다. 엄마는 약국 중앙에 놓여 있는 소파에 털썩 주저앉았다. 사과는 이쯤에서 마무리 짓겠다는 듯이. 하나는 엄마를 결코 싫어하진 않지만 때때로 보이는 안하무인인 듯한 태도는 질색이었다. 엄마는 그런 태도가 상대의 기선을 제압하는 일종의 처세라고 생각하는 것 같았다. 돈 많은 사모님으로부터 인생 막장의 사람들을 두루 상대하면서 익힌 것이라고 해도, 또 그 덕으로 먹고살았다고 해도 말이다.

―짝짓기 안 하는 암수가 어딨어. 그건 세상이 생겨나면서부터 시작된 일이고, 세상이 끝나는 순간까지 사라지지 않을 인간의 본성이야.

자기 직업에 대한 자긍심이 하늘을 찌르고도 남는 엄마였다. 아빠가 클럽을 한다고 돈만 날리지 않았어도 큰길 건너 대로변의 작은 건물 한 채 정도는 건졌을지 모른다. 그걸 생각하면 아빠가 엄마 앞에서 쪽도 못 쓰는 것이 당연했다.

"선생님께 우리 하나 좀 맡겨보려고요. 애 아빠가 그러더라고요. 여기 약효가 죽여준다고 소문이 쫙 났다면서요."

엄마는 이제 '을'이 아니라 '갑'의 위치로 급전환해 자세부터 달라졌다. 하나는 쥐구멍이라도 있으면 숨고 싶은 심정이었다. 상담사는 엄마의 태도가 눈에 거슬리지도 않는지 제품구매동의서를 내밀었다. 상담사가 뼈 없이 착한 사람이라는 건 하나가 공격했을 때부터 알아봤다. 엄마가 동의서 내용을 읽어보지도 않고 사인을 하려고 하자 상담사가 머리를 절레절레 흔들고는 하나 앞으로 들이밀었다. 하나를 향해 빙긋 웃으면서.

"사인하기 싫어?"

하나도 상담사처럼 머리를 설레설레 가로저었다.

"그럼 하나, 네가 직접 사인해."

하나는 왜 머리를 흔들었던 걸까. 무의식적으로 나온 자기 행동이 이상했다. 상담사의 권유로 엄마는 소파에서 몸을 일으켰다. 상담은 하나와 단둘이 하는 게 효과적이라고 말했기 때문이었다. 하나도 엄마가 듣는 데서 자신의 속마음을 주저리주저리 읊고 싶은 생각은 추호도 없었다. 어느새 할아버지도 무뚝뚝한 자세 그대로 조제실 안쪽으로 소리 없이 사라졌다.

상담사는 조제실 파티션 안쪽으로 하나를 안내했다. 은은한 조명이 비추고 쿠션이 푹신한 안락의자가 놓인 그곳은 약국과는 또 다른 분위기의 공간이었다. 쪽문은 안채와 통하는 입구인 듯했다.

189

상담사는 약국 출입문과 쪽문 바깥에 각각 'CLOSED'와 '출입 금지'라는 팻말을 내걸었다. 하나는 이상하게 마음이 편해졌다. 아무에게도 방해받지 않는 공간이라는 것 자체로도 안심이 되는 기분이었다.

상담사는 하나에게 맛은 밍밍하지만 향이 은은한 차 한 잔을 마시게 했다. 마음을 편하게 해주는 차라고 했다. 상담사는 45도 각도의 전기 안마의자처럼 생긴 그것을 손으로 가리켰다. 하나는 순순히 응했다.

"어떻게? 이렇게요?"

하나는 자세를 잡으며 의자에 앉았다. 푹신한 소파에 온몸이 푹 파묻히는 느낌이었다.

"팔을 내리고 머리를 완전히 뒤로 기대봐. 마음도 편안하게 하고."

상담사는 하나의 팔을 내려주고 어깨를 뒤로 젖혔다. 하나의 몸이 자꾸 굳어졌다. 어쩐지 경계심이 생겼다. 타인의 손길이 닿자 경계심이 생기는 이유는 무엇일까. 실내에 물처럼 흐르는 귀에 익숙한 클래식 음악. 유명한 음악가의 이름이 붙여진 몇 번 교향곡일 거라는 생각이 들었다.

"아까 느꼈어. 하나, 네가 나를 싫어하지 않는다는 걸. 아니 나한테 호감을 가지고 있다는 걸."

이 여자 지금 뭐래니? 아니 이 언니, 넘겨짚기 대마왕인 건가?

"미러 현상이라는 게 있어. 상대에게 호감을 느끼면 상대의 행동을 무의식적으로 따라 하는 인간 심리 중 하나지. 내가 아까 머리를 흔들었잖니. 네가 어떻게 하나 보려고 일부러 한 행동이었거든. 그랬더니 하나, 너도 나를 향해 머리를 가로젓더라. 그때 알아봤지. 그게 하나 네가 나한테 호감을 느끼고 있다는 시그널이라는 것을 말이야."

하나는 아니라고 반박하지 못했다. 하나도 아이한테 그랬던 기억이 났다. 아이가 팔로 제 몸을 감싸면 어느새 하나도 개가 하듯 두 팔을 엑스 자로 엇갈려서 제 몸을 감싸고 있었다.

— 왜? 추워?

아이가 물었다.

— 아니, 너는 추워?

— 아니, 네가 그렇게 해서.

하나와 아이는 동시에 히죽 웃었다. 그것만으로도 마음이 통했다. 그게 미러 현상이었던 것이다. 몰랐다. 아이도 하나에게 호감이 있었다는 것을. 알았더라면 그렇게 하지 않았을까?

"자, 시작해볼까? 지금 눈앞에 청록색 언덕과 들판이 펼쳐져 있고 파란 하늘에는 하얀 뭉게구름이 두둥실 떠다니지. 자, 이제 신발을 벗고 들판을 밟아보겠니. 어때? 보드라운 융털이 발바닥을 간질이는 느낌이 들지 않니."

상담사의 목소리가 음악 속에 잦아들었다.

"무슨 음악이죠?"

"슈베르트의 세레나데. 연인에게 사랑을 고백하는 음악이지. 지금 하나 머릿속에 떠오르는 걸 생각해봐. 그게 어떤 상황이든, 어떤 사람이든, 어떤 사물이든."

191

하나가 눈을 감자 아이가 가장 먼저 떠올랐다. 김재완. 하나가 태어나서 부모님 다음으로 마음이 가고 눈길이 갔던 친구였다.

　─하나야, 네 눈엔 그림자가 있어. 내 눈엔 그게 보여.

　재완이 그렇게 말한 순간 한 번에 훅, 가고 말았다. 재완에게 자신의 영혼이라도 다 주고 싶을 만큼.

　"걔는, 내 눈에서 그림자를 읽었어요."

　"남자애였구나. 혹시 재완!"

　거부감이 들지 않았다. 하나는 보일 듯 말 듯 머리를 끄덕였다.

　"좋아했구나. 물론 걔도 널 좋아했을 거고. 둘이 예뻤겠네……."

　상담사가 쉼표 하나를 찍듯 말을 멈췄다.

　"내가 잘못한 거예요. 처음부터……. 그래 놓고…… 걜 미워했어요."

　하나는 자기 내면에 깊이 드리워진 검은 휘장을 재완에게 들켜 버린 것이 당황스러웠다. 재완이 너무 맑은 탓이었다. 맑은 물에 비친 하나의 검은 그림자가 재완의 물을 혼탁하게 할지 모른다는 두려움이 반이었다. 나머지 반은 재완의 깨끗한 물에 그림자를 헹구어 자신도 재완처럼 맑아지고 싶다는 간절함이었다. 하나는 후자를 선택하기로 했다. 그것도 미러 현상이었던 걸까. 재완과 똑같이 맑아지고 깨끗해지고 싶다는 욕망. 울 아빠는 울 엄마를 사랑하지 않고 나를 낳았대. 하나의 고백.

　─그게 뭐? 남녀가 다 사랑을 해서 결혼하는 건 아니야. 우리 부모님도 그냥 선보고 결혼했다고 하시던데.

　역시 재완이었다. 타인의 상처와 고통을 희석해주기 위해 최선을 다하는 재완에게 무한 신뢰가 생겨났다.

　─그런 것과는 차원이 다른 거야, 울 엄마와 아빠는. 울 아빠는 처음부터 여자를 안는 걸 극혐하는 남자였대.

　세상 모든 걸 이해할 수 있는 현자의 태도로 일관하던 재완의 얼굴에 무수한 물음표가 떴다. 또래보다 사려 깊고 이해의 폭이 넓은 재완도 고작 중학생이었다. 그 애가 이해하는 세상은 한계가 있었다.

　─이 순진한 자식아! 너 게이라는 말 들어는 봤냐? 울 아빠가 그렇게 태어났대. 근데 울 엄마가 아빠한테 들이대서 날 가졌대. 울 아빠는 날 책임지느라고 울 엄마랑 혼인신고를 하고 살았다나 봐. 울 엄마는 그런 아빠와 날 부양하느라고 열심히 일해야 했어. 너, 들어봤니? 뚜쟁이라고. 그게 울 엄마가 하는 일이야. 진짜 웃기지? 여자를 안기 싫어하는 아빠를 넘어뜨린 울 엄마가 세상 남녀를 이어준다고 잘난 척하는 거 말이야. 난 울 엄마와 아빠가 정말 맘에 안 들어. 평범한 부모였으면 좋았을 텐데. 하지만 그런 걸 한 번도 말한 적은 없어. 엄마와 아빠 앞에선 아무렇지 않은 척해. 하지만 난 늘 조마조마해. 누군가가 우리 집 비밀을 알까 봐.

　하나는 재완에게 그랬듯이 상담사에게도 모든 얘기를 털어놓았다. 아우토반을 전력 질주하는 자동차처럼. 간혹 상담사의 숨소리와 탄식이 쉼표와 느낌표처럼 전해졌다.

　"재완이 그 친구가 하나의 비밀을 알고 달라졌니? 그래서 그 친구가 미워졌던 게로구나."

　하나가 말을 멈추고 숨을 몰아쉬자 상담사가 낮은 톤으로 물었다. 차라리 재완이 또래처럼 타인의 심연에 드리워진 그림자를 이해하기엔 버거워서 하나를 외면했더라면 훨씬 나았을 것이다.

"아니에요. 아니라고요."

하나의 가슴이 터질 듯 부풀어 오르고 있었다. 머릿속 어딘가에는 퓨즈가 나간 것인지, 스위치 하나가 딸깍 꺼지는 소리가 들렸다. 머릿속이 온통 암흑이었다. 재완을 떠올리면 끝이 보이지 않는 벼랑으로 온몸이 굴러떨어지는 느낌이었다. 하나는 자기 가슴을 쥐어뜯었다. 상담사가 하나의 두 손을 뜯어말렸다.

하나가 재완을 모른 척했다. 하나는 모른 척하는 데서 멈추지 않았다. 분위기 메이커로 인기 아이콘이었던 하나는 우울해졌고 이상하게 두려워졌다. 재완에게 자신의 비밀을 말하면 그늘에서 벗어날 수 있으리라 기대했는데, 그 기대가 올가미로 변했다. 찬바람이 쌩쌩 도는 하나의 뒤꽁무니를 우두커니 바라보는 재완의 눈빛이 싫었다. 하나를 측은하게 쳐다보던 그 눈빛에 뒤섞인 연민과 그리움을 알아차리기에 하나는 너무 어렸다. 생전 처음 좋아하게 된 남자애한테 구차한 비밀을 드러낸 느낌은 설명하기 어려웠다. 하나는 인싸의 인맥을 동원해서 계획적으로 재완을 따돌렸다. 아이들은 약속이나 한 듯 재완을 왕따 시켰다. 왕따는 고등학생이 된 재완에게 꼬리표로 남겨졌고, 재완은 아이들의 표적이 되었다.

"내가 걔를 외면했어요. 울 엄마와 아빠의 비밀을 알고 있는 걔가 이유 없이 두렵고 싫었어요."

"그래서?"

"그래서…… 걔가…… 죽은 거래요."

상담사는 멈칫했다.

"고등학교 올라가서도 아이들한테 괴롭힘을 당했대요. 전, 몰랐어요. 하지만 어쨌든 다 저 때문이에요."

"그래서였구나. 하나 네가 그 일 때문에 충격을 받아서 입을 닫고 마음에 상처를 입었던 거구나."

하나는 힘이 풀렸다. 상담사의 눈을 들이박은 날, 하나가 상담사에게 처음 입을 열어서 한 말이 생각났다. 재완. 그 아이의 이름이었다. 그 때문일까. 자신의 비밀을 알게 된 사람에게 폭력으로써 비밀을 은폐하려는 이상한 습성. 나는 왜 나의 상처를 보듬어주려는 사람들을 할퀴는 걸까? 가슴이 답답했다. 상담사는 하나의 손을 잡아주었다. 그때까지 몰랐다. 자기 손이 떨리고 있는 줄도.

하나가 간신히 진정되었을 때는 골목에 어둠이 내리고 있었다. 하나는 약국 문을 나섰다. 통유리에서 새 나오는 노란 불빛이 거리를 비추고 있었다. 약국의 노란 불빛은 가로등처럼 환해서 골목 끝까지 이어졌다. 하나의 그림자가 길어졌고, 상담사는 약국 문에 서서 멀어져가는 하나의 뒷모습을 끝까지 지켜보고 있었다.

그 사람이 너무 좋아졌어요

팀장으로부터 실적 보고를 올리라는 전달을 받았다. 이번 달은 겨우 두 건을 마무리했을 뿐이다. 그나마 한 건은 알바를 써서 겨우 횟수를 채웠다. 몇 푼 되지도 않는 월급에서 차 떼고 포 떼면 엄마 요양원비에 생활비도 빠듯했다. 말이 좋아 커플 매니저지 최저 시급에 미치지 못할 때도 많았다. 거기다 위에서 쪼기는 얼마나 쪼아대는지 스트레스도 엄청났다.

계약직에서 정규직이 될지 모른다는 기대 하나로 버텨왔지만 그것도 물 건너간 일이라는 걸 모르지 않는다. 잘나가던 애춘 밑에서 일할 때가 세리의 호시절이었음을 절감한다. 우식이 거덜내지 않았다면 애춘도 번듯한 결혼정보회사를 차렸을 것이고 세리도 한자리 꿰찼을 것이다. 그렇지만 그 때문에 우식이 애춘한테 코너로 몰리는 것도 좋아 보이지 않았다. 그래도 요즘 그 집은 나름 화기애애했다. 세 식구 모두 사랑의 묘약 덕분이라고 입을 모은다. 그걸 먹기만 하면 눈에서 하트가 뿅뿅 나온다고 하는데 정말일까.

그런 명약이라면 세리의 영업에 필수 아이템일 것이다. 실적 보고에는 빠져 있는 공무원과 초등 교사 커플이 생각났다. 초등 교사가 좋알거려서 공무원에게 잘해보라고 한 다음부터는 양쪽 다 잠잠하다. 마지막으로 통화했을 때 공무원은 고민이 많은지 한숨을 푹푹 내쉬었다. 어쨌든 소개비만큼은 한 셈이다. 애춘에게도 약속한 금액을 입금했다.

내가 지레 늙는다, 늙어! 세리가 실적 보고서를 작성하면서 혼잣말하고 있을 때 전화벨이 울렸다.

"거기가, 가시버시 결혼정보회사가 맞나요?"

딱 들어도 30대 여성이다. 제일 문의 전화가 많은 연령대다. 그다음은 나이 지긋한 여성이다. 결혼 적령기 자녀를 둔 어머니들이다. 40대 남성의 문의 전화는 적었지만, 가입비 입금 비율은 높았다. 나이가 들면 여성보다는 남성이 결혼에 집착하는 경향이 있다. 결혼을 선호하는 젊은 여성에 비해 나이 든 여성은 독신이나 비혼주의자가 많았다. 상대적으로 남성은 나이가 들어도 결혼을 인생의 필수 항목이라고 생각하는 비율이 높았다. 결혼정보회사를 이용하는 가장 큰 이유도 남성은 '여성을 만날 기회가 없어서'고 여성은 '조건에 맞는 배우자를 찾기 위해서'였다. 이것만 봐도 여성과 남성의 차이점은 분명했다.

생각보다 결혼 적령기 청춘 남녀의 상담 문의는 많지 않았다. 이들 연령대는 이성을 만날 가능성도 높은 데다 자신감도 충만한 나이라서 그럴 것이다. 세리야말로 제대로 된 연애 한번 해보지 못하고 30대를 넘길 판이다.

30대 여성은 간을 보기 위해서인지 우물쭈물 망설이는 게 역력했다. 이쯤에선 세리도 여성에게 영업적 멘트를 날리고 싶어 입이 근지러웠다.

"고객님 또래분들이 해주는 소개팅으로는 좋은 분 만나기가 어렵다는 거 알고 있으시죠? 개인이 해주는 소개팅은 아무래도 폭이 좁을 수밖에 없잖아요. 고객님이 원하는 조건에서 만날 분을 찾는 게 훨씬 효율적이지 않겠어요? 저희 가시버시는 남성 회원분들의 퀄리티가 높은 편입니다. 고객님이 저희 가시버시에 가입하시는 게 여러모로……."

당사자가 전화했을 때 망설이는 이유는 대부분 자신의 속물성에 대한 자책이 어느 정도 있어서다. 결혼은 사랑이 전제되어야 하며 그 만남은 운명적이어야 한다는 영화적 사고방식이 내재되어 있는 탓이다. 천만 관객 시대의 우리나라 영화가 청춘 남녀의 결혼관을 망치는 것도 사실이다. 하지만 한 꺼풀만 벗겨보면, 결혼도 수요와 공급이 맞아떨어져야 원활하게 돌아가는 시장경제 원리의 하나일 뿐이다. '선 조건 후 사랑'이 결혼정보회사의 기본 전략인 것만 봐도 그렇다.

유능한 커플 매니저란 모름지기 결혼 적령기를 넘긴 남녀의 조급한 심리를 꿰뚫는 사람이다. 사랑은 단지 호르몬 작용일 뿐임을 운운하며 '사랑은 순간이지만 조건은 평생을 좌우한다'는 회사의 캐치프레이즈도 자연스레 언급할 줄 알아야 한다. 그러면 열에 아흡은 등록하고 가입비를 입금한다. 그래도 사랑을 운운한다면? 애춘이 입에 침을 튀기던 '사랑의 묘약'을 슬쩍 끼워 넣어볼까 싶기도 하다.

　ー언니도 그거 영업에 쓸 거유?

　ー세리, 너 많이 컸다. 영업 운운하는 걸 보니. 이젠 네가 나보다 한 수 위로구나. 아니야. 우리 가족만 먹을 거다.

　ー언니야말로 변했수. 그게 무슨 건강 보조 식품이라고 식구가 다 먹는다는 거유?

　ー세리, 네 말이 맞아. 그 약국 제품이 사랑 보조 식품인 거 같아. 너한테만 하는 얘기인데, 오직 한 사람만을 사랑하는 일편단심 제품도 있어.

　세리는 이 언니가 무슨 헛소리를 하나 싶었다. 다단계에 빠진 사람 같아서 영 미덥지 않았다. 애춘이 한마디 덧붙였다.

　ー한마디로 바람둥이 재발 방지 보조 식품인 거지. 우식 씨한테 맞춤이지 뭐니.

　애춘의 간드러진 웃음소리를 참으로 오랜만에 들어보는 것 같았다. 왕년 테두리 박이던 시절로 돌아가 우식과 깨를 볶기라도 하는 걸까. 세리는 남자들이 빼빼 마른 여자보다는 살집이 좀 붙은 여자 안는 걸 더 좋아한다는 말을 어디선가 들은 적이 있다. 다이어트에 혈안이 되어 있는 여성들에게는 다소 의외의 말이긴 했다. 아무튼 그런 관점에서 볼 때 애춘은 바로크 시대의 렘브란트 그림에 등장하는 육감적인 여성형이었다. 세리가 볼 때 애춘은 페르난도 보테로의 단순화된 캐릭터라기보다는 렘브란트의 인물 유형에 가까웠다. 애춘이 우식이 아닌 다른 남자와 살았다면 지금처럼 홀대받지 않았을지도 모른다. 그러고 보면 애춘도 불쌍한 사람이다. 하필이면 잘못 쏘아진 큐피드의 화살을 맞을 게 뭐람. 그렇게 따지자면 자신도 애춘과 별반 다르지 않다. 하필이면 유부남인 데다가 여자는 거들떠보지도 않는 게이한테 삘이 꽂힐 게 뭐람!

세리는 그 약국에서 판매한다는 사랑 보조 식품이 더욱 궁금해졌다. 상대가 그걸 먹는 순간 눈에서 하트가 뿅뿅 터져 세리를 사랑하게 된다면? 그보다 멋진 일이 세상에 또 있을까? 공무원 고객도 알아두면 유용한 정보이리라.

"진혁 고객님, 안녕하세요. 가시버시 커플 매니저 세리입니다."

"아, 네. 안녕하세요?"

목소리가 밝았다. 삐꺽거리던 초등 교사와 정리를 한 걸까? 만약 끝냈다면 세리에게 연락했을 것이다. 공무원의 공식적인 만남 횟수는 남아 있는 터였기에. 공무원이 여전히 초등 교사를 원한다면 다음 만남에는 알바를 고용해야 할지도 모른다. 초등 교사로서 이런 알바를 하는 사람을 찾긴 어려울 테지만. 천하의 애춘도 입맛을 쩝쩝 다시며 머리를 설레설레 흔들 것이다.

"고객님, 매칭하신 여성분과의 만남은 잘 진행되고 있는 거죠?"

"만나고는 있지만 잘 진행되는 건지는 모르겠네요."

쾌활한 목소리와는 달리 답변이 애매했다.

"고객님, 정확하게 말씀해주시면 감사하겠습니다. 그분과 정리하시면 다른 여성분과의 매칭을 주선해드리겠습니다. 어떻게 할까요? 다른 여성분을 알아볼까요?"

"아니요, 아닙니다. 매니저님한테 솔직하게 말씀드리겠습니다. 저는 그 사람이 마음에 듭니다. 그래서 데이트도 계속하고 있습니다. 그런데 그 사람의 진심을 아직 잘 모르겠습니다. 이건 순전히 제 생각인데, 저를 아주 싫어하는 거 같지는 않아서 계속 노력하는 중이에요."

진혁의 목소리에는 자신감이 없었다. 야, 짜식아! 그 여자는 아직도 간만 보고 있는 거다. 세리는 목구멍에서 맴도는 말을 삼켰다. 처음부터 진혁은 약간 재수탱이였다. 그저 그런 조건에 밋밋한 외모 주제에 상대 여자를 고르는 기준은 꽤나 까다로웠다. 아니꼬움의 극치였다. 다 좋다. 고객 우대 차원으로 이해하고 넘어갈 수 있는 문제다. 인간은 누구나 그렇다. 제 눈의 들보는 감추고 남의 눈의 티끌만 확대 해석하는 법이니까. 진혁은 여자의 직업을 초등 교사로 못 박았다. 거기다 외모까지 B급 이상을 바랐다. 이런 날도둑놈 같으니라고. 세리는 속으로 욕을 바가지로 퍼부었지만, 배꼽 인사를 하는 유치원생처럼 공손하게 응대했었다.

세리도 알고 있었다. 진혁이 왜 상대 여성의 진심을 모르겠다고 하는지 말이다.

―그게요, 좀 그래요.

초등 교사는 말투가 정말 좀 그랬다. 자기 의사를 직선적으로 표현하기보다는 에둘러서 말했지만 양보하거나 한발 물러서는 사람은 절대 아니었다. 빙빙 둘러서 한 말인즉 진혁의 조건이 마뜩잖다는 것이다. 결론은 결혼 시장에서 자신의 상품 가치보다 진혁의 상품 가치가 떨어진다는 의미였다. 그래도 세리는 묻지 않았다. 조건은 차치하고 남성분 자체는 마음에 드느냐고. 그런 말이 아무 소용 없다는 걸 알기에.

"고객님, 혹시 사랑 약국이라는 데를 들어보셨나요?"

세리의 입에서 돌발적으로 튀어나온 말이었다. 애춘한테서 듣고 세리도 인터넷에서 찾아보았다. 세리는 두 번 놀랐다. 온라인에서 꽤 유명하다는 것에 한 번 놀랐고, 생각 외로 효험을 보았다는 사람이 많았다는 것에 두 번 놀랐다. 하긴 닭이 먼저냐 계란이 먼저냐 하는 차원일지도 몰랐다. 효험을 본 사람이 많으니까 입소문이 번져서 유명세를 탄 것일 테고, 많은 사람이 애용하다 보면 효험을 본 사람이 늘어나는 것은 당연한 이치였다.

정적이 흘렀다. 휴대폰을 쥐고 있는 세리의 오른손에 살짝 땀이 배어 나올 시간 정도.

"여보세요, 매니저님!"

먼저 침묵을 깬 사람은 진혁이었다.

"네, 고객님. 말씀하세요."

"방금, 매니저님이 사랑 약국을 들어보셨냐고 했잖습니까?"

"제가 공연히 실언을 했네요. 죄송합니다. 고객님은 꼭 상대 여성분의 직업을 초등 교사로만 국한하시는 건가요? 조금 더 생각의 폭을 넓게 가져보시는 것은 어떨까요?"

"아, 잠깐만요. 그게 아니고요. 사랑 약국 얘기를 하다가 말았잖아요."

진혁은 다소 신경질적인 목소리로 세리의 말을 차단했다. 세리는 일시 정지가 된 채 입을 닫았다.

"무한대로 사랑길 주택가에 있는 약국 맞죠?"

세리의 침묵을 견디다 못한 진혁이 앞서 달렸다. 무한대로 사랑길에는 사랑 약국만 있는 게 아니었다. 고층 빌딩 속에 세리가 계약직으로 근무하는 가시버시 결혼정보회사도 있었고, 한때를 풍미했던 뚜쟁이 테두리 박의 집도 있었다. 그런데도 진혁은 유독 사랑 약국만을 강조했다.

"저요, 사실은 거기 가봤습니다."

진혁이 쭈뼛거리는 목소리로 말했다. 제가 아는 언니도 거기서 제품을 구매해서 먹어봤다고 하네요. 진혁이 고객만 아니라면 세리도 그렇게 맞장구를 쳤을 것이다.

"아, 네에……."

세리는 맞장구 대신 가볍게 응수했다.

"정말 기분이 이상했어요."

이 남자 뭐지? 지질이인 줄만 알았는데 또라이이기까지 한 걸까? 날 보고 어쩌라고. 고객님, 나는 당신의 친구가 아니라고요. 당신이라는 남자에 등급을 매긴 뒤 비슷한 등급의 여성과 만남을 매칭해주는 커플 매니저일 뿐이라고요. 회사의 쪼임을 덜 당하기 위해 어떻게든 회원 가입을 유도한 후 만남의 횟수만 채우는 게 내 임무의 최종이랍니다. 세리는 하고 싶은 말들을 꿀꺽꿀꺽 삼켰다.

"아, 네에……."

세리는 이제 전화를 끊어야 한다는 생각을 하면서도 진혁의 다음 말을 기다리고 있는 자신을 발견했다. 약국에 관한, 아니 사랑의 묘약에 관한 호기심이 발동한 탓이었다.

"거기서 권해주는 제품을 먹고 나서부터 그 사람이 너무 좋아 졌어요."

"아, 네! 근데 실례가 되는 말씀이지만 고객님은 원래 그 여자분을 마음에 들어 하셨잖아요. 여자분을 만나기 전부터 그 여자분 같은 직업이면 무조건 좋다고 하셨잖아요."

"그런 직업이나 조건과 상관없이 진짜 마음이 움직였다니까요. 그 사람이 내 인생에서 사라진다면, 나라는 존재는 아무런 의미가 없다는 생각이 들 정도로요."

진혁의 목소리에는 간절함이 배어 있었다. 세리는 진혁의 다음 말을 짐작할 수 있었다. 자신의 그런 마음과는 달리 여자는 자신을 여전히 조건에 맞는 등급의 매칭 상대로밖에 보지 않는다는 것일 테다. 세리는 진혁의 연애담이 궁금하지 않았다. 진혁이 그 여자를 진정으로 사랑하게 됐다는 게 신기했을 뿐이다. 사랑 약국에서 판매하는 제품이 무엇이기에 진혁의 근본적인 마음이 변한 것일까?

"고객님, 그게 무슨 제품인가요? 병원 처방전이 필요한 약인가요? 다른 약국에서도 구매할 수 있는 약인가요?"

"아무 약국에서나 살 수 있는 종류의 약이 아니에요. 물론 병원 처방전도 필요 없고요. 오직 그 약국에서만 파는 제품이라니까요. 그러니까 사랑의 묘약이라고 부르는 거겠죠. 궁금하시면 매니저님도 한번 가보세요. 사랑에 눈이 떠지는 기분입니다. 말로 설명할 수 없어요. 이건 본인이 직접 경험해봐야 아는 거라니까요……."

진혁의 말을 듣는 동안 희미한 빛 하나를 발견하는 기분이었다. 만약 그 묘약으로 세리도 새로이 사랑에 눈을 떠서 누군가를 좋아하게 된다면? 더 이상 강우식한테 삽질 따위는 하지 않아도 되는 걸까? 누군가를 사랑하고 그 누군가에게 사랑받고 싶다는 몽글몽글한 열망이 세리의 가슴을 간질였다.

"고객님, 여자분께도 그 제품을 선물해주시면 되잖아요. 여자분도 그걸 드시고 나면 고객님을 사랑하게 될 테니까요."

"아니요, 그러고 싶은 마음은 없습니다. 우선은 제가 그 사람에게 줄 수 있는 사랑을 다 주려고 해요. 그 사람이 내 사랑을 받아주기만 바랄 뿐이에요. 정 아니면 할 수 없는 거고요. 나를 사랑해주지 않는 그 사람의 마음을 존중해주는 것도 내가 그 사람에게 줄 수 있는 사랑이라고 생각하거든요."

평소 같으면 쩐 사랑꾼 나셨네, 라고 빈정거렸을 것이다. 하지만 진정성이 느껴지는 진혁이 조금 멋져 보이기도 했다. 진혁은 더 이상 여자 조건으로 결혼에 목을 매던 지질이가 아니었다.

세리는 팀장에게 실적 보고를 올리면서 매칭 커플 문제를 해결하기 위해 조퇴를 하겠다고 했다.

"세리 씨, 뭔가 착각하는 거 아니야. 자기가 뭔데 커플 문제까지 해결하려는 거야? 세리 씨는 입금된 가입비에 맞춰 매칭 횟수만 채워주면 되는 사람인 걸 잊지 말라고!"

팀장의 빈정거림이 세리를 향한 경고의 다른 말이라는 걸 알았다. 세리는 죄송하다는 말로 연신 허리를 굽히며 엘리베이터 버튼을 눌렀다.

횡단보도를 세 번 건너 주택가 초입에 들어섰다. 무한대로 사랑길 주소처럼 사랑이 난무하는 곳이다. 8차선을 사이에 두고 남녀의 결합을 업으로 살아온 테두리 박의 본거지인 동시에 결혼은 조건의 계약이라는 시장 원리를 내세운 결혼정보회사가 난립해 있다. 이런 곳에 뜬금없이 사랑을 내세운 약국이 들어선 것이다.

테두리 박도 홀딱 넘어갔고, 여자의 조건에 목을 매던 공무원 남자도 뼈 없는 연체동물처럼 사랑을 외쳤다. 그깟 사랑이 뭔데? 그깟 사랑 때문에 세리도 한눈 한번 팔지 않고 오직 한 사람에게 목을 맸다. 이제 그게 얼마나 부질없는 짓이었는지 새삼 깨달았다.

세리는 주택가 골목에 있는 사랑 약국 앞에 우두커니 서 있었다. 전면 통유리로 약국 안이 훤히 보였다. 밖에서 보기에도 인물이 좋은 약사와 몸체가 고무풍선 같은 노인이 마주 앉아 있었다. 전에도 한번 본 페르난도 보테로 그림 속 인물이었다. 애춘 말로는 두 사람이 부부라고 했다. 정말 어울리지 않는 부부라고 하면서. 남 말 하시네. 언니네는 무척이나 어울리는 부부인 줄 아슈? 세리가 빈정거렸고, 전과 달리 애춘은 뭐가 그렇게 좋은지 그러게 말이다, 라며 히죽 웃었다.

전혀 어울릴 것 같지 않은 노인과 약사에게는 어떤 사연이 있는 걸까? 두 사람에게 사랑은 무슨 의미일까? 세리의 발걸음은 어느새 약국 출입문까지 와 있었다. 약국 문을 열었다. 문이 열리는 순간 작은 새 한 마리가 파드득거리며 날갯짓하는 환영이 세리의 머릿속에 스쳤다.

약사가 먼저 자리에서 일어났다. 밖에서 볼 때보다 훨씬 더 미인이었고, 노인은 훨씬 더 인물이 없었다. 노인의 맹목적인 사랑이 미인 약사를 굴복시킨 것일까?

"손님, 환영합니다. 어서 오세요. 우리 사랑 약국을 방문해주셔서 기쁩니다."

세리가 무수한 고객을 상담할 때마다 습관처럼 했던 코멘트와 크게 다르지 않았다. 고객님, 환영합니다. 저희 가시버시 결혼업체에 가입해주셔서 기쁩니다. 영혼이라고는 없는 무미건조한 코멘트. 고객의 조건에 상대를 맞춰 매칭 횟수만 채우기에 급급했던 세리였다.

약국 문을 열자마자 곡명이 떠오르진 않지만 귀에 익숙한 음악이 세리의 딱딱하게 굳은 마음을 먼저 녹였다. 그와 동시에 코에 스미는 허브티의 향기. 음악과 어우러진 차향에 하루의 피곤이 다 풀리는 기분이다. 아늑하고 편안한 카페 같은 약국, 사랑의 새로운 페이지가 열릴지 모른다는 기대에 찬 세리는 약국 안으로 발걸음을 내디뎠다.

릴리트의 후예

　수애도 알고 있다. 딸이 자기를 '한 여사'라고 부른다는 걸. 그래도 다행이지 뭔가. 늙은 여우라고 부르지 않는 게. 딸의 휴대폰을 본 적이 있다. 잠금장치가 되어 있지만 해제가 된 상태에서 어찌어찌 보게 된 것이다. 딸의 휴대폰 저장 목록에서 수애의 전화번호는 늙은 여우라고 입력되어 있었다.

　사춘기적 딸의 일기장은 더했다. 수애의 이름이 욕으로 도배되어 있었으니 말 다했지 뭔가. 두 사람은 어디서부터 꼬인 걸까. 수애도 가끔 되짚어보곤 했다. 눈앞에 딸이 보이지 않으면 수애도 미안한 마음이 들었다. 그러다가도 딸을 보는 순간 화가 치밀었다. 자신의 인생을 그 아이 때문에 망쳤다는 생각이 밑도 끝도 없이 올라왔다. 누군가는 천륜지간도 궁합이 있다고 말하기도 한다. 자신과 딸은 애초에 그 궁합이 맞지 않았던 걸까? 딸이 자기 인생의 걸림돌이라고 생각했던 것은 임신했을 때부터였다. 학업을 다 마치지 못한 수애는 임신 중에 고등학교 검정고시를 통과했다. 바로 대학 입시를 준비하려고 했는데 산달이 가까워져 포기해야 했다.

아이를 낳던 날의 기억도 끔찍했다. 자궁이 열리지 않는다고 했다. 스물세 시간의 산통. 차라리 죽는 게 나았다. 그래도 아기를 떠올리면서 참았다. 세상에 다시없을 천사. 텔레비전 광고에 나올 법한 사랑스러운 얼굴. 그런데 아니었다. 강보에 싸인 아기를 보는 순간 수애는 말문이 막혔다. 불그죽죽하고 울퉁불퉁하고 주글주글한 외계인이 수애의 아기라니!

수애는 어릴 적부터 예쁜 아기의 대명사였다. 한 번이라도 수애를 본 사람은 미스코리아 당선은 따 놓은 당상이라고 입을 모았다. 그런 자신의 배 속에 저런 괴물이 웅크리고 있었을 리 만무했다. 수애는 괴물을 치우라고 소리를 질렀다. 그러다가도 내 아기를 돌려달라고 울부짖기도 했다. 수애의 히스테리를 감당할 수 없었던 의료진은 아기 아빠를 호출했다. 혼비백산 분만실에 뛰어 들어온 남편을 본 사람들은 고개를 돌리고 킥킥거렸다. 아기의 얼굴이 아빠와 오버랩된 탓일 게다. 산모를 닮지 않은 아기는 완전 친탁을 한 것이다. 수애의 오버 액션은 해프닝으로 마무리되었다. 딸은 태어나면서부터 엄마인 수애한테 환영받지 못한 아기였다. 병원에서 집으로 돌아온 수애에게 아기는 여전히 낯설었다. 여전히 불가해한 얼굴로 빨간 입을 벌리고 빽빽 울어댔다.

─아기 엄마, 뭐 해. 아기한테 젖 물리지 않고. 아기가 배고프다고 울잖아.

산후조리 도우미 아줌마가 수애를 재촉했다. 아기 엄마라고 불리기에 수애는 너무 어렸다. 도우미는 작은 괴물을 수애의 가슴팍에 밀어 넣으며 옷섶을 헤집어 젖을 내놓게 했다. 자신의 것이 아닌 듯 땡땡해진 젖무덤은 건드릴 수조차 없이 아팠다. 아기는 빨간 입술을 오물거리며 수애의 젖꼭지를 힘차게 물었다. 아기는 모든 에너지가 입으로 쏠린 듯 수애의 유방을 집어삼켰다. 끈질기게 물어뜯는 아기는 공포영화의 악귀와도 같았다. 순간적으로 수애는 아기를 바닥에 내동댕이쳤다.

─오매! 이게 무슨 일이래.

도우미는 화들짝 놀라며 아기를 안았다. 수애는 자지러지게 우는 아기의 울음소리에 귀를 막았다.

─아무리 철없는 나이라고 해도 그렇지. 동물도 지 새끼는 품는 법인데…….

도우미는 아기를 어르며 혀를 찼다. 모성애를 강요받는 느낌이었다. 그날 이후 수애는 팅팅 불은 젖을 짜버리면서도 아기에게 젖을 물리지 않았다. 아기를 가까이에서 보면 어느 순간 머릿속에 떠오르는 여러 생각이 수애를 괴롭혔다.

수애가 사랑을 주지 않아도 아기는 무럭무럭 자랐다. 수애는 대학 입시 공부를 시작했지만, 밤낮없이 울어대는 아기 때문에 미칠 지경이었다. 남편은 모르쇠로 일관하며 지하실에 박혀 있었다. 수애는 아기를 들쳐업고 어디론가 향했고 집을 돌아왔을 때 세상은 조용했다. 지하실에서 올라온 남편은 아기를 찾았고, 이내 수애의 뺨에 붉은 손바닥 자국을 남겼다.

남편이 다시 찾아온 아기는 또다시 그악스럽게 울어댔다. 목청이 좋은 아기는 성장 발육이 남달랐다. 태어났을 때부터 4킬로그램이 훌쩍 넘었다. 8개월에 이르렀을 땐 걸음마를 뗐고 정량 두 배의 분유가 부족해서 입으로 빠는 시늉을 하며 할딱거렸다. 앞니도 보통 아기보다 빠르게 솟아나 고무젖꼭지에 구멍을 내곤 했다. 누군가는 수애에게 덕담을 건네기도 했다. 딸내미가 완전 장군감이라고. 수애는 머리를 휘휘 내저으며 인상을 구겼다.

그런 와중에도 악바리같이 공부한 수애는 약학과에 입학했다. 성악가의 꿈도 접고 이공계 기초 순수 학과로 눈도 돌리지 않은 선택이었다. 남편의 연구도 지지부진했고, 수애라도 확실한 직업이 있어야 먹고 살 수 있을 것 같아서였다. 남편은 그때도 지하실과 보습 학원을 시계추처럼 오갔을 뿐이다. 수애는 이웃집 언니에게 아기를 맡기고 학교에 다녔고, 자연스레 그 언니와 친해졌다.

— 언니, 쟤가 돌도 채 안 되었을 때였어요. 방문을 열었는데 애가 다리를 번쩍 들더라고요. 아기 침대 있잖아요. 테두리에 나무 칸막이 쳐진 침대요.

— 있지. 그거 꽤 비쌀 텐데.

— 비싸죠. 선생님이, 아니 참! 아기 아빠가 백화점에서 사 온 거예요. 근데 쟤가 얼마나 기운이 좋은지 다리 한 짝을 침대 난간에 척 걸치고 있더라고요. 몸의 반이 난간 밖으로 쏠려 있었어요.

— 저런! 위험천만한 순간이었겠네. 가슴이 철렁했겠다.

이웃 언니는 지레 놀라는 반응이었다.

— 위험이고 뭐고. 그냥 소름이 끼쳤어요.

－그럼, 엄마가 얼마나 놀랐겠어! 그래서? 효선이는?

수애는 호들갑스러운 목소리로 반응하는 이웃 언니한테 공연히 심사가 꼬였다. 자신의 깊은 속내를 털어놓으려는데 자꾸 핀트가 어긋나는 기분이 든 탓이었다.

－아기를 안긴 했어요. 몸이 자동 반사로 뛰어 나갔죠. 애를 안아서 도로 침대에 눕히는데 이상한 생각이 들었어요. 내가 조금만 늦게 방문을 열었더라면 어떤 상황이 벌어졌을까 하는 생각이요.

－마침 자기가 들어왔으니까 천만다행이지. 모성애는 육감도 작용하는구나.

이웃 언니 역시 모성애를 희생과 사랑의 메타포로 연결하고 있었다.

－천만다행인 걸까요? 근데 왜 나는 내가 조금만 늦게 들어왔다면, 하는 생각을 했는지 모르겠어요.

미처 하지 못한 말속에 수애의 속마음이 고스란히 담겨 있었다. 그런 수애를 의심스러운 눈빛으로 바라보는 이웃 언니의 얼굴은 복잡했다. 수애는 그때 깨달았다. 친언니처럼 따랐던 이웃이 아군이 아니었다는 것을. 수애를 별나라 외계인 취급 하고 있다는 것을.

－아이참! 나이도 어린 사람이 쓸데없는 말은 하고 그래⋯⋯. 천금 같은 자식을 두고.

이웃은 자기 귀를 씻어버리고 싶기라도 하듯 허둥대며 말을 잇지 못했다. 모성애의 근본에는 왜 항상 희생적인 사랑이 따라붙는 걸까? 수애로서는 납득하기 어려웠다. 그 틀에서 조금만 벗어나도 사람들은 수애를 이상한 눈으로 바라보았다. 수애는 억울했다. 스무 살도 채 되지 않은 나이에 누구의 아내이며 누구의 엄마로 불리는 것 자체가 징그럽고 싫었다. 쉰내가 풀풀 나는 걸레를 엄지와 검지로 마지못해 쥔 기분이었다.

아이가 혼자 화장실에 갈 수 있고, 밥을 챙겨 먹을 수 있는 나이가 되었을 즈음 수애는 대학을 졸업했다. 대형 약국에 취직한 수애는 비로소 애 딸린 학생에서 차츰 벗어날 수 있었다. 수애가 말하지 않으면 애가 있는 유부녀라는 걸 아무도 알지 못했다. 티셔츠에 청바지 차림으로 나가도 사람들의 시선은 수애에게 꽂혔고 수애의 마음과 몸은 붕 뜨는 기분이었다. 동성은 부러움과 시새움의 눈빛으로 수애를 바라봤고, 이성으로부터는 말로 설명하기 어려운 총천연색의 눈빛을 받았다.

수애를 새댁이나 효선 엄마라고 부르는 대신 동네 강아지 이름으로 부르는 남자도 생겼고, 누나라고 부르며 갖은 아양을 떠는 놈팡이도 있었다. 그들 중 두어 명과는 남편 모르게 손발이 간질간질한 연애 비슷한 걸 하기도 했다. 그걸 눈치챈 남편은 수애를 추궁하며 닦달했고 때론 폭력을 쓰기도 했다.

중학생이던 딸도 눈을 흡뜨고 수애를 노려보기 시작했다. 덩치만 산만 하지 아직은 어려서 아무것도 모른다고 생각했는데 아니었다. 딸의 일기장에 수애는 천하에 몹쓸 여자로 낙인찍혀 있었다.

―무슨 약사가 그렇게 천박해?

딸이 위협하듯 팔짱을 끼고 말했다. 수애가 발톱에 진홍색 매니큐어를 바르고 있을 때였다. 최근 수애를 따라다니는 남자가 수애의 맨발에 유독 집착했다. 매니큐어를 칠한 발톱에 질색하는 변태

라는 걸 알고부터 줄기차게 색깔을 바꿔가며 발랐다. 그 남자를 떼
어버릴 작정이었다.

　ー약사는 발톱에 매니큐어 바르지 말라는 법이라도 있냐? 너,
말 한번 참 이쁘게 한다.

　수애는 딸을 거들떠보지도 않고 매니큐어 솔질에 집중했다.

　ー무슨 엄마가 그래?

　ー또 뭘?

　ー남자 만나지 마. 나 다 봤어.

　수애의 손끝이 가느다랗게 떨렸다. 선홍빛 매니큐어 한 방울이
발톱에서 흘러넘쳤다. 수애는 티슈를 거칠게 뽑아 아세톤을 듬뿍
묻혀 발톱을 박박 문질렀다. 핏빛으로 얼룩진 티슈를 방바닥에 던
졌다. 이유 모를 짜증이 밀려왔다. 딸에게 들켜서가 아니었다. 수애
의 발만 보면 환장하는 변태 새끼 때문도 아니었다. 한동안 수애를
잡도리하다가 이제는 지하실에 처박혀 수애를 소 닭 보듯 하는 남
편이 서운해서도 아니었다. 수애를 가소롭게 깔아보면서 피식거리는
딸을 뭉개주고 싶을 뿐이었다.

　ー머리에 피도 안 마른 게 어디서 어른 일에 간섭이야?

　ー창피하지도 않아? 길거리에서 남자들과 시시덕거리며 돌아다
니는 거. 엄마는 다 별로인데 그게 제일 별로야. 부끄러운 걸 모른다
는 거.

　수애라고 질 수 없다.

　ー누구 때문에 내 인생이 망가졌는데. 아무것도 모르면서 너는
왜 사사건건 시비야? 즈이 아빠를 똑 닮아가지고.

─아빠 몰래 남자 만나고 다니는 게 잘하는 짓이라는 거야?

─남이사! 그래서 느 아빠한테 일러바쳐서 내가 맞는 꼴을 봐야 직성이 풀리겠니?

수애는 마뜩잖은 얼굴로 발톱에 매니큐어를 다시 바르기 시작했다.

─엄마는 내가 싫지?

딸의 눈과 코가 빨개졌다. 수애를 향한 딸의 반항은 무엇을 의미하는 걸까. 수애에게 애정을 갈구하는 끈질긴 제스처라는 걸 알았다. 다 알지만 애정이나 사랑은 억지로 솟아나는 감정이 아니었다. 그것이 모성일지라도. 돌아서면 측은한 마음이 들다가도 마주 대하면 화가 났다. 딸의 얼굴은 수애에게는 두려움의 표상이었다. 무의식에서 수애에게 다가오던 불가항력의 공포. 가위에 눌린 듯 꼼짝할 수 없는 바윗덩어리 같은 거였다.

─너는 나 좋아하냐? 너도 나 싫어하잖아. 그냥 계속 싫어하라고. 그런 네 기분 인정해줄게. 그러니까 내 기분도 인정해줬으면 좋겠어. 넌 걸핏하면 약사가 어쩌고, 엄마가 어쩌고 하는데. 약사나 엄마도 여자야. 또 엄마라고 다 자식을 위해서 희생하는 건 아니야.

그 이후 딸이 변하기 시작했다. 소위 비행 청소년의 길로 입문한 것이다. 담배를 피우다가 적발이 되었다고 교무실에 불려 갔고 편의점에서 물건을 훔쳤다고 경찰서에서 연락이 왔다. 남편은 수애를 폭력으로 다루었던 것과는 달리 묵묵히 딸이 저지른 비행의 뒤처리를 하러 다녔다. 돈도 만만치 않게 깨졌다. 마침내 딸은 앞니 사이로 침을 뱉는 무리와 벌인 패싸움에 연루되었고, 그 일로 학폭위가 열려 정학을 맞았다.

—어쩌다가 애 딸린 홀아비한테……. 자기가 능력이 없냐? 인물이 없냐? 당장 헤어져. 내가 좋은 사람 소개해줄게. 쯧쯧쯧!

딸 또래의 자식이 있는 동료 약사에게 조언을 구하려다 수애가 들은 말이었다. 동료가 수애의 나이와 딸의 나이를 가늠하고 오해한 것이다.

세상에는 두 종류의 인간이 있기 마련이다. 수애의 일반적이지 않은 모성애에 일침을 가하는 보편적인 사람이 있는가 하면 악마의 숨결을 불어 넣어 부추기는 사람이 있다. 동료는 후자에 속하는 사람이었다. 동료의 말처럼 차라리 딸이 의붓자식이기나 했으면 싶기도 했다.

—기껏 먹여주고 입혀주고 학교 보내줬더니 정학이나 때려 맞고. 잘하는 짓이다.

—그렇게 말하는 사람은? 고등학교 다니면서 임신이나 하고. 그건 잘하는 짓이었나.

만만치 않은 반격이다. 수애는 순간적으로 입을 다물었다. 내 인생이 엉망이 된 게 다 누구 때문인데. 너만 낳지 않았더라도. 수애는 너무 억울했다.

정학 이후 딸은 다행히 비행 청소년의 길에서 벗어났다. 고등학교에 올라가서도 성적은 중간을 맴돌았지만, 교무실이나 경찰서에 불려 다니는 일은 없었다. 그와 동시에 수애의 바람기도 거짓말처럼 시들해졌다. 바깥에서 만나왔던 사내들에게 싫증이 났다. 그놈이 그놈이었다.

남편과의 관계도 서서히 회복되어갔지만, 딸과의 관계 개선은 쉽지 않았다. 견원지간처럼 말끝마다 으르렁거렸지만, 강도가 약해지는 걸 그나마 다행이라고 해야 할까. 다만 딸에게 수애는 '한 여사'로 불렸을 뿐이다. 엄마라는 명칭 대신 얻게 된 호칭치고는 우아하고 고상한 편이다. 이제 수애도 늙었는지 딸과 입씨름하기도 지쳤다. 자신이 주지 못한 사랑을 받을 수 있는 좋은 짝을 만나길 바랐다. 그런데 딸이 데리고 온 남자가 수애 눈에 차지 않았다. 하지만 딸이 죽고 못 산다는데야 어쩌겠는가. 그런데 승규를 처음 본 날 수애는 본능적으로 그가 자신에게 꽂혔다는 것을 직감했다.

언젠가 딸이 릴리트 신화를 언급한 적이 있었다. 수애가 릴리트의 후손 같다고 하면서. 수애를 폄훼하고 조롱거리로 만들려는 속셈임을 직감적으로 알아차렸다. 딸은 음악심리치료사 자격증을 따면서 심리학 공부를 병행했고 꽤 박식해졌다. 걸핏하면 심리학 용어를 들먹거리며 무슨 무슨 증후군을 읊어댔다.

릴리트는 아담의 첫 여자였단다. 아담의 갈빗대로 만든 하와와 달리 릴리트는 아담과 동등하게 흙으로 빚어진 피조물이다. 신에게 동등함을 인정받은 릴리트는 아담과의 잠자리에서 여성 상위 체위를 고집했단다. 아담이 이를 거부하고 릴리트를 쓰러뜨려 자신의 밑에 눕게 했다.

─나는 너보다 윗사람이니 너는 나의 밑에서 복종해야 한다.

릴리트는 지지 않고 되받았다.

─우리는 둘 다 하느님이 흙으로 빚은 동등한 피조물이다. 그러므로 서로에게 복종할 필요가 없다.

릴리트는 아담을 비웃으며 도망쳐버렸다. 이에 격노한 신이 천사를 보내어 릴리트를 데려오도록 했지만, 릴리트는 이를 거부하고 악마와 사는 길을 선택했다. 후에 릴리트는 자신의 관능을 위해 자식을 죽이는 일까지 감행했단다. 남성을 유혹하거나 모성애가 없는 여인의 대명사로 불리는 악녀였다.

─당신도 내가 릴리트와 닮았다고 생각해요? 효선이가 그럽디다. 내가 릴리트의 후손이라고. 효선인 몰라도 당신까지 그렇게 생각한다면, 내가 억울하죠. 안 그래요?

남편은 짐짓 모른 척 수애를 외면했다. 수애는 딸이 자기를 왜 릴리트에 견주었는지 납득이 갔다. 하지만 딸은 하나만 알았지, 둘은 몰랐다. 권위적인 아담에게 반기를 든 릴리트야말로 최초의 페미니스트라는 걸. 딸 말대로 수애가 릴리트의 후손이라면 남편 최영광이야말로 가부장적인 부계사회의 표상인 아담의 후예일 것이다.

심리학 공부를 한 덕에 릴리트 신화 따위로 제 어미는 잘도 공격하지만, 딸은 어지간히 맹꽁이다. 자기한테 조금도 관심이 없는 승규한테 헛발질해대는 걸 보면. 사랑의 스파크는 한쪽이 일방적으로 몸이 단다고 터지는 게 아니다. 한쪽의 일방적인 구애는 다른 한쪽을 달아나게 하고 싶은 요소로 작용할 때가 많다.

남편의 연구는 그에 관한 것이었다. 하늘색 발기부전 치료제 비아그라가 육체적인 행위에 어려움을 겪는 남성들에게 명약이었다면 사랑의 묘약은 정신적 비아그라인 셈이었다. 플라토닉 러브와는 또 다른 차원의 연구였다. 사실 비아그라는 완벽한 사랑의 묘약은 아니었다. 비아그라의 중대한 결함은 단지 육체에만 국한되어 있다는 점이다. 마음을 움직이지 못하는 사랑은 지속성도 없을 뿐 아니라 공허한 몸짓에 불과하다. 남편이 개발한 묘약은 이런 맹점을 극복한다는 점에서 의미가 있었다. 다름 아닌 마음의 문제를 해결해주니까. 뇌의 연애 세포를 깨우는 것은 물론, 불임이나 우울증 치료에도 혁신적이었다. 현재 불임 치료의 대부분은 생물적 요인에 중점을 두기 때문에 치료에 한계가 있다. 그에 비해 사랑의 묘약은 심리적인 면을 조정해 자연스러운 임신을 유도할 수 있었다. 어쩌면 아담과 릴리트도 사랑의 묘약이 필요한 커플이었을지도 모른다.

남편을 부추겨서 약국을 개업하면서 가장 먼저 떠올린 사람은 승규였다. 승규가 그걸 먹어서 딸에게 사랑의 감정을 느낀다면? 승규는 수애 말이라면 돌이라도 꿀떡 삼켜줄 테니까. 승규에게 목을 매는 효선에게도 다시없이 좋은 일일 터. 야로를 승규에게도 적용하려는 수애의 의도를 남편이 먼저 알아차렸다.

"당신이 효선이를 위하는 의도는 알겠어. 하지만 구매동의서에 사인한 사람에게만 판매한다는 게 우리의 원래 영업 방침이잖아."

"알아요. 하지만 효선이를 생각해서 시도나 해본 거지요. 그러면 뭐 해요? 효과도 없었는데. 이번엔 효선이가 승규한테 선물로 줘보면 어떨까요?"

"당신도 알잖아. 승규 그 녀석이 효선이한테는 마음이 없다는 걸. 그 녀석 마음이 어디를 향하는지도……"

남편은 말끝을 흐렸다. 남편도 눈치를 채고 있었던 것이다. 두 사람은 동시에 입을 닫았다.

남편은 수애에게 애증으로 남은 사람이다. 때로 딸의 아빠로만 자리매김한 적도 있었다. 나이를 거꾸로 먹는 듯이 젊어지고 아름다워지는 수애에 비해 하루가 다르게 늙어가는 남편이다.

고등학교 시절 늙다리 선생에게 빠져든 순간만큼은 세상 모든 게 아름다워 보이기도 했다. 그게 다 사랑의 힘이었는지도 모른다. 세월과 상황이 그 사랑을 변질되게 하고 변형시키는 것일 테다.

사랑이란 그 자체로도 인간을 빛나게 하는 묘약일지 모른다. 그걸 밝히는 것이야말로 남편 연구의 비의(秘義)일 것이다. 딸도 자신의 인생에 숨겨진 불빛 하나를 스스로 발견하는 날이 올 것이다. 누구나 가슴 깊은 곳에 사랑의 불빛 하나쯤은 품고 사는 게 인생이니까.

말해 뭐 해!

차콜 그레이 신사. 클럽에선 그를 그렇게 불렀다. 쉰을 넘겼을까. 그것도 정확하지는 않다. 빈번한 스킨십만큼이나 반말이 일상인 이곳 클럽에서 깍듯이 존칭을 쓰는 유일한 사람이 차콜 그레이였다. 천생 신사인 그의 행동거지와 말씨로 보아서는 예순에 가까울 수도 있었다. 면바지에 가벼운 폴로 티셔츠 차림으로 대충 빗어 넘긴 머리칼을 하고 나타났을 때는 우식 연배로 보이기도 했다. 20년을 넘나들 정도로 나이 가늠이 어려워서 더 매력적인 사람이었다.

차콜 그레이가 자욱한 담배 연기와 재즈 음악이 흐느적거리는 게이 클럽에 나타난 것은 1년 반 전이었다. 차콜 그레이 정장을 차려입은 그는 클럽의 분위기와는 동떨어져 보였다. 정장의 때깔 자체에도 윤기가 흘렀고, 와이셔츠에 커프스단추까지 매달려 있었다. 단순히 돈을 처발랐다기보다 태생이 다른 사람 같았다. 이런 델 기웃거릴 사람이 아니었다. 혹시 여자가 접대하는 클럽으로 착각해서 찾아온 건 아닐까?

출입문에서부터 당당한 걸음걸이로 와 가장자리 테이블에 착석할 때까지 우식은 눈으로 그를 좇았다. 적당히 벌어진 어깨와 근육으로 다져진 견갑골, 단단한 허벅지와 쭉 뻗은 하체, 그의 몸은 나무랄 데가 없었다. 그가 잠깐 몸을 비틀어 테이블 의자를 뺄 때 우식은 아찔했다. 차콜 그레이의 힙은 딱 애플 모양이었다. 우식의 손안에 가득 넘쳐날 사랑의 심벌. 아름다운 수컷의 몸을 가진 남자였다. 그리스 아폴로 신전의 균형 잡힌 팔등신 조각상이 연상되었다. 우식은 허리를 쭉 펴고 바지 주름을 폈다. 표적의 눈에 자신도 포착되고 싶다는 본능이었다. 우식은 메뉴판을 옆구리에 끼고 날렵한 몸짓으로 차콜 그레이의 테이블로 사뿐히 걸어갔다. 중후한 매력을 발산하는 그에 비해 별로 내세울 것이 없는 자신이 초라했다. 사랑하는 사람 앞에서는 작아지는 게 당연한 걸까.

자신감을 갖자! 우식으로선 달갑지 않았지만, 자신이 여자들에게 모성 본능을 자극한다는 점을 상기했다. 세리는 아직도 애절한 눈망울로 우식을 바라본다. 수컷을 보호해주고 싶어 하는 여성의 본능은 무엇일까? 애춘도 처음부터 우식을 찍었다고 하니 말 다했지 뭔가. 우식으로서는 영원히 공감할 수 없는 감정이긴 했지만.

우식도 애춘이 싫지 않았다. 우식의 눈에 여자의 외모는 다 거기서 거기였다. 물론 객관적인 심미안은 있다. 예쁘다고 정평이 나 있는 배우와 비교하면 그 간극을 바로 알 수 있는 걸 보면. 하지만 마음의 눈으로 바라보는 그녀들은 코드의 차이만 있을 뿐이었다.

맞는 코드와 맞지 않는 코드. 이성애자들이 동성과의 친밀감에 외모가 큰 비중을 차지하지 않는 것처럼. 정확하게 얘기하자면 애춘은 우식과 코드가 맞는 인간형이었다. 우식의 속내를 털어놓아도 넉넉히 감싸줄 이모 같은 사람이라서 부담이 없었다. 그게 화근이었다. 애춘이 우식을 덮칠 줄은 꿈에도 생각하지 못했다.

우식은 차콜 그레이 앞으로 다가가 뜨거운 눈빛으로 그를 마주 보았다. 클럽에서는 그걸 교태라고 했다. 저 자식, 교태를 줄줄 흘리네. 우식을 지켜보고 있는 몇몇 눈동자가 등에 꽂히는 게 느껴졌다. 그들이 킬킬대며 수군거리는 소리로 귀가 간지러웠다. 자식들, 부러워하긴! 부러워하면 지는 거다. 만약 차콜 그레이가 게이 클럽에 잘못 찾아든 신사라면 따귀 한 대 맞으면 될 일이었다.

차콜 그레이의 눈이 말해주고 있었다. 우식에게 한눈에 반했다고. 애춘의 족쇄가 우식의 인생에 채워지기 전에 만났던 놈 두엇은 얼치기였다. 피가 뜨거웠던 탓에 사랑이라고 믿었다. 운명적인 남자와의 연애를 제대로 꽃피우기도 전에 애춘의 몸에 아기가 덜컥 들어섰다. 우식은 울며 겨자 먹기로 살림을 차려야만 했다. 결혼 후에도 애춘 모르게 남자를 만났지만, 연애의 시작은 달콤하다가 중간은 권태로웠고 끝은 쓰디썼다. 사랑의 감정이 배제된 육체의 만남은 더러운 기억만 남겼을 뿐이다.

차콜 그레이는 우식이 지금껏 만나온 어떤 남자와도 비교 불가였다. 차콜 그레이가 자기 몸을 감싸고 있던 옷가지를 훌훌 벗어 던지고 우식과 진한 사랑을 처음 나눈 날, 우식은 자신의 눈이 예리했음에 기분이 으쓱했다. 차콜 그레이의 몸매는 우식이 상상했던 것과 한 치도 다르지 않아서 황홀경에 빠져들었다. 두 사람의 연애는 날이 갈수록 활활 타올랐다.

두 사람의 사랑에 산통을 깬 것은 애춘이 아니었다. 차콜 그레이의 와이프에게 정통으로 들켰다. 부잣집 아들로 유복하게 자라온 차콜 그레이는 자신이 남과 다르다는 걸 스무 살이 넘어서 깨달았지만 커밍아웃할 용기가 없었다. 부모님의 사업체를 물려받았고 자기와 비슷한 집안의 여자를 아내로 맞아 아들을 낳았다. 중년 나이에 이른 차콜 그레이는 게이 클럽을 전전하며 욕구를 풀었다. 그동안은 오직 육체적 외로움만 달래왔던 그도 우식을 만나 진정한 사랑에 눈을 뜬 것이다. 꼬리가 길면 밟히는 법이었다. 차콜 그레이의 와이프는 못된 친구와 어울려 비행 청소년이 됐다면서 자기 자식만 두둔하는 부모처럼 굴었다. 멀쩡한 자기 남편이 우식의 꾐에 빠져 타락했다면서.

양갓집 부인이 저급한 사람이 되는 것은 시간문제였다. 우식은 그의 와이프 앞에서 차콜 그레이와 헤어지겠다고 선언했지만, 와이프는 각서를 요구했다. 자발적인 화학적 거세. 그것만이 자기 남편을 보호하는 유일한 증명이라며 우식에게 사랑을 앞세웠다. 당신이 진정 우리 남편을 사랑한다면 그 정도는 해줄 수 있는 것 아니냐면서. 그녀는 조선시대에나 있을 법한 일을 저지르면서도 우아스러운 자태를 잃지 않았다. 우식은 자신의 사랑이 이토록 모욕적일 수도 있다는 생각을 처음으로 했다.

화학적 거세를 하고 온 날, 우식은 애춘에게 모든 걸 덮어씌웠다. '언놈'에게 주지 못할 바에는 애춘에게도 주지 않을 거라고. 그런데 그게 사단이 될 줄은 몰랐다. 아니다. 처음에는 그게 사단인 줄도 몰랐다. 딸도 다 아는 사실이었기에 새삼 충격을 받으리라고는 생각도 하지 않았다. 그런데 여느 집과는 다른 우식과 애춘의 비밀 아닌 비밀로 딸이 가슴 깊이 상처를 받아왔고 그로 인해 또래 학생을 왕따 시켜왔다는 걸 알게 되었다. 그 일로 그 학생은 스스로 자기 목숨을 끊었다는 참혹한 사실까지.

실어증 이후 하나가 상담사에게 던진 첫마디가 '재완'이라고 했다. 우식은 딸이 다니는 고등학교와 중학교 친구들에게서 재완이 딸의 중학교 동창이라는 걸 알아냈다. 딸이 졸업한 중학교를 찾아가 어렵사리 재완의 엄마 연락처를 알게 되었다. 재완 엄마의 목소리가 심상치 않았다. 재완의 부모도 알고 있었던 거다. 재완이 죽음에 이르게 된 이유를. 우식이 찾아가겠다고 하자 재완의 엄마는 숨소리가 거칠어졌다. 전화는 끊어졌고 우식은 고민에 빠졌다.

차콜 그레이와 연애가 깊어갈 때도 홀로 고민했던 우식이었다. 애춘에게 들키는 날엔 반송장이 되는 걸 알기에. 하지만 그보다 더 큰 불똥이 딸아이에게 튀고 만 것이다. 차콜 그레이가 이유 없이 미워졌다.

테이블 사이를 누비며 손님들 술 시중을 들던 우식의 눈에 홀로 테이블을 차지하고 있는 남자의 뒷모습이 들어왔다. 설마 혹시? 우식이 그쪽 테이블로 막 걸음을 떼려고 할 때 호주머니에서 휴대폰이 진저릴 쳤다. 발신인에 '애춘 누님'이 떴다. 결혼을 한 지 십수 년에 이르렀지만 우식에게 애춘은 여전히 믿음직한 존재였다. 우식에게 느끼한 추파만 던지지 않는다면 만고땡이었을 텐데. 요즘 그 만고땡 시절이 도래하는 느낌이다. 우식은 지금 바쁘니까 나중에 전화를 걸겠다며 전화를 끊었다. 애춘은 순순히 전화를 끊었다.

딸이 조울증을 앓고 입원하자 애춘도 더 이상 우식을 괴롭히지 않았다. 물론 화학적 거세를 한 터라 애춘이 아무리 건드려도 반응할 수도 없겠지만. 그래도 언제쯤 그것이 풀릴지 촉각을 곤두세우는 걸로 들볶을 수도 있었다. 하지만 엄마로서 딸을 신경 쓰다 보니 우식은 안중에도 없는 것 같았다. 애춘과 우식 사이에 화산 분화구처럼 끓어오르던 애증이 그야말로 미적지근한 화석이 되어버린 셈이었다. 그것은 우식도 마찬가지였다. 못 견디게 그립던 차콜 그레이 생각이 저만치로 밀려났다.

부부의 모든 관심은 딸을 향했다. 하나가 발작을 2분 14초 일으켰네, 입을 닫은 지 벌써 열흘이 넘었네, 신경정신과 의사가 하나의 증세를 우울증을 동반한 실어증으로 진단 내렸네, 음악심리치료사 선생의 눈을 들이박았네, 그래도 그 상담사에게는 입을 열었다네, 무슨 말을 한 걸까 등등. 우식과 애춘은 마주 앉아 얘기하는 시간이 길어졌다. 딸 얘기를 하는 동안은 서로에게 생채기를 내며 할퀴지 않는다는 걸 깨달았다. 의외의 돌파구는 있었다. 사랑의 묘약이 그것이었다. 딸은 한결 유순해졌고 말도 하기 시작했다.

우식은 딸에게 재완에 대해 알게 되었다고 말했지만, 딸은 크게 동요하지 않았다. 대신 우식에게 생전 하지 않았던 말을 했다.

—아빠 부탁할 게 있는데, 엄마를 좀 이해해줘.

—아빠도 이해해보려는 중이야. 물론 아빠가 엄마한테 사랑받는

데에만 익숙해져 있다는 거 알아. 그래서 아빠도…….

―그래서 아빠도 뭐?

―너 병원에 있을 때 아빠가 갖다준 젤리 있잖아. 그게 사랑의 묘약이라는 거래. 너도 그거 먹고 많이 달라졌거든. 그래서 아빠도 거기 약을 좀 먹어보려고. 배우자한테 뿅 가는 약이 있다더라.

―그 젤리가 그런 거였어? 아무리 그런 약을 먹는다고 해도 아빠가 엄마를 사랑할 수 없다는 건 나도 알아. 그래서 아빠가 고마웠어.

우식은 딸이 하려는 말이 무슨 의미인지 알았다. 녀석 다 컸네. 새삼 콧날이 시큰해졌다.

―아빠한테 왜 고맙다고 하는 거야?

―걍, 다 나 때문이었잖아. 아빠가 엄마랑 결혼한 거. 아빠도 싫었을 텐데.

―아니야. 아빠도 좋았어. 아빠가, 남자를…… 그래, 남자를 좋아하는 사람인 것과는 별개로 하나 너는 내 인생에 축복이야.

―증말? 진짜?

우식은 두 팔을 벌려 하나를 안아주었다. 새옹지마. 그 순간 우식의 머릿속에 떠오른 고사성어다. 좋은 게 다 좋은 것만도 아니듯 나쁜 게 다 나쁜 것만도 아닌 게 인생이다.

우식은 뒷모습의 남자에게로 다가섰다. 그가 맞았다. 차콜 그레이. 한동안 발도 끊고 연락도 두절했던 이유를 짐작할 수 있었다. 우아한 자태와 교양 있는 말투로 우식에게 거세를 종용하던 차콜 그레이의 부인이 얼마나 주도면밀하게 남편을 단속했을지 안 봐도 비디오였다.

우식의 발걸음 소리를 들은 걸까. 아니면 사랑하는 사람의 인기척은 부지불식간에도 레이더에 감지되는 것일까. 그가 우식을 향해 머리를 돌렸다. 몇 달 안 본 사이, 몇 년의 세월이 얼굴에 내려앉아 있었다. 처진 눈꼬리와 깊이 팬 주름 사이에 푹 꺼진 볼살. 노인의 모습이었다. 우식을 안고 보듬던 손도 풀뿌리처럼 거칠어 보였다. 눈에서 콩꺼풀이 벗겨진 것일까. 우식이 형! 형만 몰라. 차콜 그레이 겁나 노인인 거. 클럽의 동생이 껌을 질겅거리며 우식에게 귀엣말을 한 적이 있었다.

─얌마, 그 입 다물어라. 어디서 함부로.

차콜 그레이가 애들 입질에 놀아나는 걸 용납할 수 없었다. 그런데 동생의 말이 맞았다는 생각이 든다.

"우식이, 강우식······."

우식을 향한 애틋함이 뚝뚝 묻어나는 차콜 그레이의 목소리는 떨리고 있었다. 차콜 그레이는 자신의 옆자리 의자를 뺐다. 우식한테 자기 옆에 앉으라는 모션으로 의자의 바닥을 툭툭 쳤다. 우식은 보란 듯이 차콜 그레이의 맞은편 의자에 앉았다. 차콜 그레이의 옆모습이 아닌 정면을 바라보기 위해서였다.

"너 많이 그리웠다. 너도 마찬가지였겠지만."

차콜 그레이는 손을 내밀었다. 우식은 그의 손을 맞잡지 않았다. 우식도 안다. 차콜 그레이의 피부 감촉을. 그 감촉에 휘감겼을 때 빠져나오기 어려웠던 쾌감의 순간을. 그가 내미는 손을 또 잡는 순간 쾌감의 도가니로 빠져들 거라는 예감은 두려움의 또 다른 이름이었다.

"사장님!"

"그래, 말해!"

"우리 이제 그만할까 봐요."

"뭘?"

"부인께로, 돌아가십……."

우식의 말이 채 끝나기도 전에 그의 손바닥이 우식의 뺨으로 날아왔다.

"제발, 가정으로 돌아가세요."

차콜 그레이의 손이 허공에서 다시 한번 부챗살처럼 펼쳐지고 있었다. 우식이 손을 치켜들어 차콜 그레이의 손목을 움켜쥐었다. 우식의 손아귀에서 차콜 그레이의 손목이 부르르 떨렸다.

"우식이, 네가 나한테 어떻게 그런 말을 할 수 있는 거냐? 내가 어떤 심정으로 살아왔는지 가장 잘 아는 네가……. 어떻게, 어떻게."

차콜 그레이는 '어떻게'라는 말을 연거푸 뱉었다. 우식을 안으면서 수도 없이 사랑한다고 내뱉었던 것처럼.

"잘못했습니다. 부인께로 돌아가시라는 말은 실언이었습니다."

"애들 엄마는 포기했어. 그 사람은 내가 가진 조건만 있어도 충분히 살 수 있는 여자야. 그러기로 했어. 나도 가정은 깨지 않을 거야. 너는 이제 내 애인으로 살면 돼."

"절 사랑하신다면서 가정은 왜 깨지 않겠다는 거예요?"

우식이 정색하며 물었다.

"너 지금 무슨 말을 하는 거야? 나보고 가정까지 깨고 너와 살자고. 내가 그렇게 하면 애들 엄마는 가만있을 사람이 아니야. 본가와 처가에 다 알리겠다고 할 사람이야. 그렇게 되면 나는 사회에서 완전히 매장당해. 나는 너하곤 달라."

차콜 그레이는 모르는 것 같았다. 자신의 와이프가 우식에게 요구했던 게 무엇인지. 아니 어쩌면 모르는 척하고 있는지도 모른다. 약물을 이용한 화학적 거세는 물리적 거세와 달리 일정 기간이 지나면 기능을 회복하는 데 아무 문제가 없다는 것을 차콜 그레이가 모를 리 없었다. 단지 와이프의 화를 가라앉히는 것쯤으로 괜찮은 방법이라고 여긴 것일지도 모른다.

"그러니까요. 저와 다른 세상을 사시는 사장님이 그토록 깨기 싫은 가정과 사장님의 위치로 돌아가시라고요."

"우식아, 너 단단히 화가 났구나. 미안해. 애들 엄마랑 타협하고 수습하느라 정신없었어. 그 정도는 너도 이해해줄 수 있지 않니?"

차콜 그레이는 우식이 원한다면 무릎이라도 꿇을 기세였다.

"아닙니다. 그런 게 아니에요. 그동안 사장님도 일이 많으셨겠지만, 저도 만만치 않았어요. 그리고 깨달았어요. 인생에서 사랑이 다는 아니라는 걸요. 또 사랑에는 여러 종류가 있다는 것도요. 지금 내 인생에서 가장 중요한 것은 사장님과의 관계가 아니에요. 저도 가정에 충실해지려고요. 사장님이 정말 저를 사랑하신다면 저를 좀 놓아주세요. 제가 한 아이의 아빠 역할을 잘할 수 있도록요."

이번엔 우식이 차콜 그레이 앞에 무릎이라도 꿇고 싶은 심정이었다.

"너 왜 이렇게 변했니?"

사이키 조명이 차콜 그레이의 얼굴에 어룽거렸다. 조명 탓인지 그의 이목구비가 일그러져 보였다.

"저도 나이 먹나 보죠."

우식이 쓸쓸하게 웃었다.

"딸애가 많이 아팠어요. 근데 알고 보니까 그게 다 나 때문이더라고요. 남자를 좋아하는 우리도 자식한테는 꼼짝 못 하는 부모라는 걸 잠시 잊었어요. 그만큼 사장님을 사랑한 것도 맞을 거예요. 그렇다고 해도 우리의 사랑이 자식에 대한 사랑을 앞지를 순 없다고 생각해요. 애 엄마한테도 못 할 짓이고요."

차콜 그레이는 머리를 숙였다. 흔들리는 어깨. 그는 흐느끼고 있었다. 어떤 달콤한 사랑의 말로도 우식을 설득할 수 없다는 걸 깨달은 거였다. 차콜 그레이는 천천히 몸을 일으켰다. 우식 앞에서 고개도 들지 않고 몸을 돌렸다. 재즈가 어느 때보다도 처연한 선율로 그의 몸을 휘감고 있었다. 차콜 그레이는 축 처진 어깨와 휘청거리는 걸음걸이로 출입문을 향해 걸어갔다.

차콜 그레이에게 우식은 어떤 존재였을까? 마지막으로 불태우고 싶은 사랑의 불씨와도 같은 것이었을지 몰랐다. 남자로 태어나 사랑하지 않는 여자와 살면서 남자를 향한 애틋함이 너무 커져 버려서 사랑이라는 이름 자체가 하나의 그리움이 되었던 것이다. 하지만 단지 그리움 때문에 그가 누리고 있는 모든 것을 버릴 수는 없었다. 그에게 사랑이라는 이름은 액세서리에 불과했을지 모른다.

우식은 휴대폰을 열었다. '애춘 누님'을 '하나 엄마'로 수정했다. 애춘을 사랑할 순 없지만, 세상에서 가장 사랑하는 딸의 엄마라는 사실이 전보다 크게 다가왔다. 하나 엄마에게 전화를 했다.

"어! 이젠 안 바빠?"

"어! 왜 전화했어?"

간결한 대화였지만 가족이기에 가능한 어법이다.

"하나가 오늘 고기 먹고 싶다고 해서."

"좋지. 하나 엄마, 오늘은 술도 한잔합시다."

"말해 뭐 해!"

툭 치면 척이다.

"여보, 세리 불러라."

"말해 뭐 해. 벌써 와 있어. 야! 세리야, 네가 끔찍해하는 우식 오빠가 너 챙긴다."

애춘이 큰 소리로 말한다. 세리의 까르르 터지는 웃음소리가 휴대폰에서 또렷이 들렸다.

"하나는 뭐 해?"

"바꿔줘?"

"말해 뭐 해!"

우식은 애춘의 말을 그대로 흉내 냈다.

"어, 아빠!"

"너 알지?"

"뭘?"

"이 아빠가 우리 하나 찐 사랑하는 거."

"뭐래?"

병원에 입원하기 전의 딸로 완벽하게 돌아온 것 같았다. 말투가 그랬다. 우식의 집 피라미드 구조의 맨 상단은 하나였다. 예전이나 지금이나 변함없이. 그 점에서만은 애춘도 우식과 같은 생각일 거다. 부부는 그런 의미에서 딸의 이름을 지었다. 세상에 둘도 없는 오직 하나. 부부에게 하나는 그런 딸이었다. 애춘도 알고 있었다. 더이상 우식이 애춘의 남자로 살면서 하나 동생을 만드는 등의 일반적인 부부로 살 순 없다는 걸. 그래도 혹시나 하는 마음을 이제는 완전히 접은 것 같았다. 우식 인생에 또 다른 사랑이 찾아올 수도 있다. 하지만 그때도 우식에게 최우선 순위는 딸이 될 것이다.

우식은 테이블 사이를 재빠르게 빠져나와 주방 뒤로 갔다. 사이키 조명과 재즈 음악이 흐르는 클럽의 열기가 주방 뒤에 있는 곁방까지 스며들었다. 우식은 땀으로 축축한 와이셔츠를 벗고 옷을 갈아입으며 퇴근 준비를 했다. 방을 나오자 주방 보조 아이가 인사를 했다. 우식은 손을 들어 보이고 클럽 뒷문을 열고 나왔다. 겨울 찬 바람이 얼굴을 후려쳤지만, 마음은 홀가분했다.

사랑은 언제나 옳다

세차게 맞은 뺨이 아직도 얼얼했다. 때릴 만했고 맞을 만했다. 카페에 잠시라도 앉아 있기가 민망했다. 다른 테이블 손님과 카페 주인이 모른 척해주면서도 흘깃거리는 게 온몸으로 느껴졌다. 승규는 손자국이 벌겋게 남은 얼굴을 숙이고 계산을 해야 했다. 반 이상 남은 바닐라라테와 아메리카노는 테이블 위에서 차갑게 식어가고 있었다.

오빠, 알지! 난 바닐라라테인 거. 불과 몇십 분 전 효선이 승규에게 한 말이다. 주문하고 와서 효선의 맞은편에 앉자 입이 말랐다. 말을 해야 하는 순간이 다가오고 있었다.

그녀의 남편과 통화하면서 결심한 일이었다. 전화가 온 것은 점심시간이었다. 작업복 차림의 이환이 들어와서 점심을 먹자고 했다.

"점심? 벌써?"

승규는 사무실 벽시계를 올려다보았다. 11시 50분. 점심시간이 긴 한데 입맛은 없었다.

"이환아, 너 먼저 먹고 와라."

"오늘, 효선 씨 만나세요?"

효선 씨? 건방진 자식 같으니라고. 둘이 동갑이긴 하지만 그래도 사장의 여자친구인데, 괜히 호칭이 거슬렸다.

"얌마! 신경 꺼라."

이환은 대꾸도 없이 나갔다. 기분 탓인지 이환이 사무실 문을 닫는 태도가 불손해 보였다. 저 자식이 왜 저래. 그때 휴대폰이 울렸다. 그녀의 남편이었다. 이 양반이 무슨 일로. 승규와는 생전 교류가 없는 양반이다. 얼마 전 뜬금없이 딸에게 점심을 사주라고 명령조로 말하기 전까지는. 승규 쪽에서 가까이하기엔 너무 먼 양반이라고 해야 할까. 효선이 투덜거린 적이 있었다. 자기 아빠한테 좀 살갑게 굴면 안 되느냐고. 효선의 집을 문턱이 닳도록 드나들었지만 몇 번 보지도 못했다. 늘 지하 연구실에 있는 분이라서. 하지만 그건 순전히 핑계였다. 그 양반을 대면하기 싫은 감정이 앞섰다. 그녀는 효선과 판에 박은 듯 생긴 양반에게 어떻게 넘어간 걸까? 그 양반이 그녀의 고등학교 선생이었단다. 어렵지 않게 그려지는 통밥. 늙다리 선생이 순진하고 예쁜 그녀에게 흑심을 품은 게 틀림없다. 효선에게 넌지시 물었던 적이 있다. 오빠가 그것까지 알 건 없고. 효선은 단칼에 잘랐다. 그럴수록 승규는 그녀의 일거수일투족이 다 궁금했다.

―제가 왜 이러는지 아시잖아요.

그녀의 남편이 연구했다는 젤리 타입의 약을 먹게 한 날도 승규
는 재우쳤다.

─난 모르겠어. 안다고 달라질 것도 없고. 이럴 거면 우리 애와
도 정리하는 게 낫지 않겠어.

승규는 그 말이 무서웠다. 딸뿐이 아니라 그녀와도 연락을 끊자
는 걸로 들렸기 때문이다. 그녀는 그렇게 가버리고는 연락이 없었다.
승규가 전화를 하고 문자를 해도 씹기만 했다. 애가 닳아 죽을 지경
이었다. 이런 상황에서 남편의 전화가 반가울 리 없었다.

"여보세요."

"승규냐?"

"아, 네. 아버님 어쩐 일이세요."

"너, 오늘 우리 효선이 밥 좀 사줘라. 지난번에도 바쁘다고 했잖
니. 오늘은 시간 좀 내라."

"약국 일 때문에, 효선이도 바쁘잖아요."

만나지 않을 핑계를 댔다.

"약국은 내가 봐도 되니까, 효선이 콧바람이라도 쐬줘."

승규가 채 대답하기도 전에 전화는 툭 끊어졌다. 매너라고는 꽝
인 양반이다. 어쩌다 그녀가 이런 양반과 살았을까? 그녀 대신 자신
이 억울한 기분이 들었다. 전화가 끊어지기 무섭게 카톡이 날아왔
다. '오빠, 우리 거기 음식점에서 봐요.' 이런, 부녀 공조였군. 보기 좋
게 바람을 맞힐까 하다가 결심했다. 대차게 따귀를 한 대 맞고 욕을
한 사발쯤 먹으면 눈 깜짝할 사이에 지나갈 일일지도 몰랐다.

효선은 음식점에 먼저 와서 기다리고 있었다. 냅킨 위에 수저를

가지런히 놓고 컵에 물도 한가득 따라놓았다. 식사하기 전 입가심으로 물 한 잔을 마시는 승규의 습관을 배려한 행동이다. 애오라지 승규만 좋은 효선의 시선이 눈물겹게 미안할 만큼 부담스러운 것도 사실이다. 승규는 효선의 그런 행동에서 자신이 투영되는 것을 느낀다. 비굴에 가까운 효선의 행동을 승규도 그녀에게 하고 있다는 걸 깨닫는다. 동병상련은 느끼지만 애정은 별개다. 튕기는 자가 승자로 남는 게 사랑의 법칙인 걸까?

효선은 밥을 먹으면서도 승규에게서 한시도 눈을 떼지 않고 얘기했다. 약국은 제법 잘된다고 했다. SNS를 보고 찾아온 고객이 좋은 후기를 남기며 입소문이 났고, 그로 인해 방문한 고객이 제품 후기를 또 올리면서 파급 효과를 내고 있다고 했다. 개인의 소개로 약국을 찾은 고객들의 발길도 이어지고 있단다. 그녀를 통해서도 익히 들었던 소식이다. 얼마 전에 시식해본 적도 있는 승규였다. 승규로서는 딱히 눈에 번쩍 띌 만큼의 변화는 느끼지 못한 터였다. SNS에서 효과를 보았다는 후기를 읽은 뒤에 곰곰이 생각해보니 약간의 느낌이 있었던 것도 같다. 기분이 느긋해지고 빈속에 마시는 첫 잔의 술처럼 식도를 타고 내려오는 쾌감에 온몸이 나른해지는 느낌 정도. 알코올의 힘과 술집 조명 탓에 여자가 예뻐 보이는 현상과 비슷한 걸까. 그녀의 모든 행동이 더 사랑스럽게 보였다.

"약국이 잘된다니까 다행이네."

숟가락을 놓으며 승규가 추임새를 넣었다.

"곧 재개발이 될 거거든. 새롭게 들어선 상가 건물에 분양받아 약국을 오픈하면 찾아오는 고객도 좀 더 많아지겠지."

승규는 영혼이 빠져나간 목소리로 호응해주었다. 신바람이 난 효선에게 찬물을 끼얹을 생각을 하니 마음이 좋지 않았다.

"오빠, 이제 카센터 들어가 봐야지?"

승규가 계산하고 나오자 효선이 아쉬운 표정으로 물었다.

"차 한잔할까?"

"나야 메르씨 보꾸지."

승규의 제안에 효선이 농으로 받아쳤다.

"유아 웰컴입니다."

승규도 맞장구를 쳐줬다. 효선의 얼굴이 환해졌다. 이 정도에도 기분이 좋아지는 효선을 보면서 내가 천하에 몹쓸 놈인가, 하는 생각이 문득 들었다. 하지만 곧 그녀의 얼굴이 떠올랐다. '사랑은 언제나 옳다.' 어디에도 없는 말인 줄 알지만 승규는 격언처럼 되뇌었다. 직장을 관둔 효선이 부모와 함께 시작한 사업이 잘될 때 이런 말을 할 수 있어서 다행이다.

근처 카페에서 차를 주문하고 자리에 앉았지만, 효선의 얼굴을 마주 대하는 것이 힘겨웠다.

"나 화장실 좀."

"다녀와요. 차는 내가 갖다 놓을 테니까."

승규는 화장실에 가서 찬물로 얼굴을 씻었다. 핸드페이퍼로 얼굴을 문지르고 마음을 다잡았다. 효선과 끝내고, 이제 그녀에게 직진할 일만 남은 걸까. 열 번 찍어 안 넘어가는 나무가 없다고 했던가. 제법 유명세를 탄다는 사랑의 묘약 힘이라도 빌려볼 생각이다.

승규가 자리로 돌아왔다. 승규 몫의 아메리카노가 머그잔 가득

출렁거렸다. 효선은 갈색의 바닐라라테를 홀짝거리고 있었다. 승규는 아메리카노를 한 모금 마셨다. 효선이 카페 창밖을 보면서 시답지 않은 날씨 얘기를 하며 깔깔거렸다.

"이제 눈은 완전히 괜찮은 거야?"

"오늘 나 여러 번 감동시키네. 오빠가 웬일이야. 내 눈도 걱정해주고."

효선은 진짜 감동한 표정이었다.

"안대를 벗었길래."

"일찍도 알아봐주시네. 몇 달 전에 벗었걸랑요."

"그랬구나."

"아직은 조심해야 한대. 충격받으면 무너질 수도 있다고……."

"나 할 말 있어."

승규는 효선의 말을 잘랐다. 효선이 천진무구한 눈으로 승규를 바라보았다.

"나도 오늘 오빠한테 선물할 거 있는데. 이거 우리 약국 신제품인데 오빠 한번 먹어볼래?"

효선이 테이블 위에 작은 박스 하나를 올려놓았다. 승규는 잘 먹겠다고 하면서 박스를 열어보지도 않았다.

"우리 그만 만나자."

승규는 고개를 숙이고 머그잔의 동그란 표면을 손가락으로 훑었다. 효선은 아무런 반응이 없었다. 승규는 머리를 쳐들고 효선을 바라보았다. 꼭 다문 입술. 동그랗게 뜬 눈. 불룩한 볼. 자꾸 보면 귀여운 구석이 있기도 한 얼굴이었다. 외모가 문제가 아니었다. 승규의 눈에 꽂힌 게 효선이 아니라 효선의 엄마라는 게 핵심이다. 두 사람이 동시에 눈앞에 나타난 그날 승규의 스파크가 그녀에게로 튄 것일 뿐. 사랑은 비상구가 없는 외통수다. 승규는 그녀가 유부녀란 사실조차 부정하고 싶었다.

"이유가 뭐야?"

"이유? 그딴 거 없어."

승규는 단호했다. 아니 단호해 보이려고 힘을 줬다. 이왕 말을 꺼낸 참에 마무리를 지어야 했다.

"그러면, 처음에는 왜 나랑 사귀자고 했는데?"

왜곡된 사랑의 기억은 거짓일 확률이 높았다. 사랑에 관한 또하나의 문장이 승규의 머릿속에 휘리릭 새겨지고 있었다. 먼저 사귀자고 한 사람은 승규가 아니라 효선이었다. 열두 살 띠동갑도 동갑이니까 친구를 하자고 한 사람도 효선이었다. 밥 먹고 차 몇 번 마시면서 효선은 승규와의 관계를 남녀 사이로 공식화했다. 승규 입장에서는 충분히 억울했다. 그렇다고 효선에게 억울하다고 항변할 처지는 아니다. 효선의 집에 인사를 가자고 한 사람은 승규였다. 효선이 친구 하자며 카센터를 들락거리고 밥과 차를 함께 먹자고 할 때 거절하지 못했던 것도 승규였다. 엔진이 떨어진 차를 수리해주는 과정에서 모녀에게 고객 이상의 친절을 베푼 것도 승규였다. 효선 입장에서는 승규의 호의가 남다르게 느껴졌을 것이고 그게 자신을 향한 호감이라고 착각했을 수도 있을 테니까. 그렇지만 승규도 할 말은 있다. 차 수리 이후로 그녀는 승규의 손에 닿을 수 없는 고객의 한 사람으로 박제되어버렸다. 그녀를 만날 수 있는 끄나풀은 오직 효선뿐이었다. 승규의 주위를 줄곧 배회하는 효선을 통할 때만 그녀를 만날 기회가 있었다.

그녀도 승규에게 호의적이었다. 고디바 초콜릿을 한 아름 들고 인사 간 날 환한 미소를 지었다. 승규에 대한 호감이라고 받아들여도 무방하지 않을까? 용기를 내서 들이댈 때마다 한 차례 따귀 세 례를 맞을 각오를 한 적도 있었지만, 실제로 그런 일은 한 번도 없었다.

"미안해."

"차라리 솔직하게 말해줘. 오빠 여자 생겼지? 나 말고 다른 여자가 있는 거지?"

효선도 눈치채고 있었던 거다. 승규는 머리를 끄덕거렸다. 오늘은 승규도 결심하고 나온 자리인 만큼 피할 생각은 없었다.

"누구야?"

"그걸 꼭 말해야 하나?"

"난 들어야겠어."

"모르는 게 나아. 알면 피차 힘들고 괴로워질 뿐이야."

"내가 아는 사람이야?"

"그럴 수도……."

"혹시……?"

효선이 짐작하고 있는 사람이 누굴까? 승규도 궁금했다. 그녀가 혹시라도 무슨 낌새를 흘린 것은 아닐까? 두려움이 승규를 휘감았다. 효선이 제 입술을 핥았다. 효선도 긴장하고 있는 게 엿보였다. 효선은 무언가 망설이는 듯 보였다. 효선의 입에서 먼저 그녀의 이름이 튀어나온다면? 게임 오버로 치부하고 두 손 두 발 다 들어야 하는 걸까? 아니면 너 미쳤느냐고 외려 펄쩍 뛰는 모양새로 딱 잡아떼야 하는 걸까?

"혹시, 혹시 늙은 여우 아니야?"

"늙은 여우가 누군데?"

승규는 머리가 어지러웠다.

"오빠가 고디바 초콜릿을 사다 준 사람이지 누구겠어?"

이건 완전 '빼박'이다. 순간 승규의 머리에 영화 속 한 장면이 스냅사진처럼 펼쳐졌다. 꽤 야하다는 말을 듣고 노트북에서 다운받아 본 옛날 영화였다. 아들의 약혼녀와 사랑을 불태웠던 제레미 아이언스 주연의 영화 〈데미지〉. 두 사람의 정사 현장을 목격한 아들은 충격으로 그 자리에서 즉사했고 벌거벗은 제레미 아이언스는 아들의 시신을 붙들고 오열한다. 그 패턴대로라면 승규와 그녀의 행각에 충격받은 효선이 죽음에 이를 터. 역시 패턴대로라면 그녀가 효선의 시신을 감싸 안고 절규해야 한다. 하지만 패턴과 팩트의 간극은 강북과 강남을 갈라놓은 한강만큼이나 깊고 넓은 게 현실이다. 약혼자의 아버지를 유혹했던 팜프파탈 줄리에트 비노슈는 승규와는 거리가 먼 인물이다. 자신의 뜨거운 정념 때문에 인생의 파멸을 맞이한 제레미 아이언스도 그녀의 현신이 아닌 것처럼. 고로 효선은 죽지 않을 것이다. 그걸 증명이라도 하듯 승규의 뺨으로 날아온 효선의 손바닥은 활화산보다 더 뜨거웠고 베트남 고추보다 더 매웠다.

"두 사람 무지 고생했겠네. 나한테 감쪽같이 감추느라고."

승규는 이상하게 차분해졌다. 오랫동안 막혀 있던 체증이 한꺼번에 쑥 내려가는 기분이었다.

"그동안 나도 너 보는 거 정말 괴로웠어."

승규는 신음 소리를 냈다.

"어디까지 가려고 했어? 아니, 언제까지 갈 수 있을 거라고 생각했어? 두 사람이 갈 데까지 가놓고 천연덕스럽게 나와 결혼하려고 했던 거니?"

승규는 열 손가락을 머리카락에 쑤셔 넣고는 탁자에 머리를 박았다. 카페의 모든 시선이 자기한테 쏠리는 게 창피했다. 효선의 눈에는 괴로워하는 제스처로 비칠 것이다.

"그래서 지금 말하는 거잖아. 믿지 않겠지만 아무 일도 없었어. 맹세코!"

"그걸 지금 나한테 믿으라는 거야? 그게 바로 늙은 여우의 수법이야. 우리 아빠를 홀린 수법. 아빠가 버젓이 있는데도 외간 남자들을 만나고 다닌 수법! 너도 그 여우한테 단단히 홀린 거야."

효선은 카페를 나가버렸고 승규도 터덜터덜 걸어서 카센터로 돌아왔다. 이환은 작업 중이었다. 사무실로 들어오는 승규를 보고 이환이 쫓아 들어왔다.

"사장님, 무슨 일 있으셨어요? 얼굴이 왜 그래요?"

"이환아, 일 많이 남았냐?"

"지금 작업하는 차량 전조등하고 히터 부품 몇 개만 손보면 되는데요. 바깥에서 무슨 일 있으셨던 거 맞죠?"

이환은 승규의 낯빛을 살피며 조심스럽게 다시 물었다.

"카센터 일찍 닫고 오늘 나랑 술 한잔하자."

243

"무슨 일이 있기는 있었군요."

"얌마! 넌 내가 무슨 일 있길 바라는 녀석처럼 계속 물어보고 그러냐?"

승규는 애먼 이환한테 버럭 화를 냈다. 이환은 머쓱한 표정으로 사무실을 나갔다. 이환이 나가자 승규는 휴대폰을 꺼냈다. 효선과의 결별을 이야기할 한 사람. 전화벨이 끊어질 즈음에 그녀가 전화를 받았다.

"여보세요."

그녀의 전화 받는 태도는 한마디로 '마상'이었다. 승규의 이름을 불러도 될 것을 그렇게 꼭 낯모르는 사람 대하듯 여보세요, 라니.

"저예요."

"알아."

"부탁이 있어요."

"말해."

〈데미지〉에서 제레미 아이언스는 아들의 약혼녀에게 이런 냉담함은 보이지 않았다. 역시 영화는 영화일 뿐, 현실은 드라마틱하지도 열정적이지도 않았다. 미적지근한 보리차와 같은 일상의 연속이었다. 효선 말대로 젊은 시절의 그녀가 뭇 남성들과 연애깨나 했다는 말이 믿기지 않았다. 효선의 아버지와 그 어린 나이에 불꽃 튀는 사랑을 했다는 것도 남의 얘기만 같았다.

승규는 그녀에게 하고 싶은 말이 많다. 당신 딸에게 보기 좋게 개망신당하고 왔다고. 당신 딸이 당신에게 추궁하더라도 내 책임은 아니라고. 당신 딸도 이미 눈치채고 있더라고. 나는 처음부터 당신을 좋아했지, 당신 딸에게는 손톱만큼도 관심이 없었다고. 당신에게 첫눈에 반해서 사랑하게 된 게 죄라면 죄였을 뿐이라고. 그때 승규의 눈에 들어온 상자가 있었다. 효선이 약국에서 가져온 그것. 그녀가 승규에게도 주면서 먹어보라고 한 사랑의 묘약일 것이다. 그녀에게도 저걸 먹일 수만 있다면. 이왕 이렇게 된 마당에 무엇인들 못 하겠는가.

"한 번만 만나주세요. 할 말이 있어요."

그녀는 알았다고 대답했다. 자기도 할 말이 있다면서. 그녀가 거절하지 않은 것만으로도 기분이 좋아졌다. 인생은 참 아이러니하다. 효선에게 보기 좋게 따귀를 맞고 카페에서 망신당한 일이 까마득한 옛일처럼 느껴졌다. 지성이면 감천이라고 했다. 사랑은 언젠가는 승리하는 법이다. 별의별 문장이 승규의 머릿속에서 폭죽처럼 터졌다. 승규는 전화가 끊길세라 날짜와 시간과 장소를 잽싸게 말했다.

승규는 약속한 날 그녀를 납치하듯 차에 태워 어딘가로 떠날 것이다. 그녀의 남편도, 효선도 없는 단 두 사람이 독대할 수 있는 곳이라면 어디든. 그리고 사랑의 묘약에 운명을 맡기는 수밖에. 그 생각에 하는 동안 승규는 공연스레 마음이 달떴다. 마침 사무실로 옷을 갈아입으러 들어온 이환을 승규가 얼싸안았다.

"사장님, 왜 이러세요?"

"이환아, 우리 오늘 술 한잔하자고 했지? 내가 거하게 쏠게."

"아까 그러자고 하셔서 일 빨리 끝낸 거잖아요. 근데, 무슨 좋은 일이라도 있으신 거예요? 조금 전과는 딴판인데요."

"좋은 일? 있다마다."

승규는 이환과 함께 가까운 호프집에 자리를 잡았다. 엿 같았던 기분 반, 하늘을 오르는 기분 반에 취해 연거푸 들이켠 맥주에 승규는 혀가 꼬이고 정신은 안개 낀 듯 흐리멍덩해졌다.

"이환아, 오늘 이 형님이 한 건 했단다."

"효선 씨한테 정식으로 프러포즈라도 하신 거예요?"

이환의 말투가 곱지 않게 들리는 것은 순전히 술 탓일 것이다.

"프러포즈? 했다, 했어!"

"정말요?"

이환의 눈썹과 눈매가 뾰족해졌다고 느낀 것 또한 술 탓이리라. 승규는 술기운에 기대어 이환에게 그녀와 효선 사이에서 있었던 일을 털어놓기 시작했다. 두 모녀가 타고 있던 차량을 수리하면서 빠져든 운명의 순간에서부터 그 후로 두 모녀와 얽히게 되면서 겪게 되었던 갈등의 시간까지.

"그래서요? 사장님은 지금 어떤 결정을 내린 건데요?"

"어딘가로 갈 거다. 그게 밀월여행이면 더 좋고."

"효선 씨는요?"

"끝난 거지."

"정말 끝내신 거예요?"

"그렇다니까."

승규와 이환은 1차에서 2차로 술집을 옮겼다. 3차인 돼지 껍데기 집으로 자리를 옮겼을 때는 두 사람 다 꽐라가 된 상태였다. 전에도 이런 적이 있었다. 이환이 짝사랑하는 여자가 있다는 말에 승규는 사랑의 묘약을 소개했었다. 이환이 약국을 찾아왔지만, 제품을 구매하지는 않고 갔다는 말을 효선에게 들은 적이 있었다.

승규는 이환에게 짝사랑하는 여자가 누구냐고 물었다. 아무 생각 없이 듣다가 술이 확 깨는 대답을 들은 것만은 분명했다. 하지만 다음 날 머리가 빠개지도록 아팠을 때는 전혀 기억이 나지 않았다. 해머로 머리를 호되게 맞아 띵했던 충격만 남아 있을 뿐이었다.

사랑보다 어려운 게 용서

승규는 자리를 박차고 카페를 나오는 효선을 붙들지 않았다. 승규가 쫓아와서 자신을 붙잡고 백배사죄하길 효선은 얼마나 바랐는지 모른다. 승규의 말대로라면 승규와 늙은 여우는 사실 시작도 하지 않은 모양이었다. 승규가 혼자 미쳐서 늙은 여우에게 삽질하는 거라면 아직 희망이 있는 게 아닐까. 부질없는 희망에 기대를 거는 어리석음이라니. 그조차도 한 움큼 남아 있는 미련 때문일 것이다.

생각 같아서는 집으로 가자마자 한 여사와 한판 붙고 싶었다. 하지만 발길을 돌려 약국으로 향했다. 어쩐지 아빠는 무언가 알고 있었던 것 같다는 생각이 들었다.

"승규한테 무슨 말을 듣고 온 게로구나."

효선의 낯빛을 살피며 아빠가 물었다.

"아빠 말이 맞았어요. 승규는 날 좋아하는 게 아니었더라고요."

248

"너도 알고 있었던 사실이잖니."

아빠의 말은 깊은 우물에서 울려 나오는 공명음처럼 들렸다. 효선은 어깨가 늘어지고 다리에 힘이 풀렸다. 아빠에게 따지려고 했던 말이 하나도 생각나지 않았다. 효선은 가슴과 목이 꽉 막힌 기분이었다. 아빠 말대로 뼛속 깊이 알고 있었지만 모른 척할 만큼 그를 좋아했던 자신의 마음을 아빠에게 천천히 털어놓았다. 자기가 얼마나 승규를 좋아했으며, 그 사람과 함께할 미래의 소망들이 얼마나 많았는지. 효선은 사랑을 주고받는 사람으로 살고 싶었다. 효선이 꿈꾼 것은 오직 그뿐이었다.

친엄마에게조차 제대로 된 사랑을 받아보지 못한 탓에 효선은 연애 따위는 꿈도 꾸지 않았다. 승규는 효선에게 호의의 눈빛을 보낸 최초의 이성이었다. 승규의 마음이 어디를 향하는지 생각해보지 않은 자신의 어리석음을 탓해야 하는 걸까. 아무리 그렇다고 해도 이것은 다른 차원의 문제였다. 승규가 차라리 다른 여자에게 눈을 돌렸다면 이렇게까지 배반감이 들지 않았을 수도 있다. 엇갈린 사랑의 화살표를 탓하고 마음을 접었을지도 모른다. 어떻게 남자친구가 자신을 낳아준 엄마에게 꽂힌 건지.

효선과 아빠만 아는 비밀로 묻어야 하는 걸까. 아빠는 효선보다 영리한 패자인지도 모른다. 그동안 한 여사가 추파를 던졌거나 한 여사에게 발을 걸었던 남자들은 다 어디로 갔을까? 그렇지만 결국 한 여사는 아빠에게로 돌아왔다. 어떻게? 적이 의심스러워지는 순간이다. 혹시 사랑의 묘약으로 한 여사의 발목을 교묘하게 붙들고 있었던 것은 아니었을까? 아빠는 아내의 방종을 무반응으로 대처

해온 헤파이스토스가 아니었다. 마법에 걸린 자신의 흉측스러운 허물이 벗겨지길 기다리며 미녀를 성에 가둔 야수일지도 몰랐다.

효선은 아빠에게 물었다. 내가 모르는 게 아직도 더 남았느냐를 시작으로 한 여사는 어떻게 생겨먹은 종자냐는 추궁까지.

"제자를 여자로 본 것부터가 내 잘못이었던 거지. 그만큼 너희 엄마는 예뻤어."

세상의 모든 남자는 입만 열면 한 여사의 미모를 극찬한다. 승규 역시도 아빠와 비슷한 어조로 말했다. 어머니가 보통 미인이 아니시던데요. 자신의 이상형이라도 만났다는 투로. 남자들은 왜 하나같이 한 여사의 미모에 눈이 머는 걸까.

고등학교 1학년 한수애와 노총각 교사 최영광은 삼팔선을 가운데 두고 갈라진 이남과 이북처럼 가까이 교류할 수 없는 먼 사이였다나 어쨌다나. 듣기 원치 않았지만, 아빠의 감성팔이 추억담이 효선의 귀로 흘러들었다. 효선의 눈이 사팔눈으로 째지거나 말거나 눈에서 레이저를 쏘거나 말거나, 아빠의 표정은 그 시절로 돌아가 있었다. 중간에 한 번씩 한 여사가 얼마나 깜찍하고 예뻤는지 포인트를 넣어가면서. 죽어도 떠올리고 싶지 않아 이를 악물었지만 열일곱의 한 여사가 자연스럽게 그려졌다. 어린 자기를 호시탐탐 흘낏거릴 남자 선생들의 눈길을 내심 즐겼을까.

"나는 거의 미쳐갔단다. 내 인생 전체를 걸고서라도 너희 엄마를 차지하고 싶었어."

"인생을 건 게 맞았네. 아빠 인생이 여학생 하나 때문에 구덩이를 파고 말았으니. 한 여사 공부시키려고 아빠는 박사 공부도 중단

했다면서요.”

효선은 고작 빈정거리는 걸로 화를 삭일 수밖에 없는 스스로가 비참해졌다.

“넓은 세상으로 한껏 날아오를 수 있었던 수애의 날개를 꺾은 건 바로 나였지.”

“한 여사도 아빠가 싫지 않았으니까 나를 임신했던 거고 결혼을 한 거겠지요. 지금에 와서 두 사람의 과거가 지금 내 상처와 무슨 관계가 있는 거냐고요?”

“원치 않았던 결혼과 원치 않았던 임신이 어린 수애에게는 벗어 버리고 싶었던 족쇄였을 거다. 사실, 내가…… 연구한 물질의 임상 실험을…… 했던 거야. 나와 너희 엄마에게. 사랑은 한 방향으로 흐르는 게 아니기에 양쪽의 반응을 지켜보기 위해서였지.”

아빠의 느닷없는 고백. 한 여사가 입버릇처럼 해온 바로 그 야로가 사실이었던 것이다. 아무리 그렇다고 해도 효선이 한 여사에게 승규를 뺏긴 일은 별개다.

“내 죄를 네가 짊어지는 것만 같아서 가슴이 아프다. 승규가 그러는 거 그 녀석 혼자만의 마음일 거다. 너도 모르게 너희 엄마가 승규 마음을 돌려보려고 애를 썼지만, 사람의 마음을 돌리는 건 쉬운 일이 아니었던 거 같더라. 이제 너도 승규의 마음을 알았으니까 마음을 접어야지 어쩌겠니.”

아빠는 그렇게 말했지만 효선은 승규보다도 한 여사를 더 용서할 수 없었다. 승규 마음을 돌려보려고 애를 썼다고. 바지씨 앞에 서면 눈웃음부터 흘리는 늙은 여우가 행여나.

효선은 며칠 동안 옥탑방에서 두문불출하고 있다가 오랜만에 약국엘 내려왔다. 한 여사를 대하고 싶지 않았지만, 온라인으로 예약한 상담 고객이 오기로 한 날이어서 어쩔 수가 없었다. 약국 출입문과 대문에 철거 통보 종이가 붙어 있었다. 아빠는 임시로 거처할 오피스텔을 알아본다고 외출했다. 철거 직전까지 약국은 열 모양이었다. 한 여사는 뭐가 좋은지 노래를 흥얼거리며 조제실 청소를 하고 있었다.

"몹시도 좋았다. 너를 지켜보고 설레고……. 욕심이 생겼다. 너와 함께 살고 늙어가 주름진 손을 맞잡고……. 첫눈처럼 내가 가겠다. 너에게 내가 가겠다."

효선은 한 여사의 노랫소리가 귀에 거슬렸다. 한때 드라마 OST로 유행했던 노래를 중년의 여자가 흥얼거리는 걸 어떻게 받아들여야 할지. 가사가 마치 승규와의 미래를 꿈꾸는 것 같아서 허투루 들리지 않았다.

"오늘은 웬일이셔? 약국엘 다 행차하시고."

말투와 달리 한 여사는 반색하는 기색이었다.

"남이사! 사는 게 신바람 나나 보지. 노래까지 흥얼거리고."

"약국 잘되겠다, 재개발되면 땅값 오르겠다, 내가 신바람 나지 않을 일이 뭐가 있겠냐? 너는, 젊은 애가 좀 꾸미고 다녀라. 살도 좀 빼고. 그러니 연애도 제대로 못 하지."

한 여사는 뭐가 못마땅한지 혀를 찼다. 염장 지르는 방법도 여러 가지다. 아빠가 한 여사에게 말을 하지 않은 모양이다. 한판 붙고 모녀 관계 쫑을 내버려! 효선은 속으로 씩씩거렸다.

"너, 내일 어디 좀 다녀와야겠다."

"바빠!"

"뭐가 바빠?"

"약국이 그냥 돌아가는 줄 알지. SNS 관리도 해야 하고. 상담 고객도 받아야 하고."

"그런 사람이 며칠 동안 약국에 코빼기도 안 비쳤냐? 우리도 이 제 곧잘 하거든요."

딸 남자친구한테 꼬나 치는 주제에 아빠와 한 묶음으로 '우리' 란다. 효선이 눈이 찢어져라 한 여사를 째려보거나 말거나 한 여사 는 주머니에서 쪽지 한 장을 꺼내며 돋보기안경을 썼다. 남자들은 모를 거다. 천하의 한 여사도 저렇게 늙어가고 있다는 걸.

"가만있자, 내가 써놓고도 기억을 못 해요. 음, 토요일 오후 3시 30분 무한대로역 5번 출구라……. 그래 여기로 가봐. 거기 가면 누 가 나와 있을 거야."

"누가 나와 있는데?"

"가보라면 가봐. 가서 담판을 짓고 오라고. 이 맹꽁이야!"

"무슨 담판?"

"정신 차릴 담판!"

"나도 할 말 있어."

효선이 정색했다.

"무슨 말? 문승규가 네 맘대로 움직여주지 않아서 속상하다는 말? 지겹다, 지겨워! 그 승규인지 오빠인지가 거기로 온다고 했으니 까 나가보라는 거야."

이건 또 무슨 말일까. 한 여사는 아직 모르는 모양이다. 승규도 한 여사에게 아무 말도 하지 않은 걸까?

"무슨 말, 못 들었어? 아빠가 암말 안 해?"

"에구, 최영광 씨가 그렇게 속 시원하게 말이라도 하는 인간이었다면 내 인생도 이렇게 답답하지는 않았겠네요. 너는 죽었다가 깨어나도 몰라. 너희 아빠가 얼마나 미련하고 답답한 인사인지."

"그만 좀 하시지!"

듣다못해 효선이 소리를 질렀다. 그 소리에 묻혀 슬라이드 유리문이 열리는 기척을 알아차리지 못했다. 중년의 남성이 약국 안으로 들어왔다. 예약 손님인 듯했다. 그 남자의 뒤를 따라 허연 입김을 뿜으며 젊은 여자도 기웃거렸다.

"이 약국이, 그 약국인가요?"

패딩 점퍼 차림의 남자가 양손을 비비며 물었다.

"네, 맞습니다. 이 약국이 그 약국입니다. 최 선생 뭐 해? 예약 손님인 거 같은데."

한 여사는 효선을 향해 빙긋 웃어 보이기까지 했다. 효선은 기가 찼다. 가식이 철철 흘러넘치는 늙은 여우 같으니라고. 효선은 중년 남성에게 자리를 권했다. 남자를 뒤따라 들어온 여자는 무르춤한 자세로 서 있다가 뒤돌아서 나가려고 했다. 한 여사가 냉큼 여성에게 다가갔다.

"손님도 이 약국이, 그 약국인 줄 알고 오신 거 아닌가요?"

약사가 아니라 영업 사원이라고 해도 될 만큼 능란한 한 여사다.

"아, 네. 근데 오늘은 다른 손님도 계신 거 같고……. 저는 나중에 다시 오도록 하겠습니다."

30대로 보이는 여자는 주눅이 든 듯 자신감이 없는 표정이었다. 남자에게 실연이라도 당하고 온 걸까. 약국을 찾아오는 손님 대부분은 살짝 어긋난 사랑을 원상 복구해보고자 하는 사람이었다. 아니면 짝사랑에 목을 매고 있거나. 손님들의 기대와는 달리 이미 어긋난 사랑에는 사랑의 묘약도 힘을 발휘하지 못했다. 자신이 연모하는 대상에게 사랑의 묘약을 먹이지 못해 안달 난 사람에게 사랑의 묘약은 무용지물이다. 효선은 입맛이 썼다. 타인을 상담할 때는 이토록 이성적인데 자신한테는 왜 객관화가 되지 않는 걸까. 그것도 사랑의 속성 중 하나일 것이다.

"알겠어요. 그럼 다음에 방문해주세요."

한 여사의 평소 영업 지론은 가는 고객 붙잡지 않고 오는 고객 막지 않는다, 였다. 가는 놈 붙들지 않고 오는 놈 막지 않는다는 한 여사의 연애 지론과 일맥상통하는 것 같아서 별로이긴 했지만 나름 괜찮은 영업 방침이긴 했다.

효선은 유리문을 열고 나가는 여자를 힐끗 보았다. 여자의 뒷모습이 처연해 보였다. 때론 뒷모습에서 그 사람이 보일 때가 있다. 하고 싶은 말이 너무도 많지만 속으로 꾹꾹 참아온 듯 어깨가 묵직해 보였다.

"인터넷으로 예약하고 오신 분, 맞죠. 추우신 거 같은데 따끈한 차 한잔 드릴까요?"

효선은 중년 남성에게로 눈길을 돌렸다. 한 여사가 유리문 앞에 서서 방금 나간 여자를 쳐다보고 있었다. 한 여사도 여자에게서 무언가를 느낀 걸까. 여자는 골목을 벗어나지 않고 주위를 배회했다. 안팎의 온도 차로 김이 잔뜩 서려 희뿌연 유리문 밖 풍경 속 여자는 영화의 한 장면처럼 보였다. 효선은 여자에게서 신경을 끄기로 했다.

"네 맞습니다. 그런데 차보다는…… 먼저 궁금한 게 있어서요."

남자는 어딘가 초조한 낯빛이었고 허둥거렸다.

"편하게 말씀해주세요."

"그러니까, 여기 약 말이에요."

효선은 잠자코 있었다. 남자가 말을 다 할 때까지 기다려줘야 할 분위기였다.

"여기 약을 먹으면 말이에요, 누군가를…… 그러니까 그 누군가가 원수같이 미운데도 사랑하는…… 사랑하는 것까지는 아니고요, 용서하는 마음이 생길 수도 있는 걸까요?"

효선은 하마터면 그게 무슨 말씀이냐고 물어볼 뻔했다. 지금까지 약국을 방문한 무수한 손님한테서는 한 번도 들어보지 못한 말이었다.

"그럼요! 그럴 수도 있죠. 사랑이란 누군가가 나를 좋아하기 이전에 내가 먼저 그 사람을 좋아해 주는 거거든요. 그러려면 그 사람의 전부를 받아들일 마음의 여유가 있어야 하죠. 결국 용서도 그런 마음의 연장선상이겠지요. 어떤 잘못도 이해해주고 보듬어주는, 뭐 그런 거요."

효선이 무슨 말로 손님에게 상담해야 할지 몰라서 머뭇거리고 있을 때 한 여사가 훅, 치고 들어왔다. 웃겨! 한 여사 당신이 날 먼저 보듬어주고 아껴준 적이 있었나? 결국에 딸에게서 애인까지 뺏은 주제에. 말만 번지르르하지. 미친 엑스 엑스 같으니라고. 효선의 입에선 예전 사춘기적 일기장에 한 여사를 향해 수없이 남발했던 욕지거리가 한꺼번에 쏟아지기 일보 직전이었다.

한 여사의 말에 용기를 얻었는지 남성은 마른세수를 하며 자신의 얘기를 들어줄 수 있느냐고 했다. 남성의 얼굴에 드리워진 짙은 그늘이 예사롭지 않았다. 효선이 남성을 조제실 안락의자에 앉히고 차 한잔을 건네는 동안 한 여사는 약국 문을 열고 거리로 나갔다. 약국 밖에서 배회하는 여자에게 다가가는 한 여사의 뒷모습은 영락없는 중년의 여성이었다. 쪽지를 보기 위해 돋보기를 꺼내 쓰던 한 여사가 생각났다. 한 여사도 별수 없이 늙는구나 하는 생각이 다시금 스쳤다.

저마다의 그림자, 저마다의 빛

◆♥

"나한테 아들 녀석이 한 명 있었어요."

상도는 목이 콱 막혔다. 아들을 생각하는 것만으로도 가슴이 천 갈래, 만 갈래로 찢어졌다. 알코올 기운이라고는 없는 멀쩡한 정신으로 아들을 입 밖에 낸다는 것은 엄두가 나지 않는 일이었다. 상도 입으로 아들을 언급하는 건 죽을 만큼 힘들었지만, 누군가에게서 아들의 이름을 듣는 순간은 이상하게 위로가 되었다. 세상에 티끌로도 존재하지 않는 아들을 누군가 기억하고 있다는 사실 하나만으로도 상도는 가슴이 뻐근했다. 아이의 부모가 찾아와서 아들의 이름을 말할 때도 그랬다. 상도는 상담사가 시키는 대로 안락의자에 몸을 부리고 앉아 따뜻한 차를 마셨다.

"아들 이름은요?"

상담사가 아들의 나이를 묻지 않아서 다행이었다. 어쩌다가 낯선 이에게 아들을 언급하면 으레 따라오는 질문이 있었다. 나이를 묻거나 몇 학년이냐는 것이었다. 그럴 때마다 상도는 곤혹스러웠다. 상도의 기억에서 멈추어진 아들의 나이와 아들이 살아 있다면, 이라는 가정으로 계산한 현재 나이 사이에 지옥과도 같은 고통이 놓여 있는 탓이었다.

"김. 재. 완."

상도는 아들의 이름을 한 자씩 힘주어 말했다. 한글을 막 배우기 시작한 아이가 깍두기공책의 뒷면까지 자국이 남을 만큼 연필로 꾹꾹 눌러쓰듯이. 누군가가 아들의 이름을 불러줄 때와는 또 다른 감정이 상도의 가슴 깊은 데서 올라왔다. 자기 입 밖으로 아들의 이름이 소리로 나오기 무섭게 아들의 생김새와 목소리, 작은 습관까지 상도의 머릿속에 한 컷씩 밀려오기 시작했다. 상도는 목이 탔고 손끝이 미세하게 떨렸다. 알코올이 필요한 순간이다. 재완을 잃고 단 하루도 맨정신으로 산 날이 있었던가. 기억조차 아슴푸레하다.

순간 상담사의 얼굴이 하얘졌다. 착시 같은 거였는지도 모른다.

"아……! 재, 재완이라고요? 멋진 이름이네요……. 아드님에 대해서 하고 싶은 이야기가 있다면 편하게 말씀하세요."

약국에 흐르는 음률. 무슨 음악일까. 상도는 알코올이 당기는 몸의 반응을 느끼면서도 부드러운 선율에 마음이 편안해졌다. 약국과 음악, 조화롭지 않을 조합일 수도 있었다. 그런데 그게 또 묘하게 어울린다는 생각이 들기도 했다. 몸의 병을 치료하는 약과 마음을 치유하는 음악이 어느 면에서는 일맥상통할 수 있는 법. 세상은 삐거덕거리는 부조화가 부딪쳐 뭉툭해질 때 비로소 조화로워질 수도 있는 걸까? 상도도 지금 그 순간을 통과하고 있는 걸까?

상도는 아이의 부모를 대면한 순간에도 부조화의 극치를 경험했다. 아내가 오지 말라고 했는데도 그들은 학교에서 집을 알아내 찾아왔다고 했다. 통념상 자연스럽지 않은 부부였다. 나이가 지긋해 보이는 엄마라는 여자는 떠버리를 연상케 했다. 상도보다 예닐곱 살은 더 들어 보이는 여자는 말이 청산유수였다. 죄송하다고 연신 머리를 조아렸지만 결국 자기 아이를 옹호하는 변명 일색이었다. 여자 옆에 쭈뼛거리며 서 있는 사내는 여자의 조카쯤으로 보였는데 아이의 아빠라고 했다. 나사가 하나 빠진 듯 보이는 사내는 세상 밖으로 도망치고 싶어 하는 표정이었다. 재완이도 저랬을까? 세상을 등지고 세상 밖으로 줄달음치고 싶어 했을 아들을 생각하니 상도는 내장 기관이 저며지듯 아파졌다.

부부의 입에서 아들의 이름이 나오자 상도는 두 사람에게 집에서 나가자고 재촉했다. 얼굴이 하얘지는 아내가 금방이라도 쓰러질 듯해서였다. 만약 아내가 무너진다면 이번엔 상도가 감당할 자신이 없었다. 무너져버린 상도를 부여잡고 간신히 버티는 아내는 독기로 사는 중이었다.

— 나갑시다. 나가서 얘기합시다.

상도는 두 사람을 잡상인 취급하듯 내몰았다. 상도는 근처 공원으로 앞장섰다. 상도를 쫓아오는 두 사람의 발자국이 엇박자였다. 저들은 왜 지금에서야 우리를 찾아온 걸까?

— 죄송합니다. 저희는 몰랐습니다. 저희를, 저희 애를 용서해주세

요. 염치없는 말인 줄 알지만.

여자 뒤에서 반쯤 몸을 가린 사내가 기어들어 가는 목소리이긴 하지만 분명한 어조로 말하면서 90도 각도로 허리를 굽혔다.

—암요. 우린 정말 몰랐다니까요. 알았다면 우리가 지금에서야 찾아왔겠습니까? 죄송하죠, 죄송하다마다요. 우리 딸도 쓰러져서 많이 아팠답니다. 말도 마세요. 정신과 치료까지 받았다니까요. 걔도 몰랐던 거예요. 그러다가 고등학교 올라와서 재완이 소식을 알았다나 봐요. 재완이가 우리 딸애의 비밀을 알고 있었던 게 우리 애한테는 치명타였나 봐요. 우리 애가 통 말을 하지 않아서 우린 몰랐어요. 저희도 상담사한테 들었던 거지요⋯⋯.

중언부언하는 여자의 말이 상도의 귀를 아프게 했다. 전후 사정을 알기 어려운 두 사람의 느닷없는 사과가 상도는 더 견딜 수 없었다. 아이한테 비밀이 있었다고? 잠깐 궁금했지만 상도는 알고 싶지 않았다. 사춘기 여자애 비밀이 무슨 대수라고 아들을 그렇게 만들어야 했나.

—딸을 만나고 싶습니다.

상도의 입에서 왜 그 말이 나왔는지 자신도 알 수 없었다.

—네, 우리 애를 만나시겠다고요? 지금 무슨 말씀을⋯⋯.

여자는 당황한 얼굴로 손사래를 쳤다.

—정말 죄송한 말씀인데요, 그것은 좀 어려울 것 같아요.

완곡했지만 사내도 단호했다. 보기와 달리 남자는 자기 의사 표현이 분명한 사람이었다. 재완도 저랬다면? 이상하게 사내에게서 재완이 중첩되고 있었다.

―난, 당신네 사과는 필요 없습니다. 당신네 딸에게서 직접 얘기를 듣고 싶을 뿐이에요. 당신들도 자식이 귀하겠지요. 그러니까 날 이해해줘요.

상도는 두 손을 모았다. 아들의 중학교 동창들에게 아이에 관한 말을 들었을 때 그 아이를 알아내면 죽여버리고 싶었다. 무슨 억하심정이 있어서 우리 아들을 사지로 몰았느냐고 단단히 따져 묻고 싶었다. 하지만 이젠 그러고 싶은 마음도 없었다. 단지 아들이 코너로 몰린 과정을 알고 싶을 뿐이었다. 그 과정을 알려면 사춘기 여자애의 시시콜콜한 비밀도 들어야 하는 걸까? 전혀 궁금하지 않아도 그래야겠지. 그 비밀이 무엇이었기에 아들을 그토록 미워했는지 말이다. 상도가 아들의 죽음을 애도할 수 있는 마지막 기회라는 생각이 들었다.

―정 그러시다면, 알겠습니다. 우리 애한테 한번 물어보겠습니다. 우리 애가 재완이 아버님을 만날 의향이 있다면 그렇게 해드리겠습니다. 우리 애도 심신이 많이 허약해져서요. 재완이 아버님 고통을 알고 있으면서도 저희로서는 제 자식을 챙기지 않을 수 없는 부모 입장이라는 걸 이해해주시길 바랍니다. 정말 죄송합니다.

사내의 조리 있는 말투에도 부아가 치밀었지만 상도는 참았다.

"그래서, 강하나를 만나셨나요?"

상담사의 표정과 말투가 많이 차분해졌다. 상담사가 하나라는 아이를 알고 있다는 게 느껴졌다.

"혹시, 그 아이를 아시나요?"

"안다면 아는 거고, 모른다면 모른다고 할 수 있는 아이죠."

선문답에 가까운 응대였다. 상도는 상담사를 물끄러미 쳐다보았다. 혹시 상담사도 아들의 일을 알고 있는 게 아닐까?

"우리 재완일 아시나요?"

상도는 이제 아들의 이름을 말하는 것이 두렵지 않았다. 세상에서 영영 사라진 아들을 한 사람이라도 기억해주는 게 반갑기까지 했다.

"아드님 역시, 안다면 아는 거고, 모른다면 모를 수 있는 문제겠네요. 우연히 아드님의 이름을 들은 적이 있었답니다."

"그렇다면……."

상도는 말끝을 흐렸다.

"계속 말씀해주시겠어요. 하나를 만나셨나요?"

상도는 아직 아이를 만나지 못했다. 아이의 부모로부터 아이가 찾아오겠다는 날짜를 전해 듣고 고민에 빠졌다. 아들의 일로 신경정신과 치료까지 받았다는 아이의 심정이 이해되기도 했다. 그래서 반쯤은 용서하고 싶은 마음이 들기도 했다. 그러다가도 아들만 생각하면 아이가 악마가 아니었을까 하는 생각이 떠올랐고, 말로 설명하기 어려운 증오가 솟구쳤다.

"상담사님은 이해하실 수 있나요? 무슨 대단한 비밀이라고 우리 아들을 그렇게 만들 수 있는 거죠?

"고객님도 하나의 비밀을 알게 되신 건가요?"

약국의 상담사까지 알고 있는 거라면 비밀이란 단어 자체부터 이미 퇴색해버린 게 아닐까?

"상담사님은 그 아이, 강하나를 어떻게 아시는 건가요?"

이번엔 상도가 상담사에게 질문을 던졌다. 아들의 죽음에 충격을 받은 아이가 손목을 그었다고 했다. 아이의 부모로부터는 듣지 못한 이야기였다. 상도만큼은 아니어도 아이도 죽고 싶을 만큼 고통스러웠다는 사실이 이상하게 위로가 되었다. 겨우 목숨을 건진 아이가 실어증과 발작 증세로 정신과 치료를 받고 있을 때 상담사가 음악치료를 했단다. 상담 첫날 아이로부터 아들의 이름을 듣게 되었고, '왕따'라는 말을 하는 순간 아이가 상담사에게 머리로 돌진했다고 한다. 왕따는 재완뿐 아니라 하나에게도 깊디깊은 상흔이었다는 걸 상담사도 나중에 알았단다.

"고객님은 하나를 용서하고 싶으신 게 아닌가요? 그래서 저희 약국에도 찾아오신 걸 테고요."

"용서라고요? 글쎄요. 잘 모르겠어요. 내가 만나자고 해놓고도 그 아일 본다고 생각하면 심장이 두근거려요. 따지고 보면 걔가 내 아들을 죽인 장본인이잖아요. 걔를 어떻게 대해야 할지 아직 모르겠어요. 용서까지는 아니더라도 그 아이를 죽이고 싶은 마음이 가라앉기만 해도 좋겠어요. 그런 제품이 있으면 좀 먹어볼까 하고요."

"어려운 걸음을 하셨군요."

"내가 여길 찾아온 걸 알면 아내는 이혼하자고 할 겁니다. 나 편하자고 자식을 죽인 원수를 털어버리겠다는 거잖아요. 내가 그런 식으로 아들을 잊는다는 걸 아내는 용납하지 못할 거예요. 차라리 알코올중독자가 되라고 할걸요."

"저도 잘은 모르지만요, 사람은 저마다의 그림자와 저마다의 빛을 끌어안고 사는 게 아닌가 싶네요."

상담사가 유리문을 쳐다보며 뜬금없이 혼잣말을 했다. 상도 역시 상담사가 하는 말이 이해가 가지 않았다. 상도는 상담사의 눈길이 닿는 곳으로 시선을 던졌다. 통유리로 어스름이 찾아들고 있었다. 꽝꽝 추운 바깥 날씨가 포근하게 느껴지는 황금빛 노을이었다. 상담사의 말이 이해될 듯도 싶었다.

"오늘이 그 아이가 찾아온다는 날이에요. 나처럼 증오가 가득 찬 사람도 여기 제품을 먹을 자격이 있을까요?"

상담사는 약국의 불도 켜지 않은 채 망연히 서 있었다. 황혼이 상담사의 얼굴에 반쯤 드리워졌다. 물속 깊이 들어와 있는 기분이었다. 상도는 상담사가 이끄는 대로 제품구매동의서에 사인했다.

"여긴 어떻게 알고 오신 건가요?"

"우리 아들을 잃고 술이 필요할 때면 들르는 포장마차가 있어요. 거기 주인이 여길 한번 가보라고 하대요. 자신도 여기 제품에 도움을 많이 받았다고 하면서."

상도는 약국을 나왔다. 겨울이 깊어가는 거리는 스산했다. 골목 주택가는 어수선했다. 얼마 있으면 철거가 될 주택가 밖으로 묵은 짐들이 쌓여 있었다. 집집마다 이사를 준비하는 흔적이리라. 상도는 골목 어귀 편의점에서 생수 한 병을 샀다. 작은 상자 안에 든 은박지로 포장된 캡슐 한 알을 입에다 털어 넣고 생수를 들이켰다. 아내는 집에 없었다. 상도가 아내에게 친정에 다녀오라고 했고 아내도 아이가 온다는 낌새를 느꼈는지 그러겠다고 했다.

상도가 아파트로 도착해서 막 들어서려고 할 때였다. 아파트 화단에 여자애가 쪼그리고 앉아 있다가 주춤거리며 몸을 일으켰다. 아들이 떨어진 그 자리와 멀지 않았다. 강하나, 그 아이였다. 아이는 상도 앞으로 다가와서 눈을 내리깔고 말없이 고개를 숙였다. 어둠 속에서도 아이는 새처럼 작고 가벼워 보였다. 입김 한번 불면 훅하고 날아갈 듯한 마른 몸체에 철사 같은 팔다리가 가녀렸다.

문득 떠오른 문장 하나. 새처럼 가녀린 여자아이에게 자꾸 신경이 쓰이고 눈길이 간다고 했던가. 아들의 물건을 정리할 때 일기장에서 발견한 글귀였다. 상도는 그걸 읽으면서 깨달았다. 아들이 새처럼 가녀린 여자아이를 좋아하고 있다는 것을. 일기장을 덮으면서 상도는 오래 울었다. 좋아하는 여자애가 있었던 아들이 채 펼쳐보지도 못한 인생을 생각하면 시도 때도 없이 눈물이 쏟아졌다.

옷을 입은 게 아니라 걸쳤다는 표현이 맞을 만큼 허수아비 같은 아이, 아들 일기장의 그 여자애가 분명했다. 때마침 불어오는 겨울 바람에 아이는 날아갈 듯 휘청거렸다. 순간적으로 상도는 팔을 뻗었다. 아이가 바람에 휩쓸려 넘어질까 잡아주려는 마음으로.

"죄. 송. 해. 요……. 아. 저. 씨."

아파트 놀이터에서 서성이던 아이의 부모가 이쪽을 바라보는 게 느껴졌다. 어떤 모습일지라도 아들이 살아 있기만 하다면, 상도도 아이의 부모처럼 멀리서, 혹은 가까이서 지켜볼 수 있을 텐데. 아들이 지옥 문턱에 서 있다고 하더라도 그 근처를 어정거릴 수 있을 텐데. 하지만 아들은 그 어디에도 없다. 티끌로도, 한숨 같은 바람으로도. 불현듯 그 생각이 미치자 상도 앞에 선 검불 같은 아이가 미워졌다. 왜, 너는 하필이면 우리 재완이한테 그랬니? 아이의 연약한 어깨를 두 손으로 꽉 잡아 흔들고 싶었다. 왜? 왜? 왜?

"제가요…… 재. 완. 일 좋아했어요……."

아이의 입에서 뜬금없이 튀어나온 고백. 낯선 나라의 언어처럼
들렸다.

"재. 완. 인 몰랐을 거예요. 내가 자기를 좋아하는지……."

아이는 가슴 저 깊숙이 쌓아놓은 돌무더기의 돌멩이 한 개씩을
가까스로 끌어올려 목구멍으로 밀어내는 것 같았다. 좋아했는데,
왜? 상도의 머릿속에선 또다시 수백 개의 물음표가 아우성을 쳤다.

"그래서, 그래서요……. 제 얘길 했어요……. 좋아하는 애한테 내
얘길 하고 싶은 거……. 그런 거였나 봐요."

아이의 아빠가 게이라고 했다. 아이 아빠의 모습이 떠올랐다. 아
내의 등 뒤에 숨어 세상에서 비켜서 있던 눈빛이었음에도 사내는
딸의 문제에서는 과감하게 자기 목소리를 냈다. 아이의 엄마도 거칠
긴 했지만, 딸을 사랑하는 게 느껴졌다. 아이는 자기네가 그렇게 이
루어진 가족이라고 했다.

"그게 뭐?"

"재, 재. 완. 이한테 제 비밀을 다 말하고 난 순간부터 이상하게
두려워졌어요. 그런 부모님을 받아들이고 저 스스로 잘 극복해왔다
고 여겼는데 아니더라고요. 우리 가족의 비밀을 누군가가, 제가 처
음으로 좋아했던 남자애가 알고 있다는 게 싫었어요. 재완이가 입
이 무거운 아이라서 그런 말을 함부로 퍼뜨릴 아이가 아니라는 걸
알면서도 그냥 막 짜증이 났어요. 말로 설명하긴 어렵지만 그랬어
요."

아이의 눈과 코가 빨개졌다. 추위 탓만은 아닌 것 같았다. 아이의 다음 말은 듣지 않아도 알 수 있었다. 또 더 이상 듣고 싶지도 않았다. 아이의 입에서는 계속 무슨 말인가가 흘러나오고 있었지만, 상도의 머릿속은 멍해졌다.

아이를 보겠다고 한 순간, 상도는 아이의 변명을 들을 준비를 했던 것인지도 모른다. 상도가 아내에게 아이를 보겠다고 했을 때 아내는 얼굴이 파랗게 질렸고 눈에는 핏발이 곤두섰다.

—그 아이, 만나지 마!

아내의 반응은 재고의 여지도 없었다. 아내는 아이를 만나준다는 것 자체가 용서의 여지를 두는 거로 생각하는 것 같았다. 그게 싫었던 것이다.

—그래도 한번 보려고. 재완이가 그렇게 된 과정이라도 알아야 하지 않을까 해서.

상도가 목소리를 낮춰 말했다.

—만나준다는 것 자체가 이쪽에서 용서할 준비가 되어 있다는 걸 의미하잖아. 만약 당신이 그런 식으로 그 아일 용서한다면 내가 당신을 용서 못 해! 아니 안 해!

아내는 울부짖었다.

—내가 못 살겠어. 그 아이를 미워하는 마음이 나를 집어삼키는 기분이야.

그렇게 말하고 집을 나간 상도는 포차를 찾았다. 소주가 한 병씩 늘어가자 신 씨가 마주 앉았다. 상도는 신 씨에게 아이 얘기를 했다. 재완이 아버님도 이제 벗어나고 싶은 것이라고, 신 씨가 그랬

268

다. 그러면서 사랑 약국을 추천해주었다. 상도도 언젠가 골목을 지나치다가 본 적이 있었다. 사랑의 묘약을 판다는 그곳, 아내도 이야기했었다. 동네에 이상한 약국이 생겼다고.

"아저씨, 이거요."

아이가 아까부터 손에 들고 있던 상자 하나를 내밀었다. 사랑의 묘약이라고 했다. 상도에게 주려고 사 왔단다. 상도가 조금 전 다녀왔던 약국의 제품이었다. 우연인 걸까? 아니면 필연? 100퍼센트 우연도 100퍼센트 필연도 없다. 몇 개의 우연이 중첩되어 하나의 필연으로 완성되는 게 인생일지도 모른다.

누군가를 용서하는 일은 누군가를 사랑하는 일과는 다른 차원의 문제일지 모른다. 하지만 상도는 삐삐 마른 아이가 측은하다는 생각이 들었다. 아이는 끝내 울지 않았다. 그것만큼은 다행이었다. 아이가 상도 앞에서 눈물을 쏟았다면 상도는 아이의 뺨이라도 후려갈겼을지 몰랐다. 축 처진 어깨에 머리를 수그리고 걷는 아이의 뒷모습에서 재완이 보였다. 상도는 상담사가 했던 말이 생각났다.

—우리는 모두 사랑받으려고만 했던 게 아닌가 싶네요. 상담하는 저부터도 그랬던 거 같아요. 저희 아빠가 늘 그러셨어요. 사랑은 주고받는 호르몬 작용이라고. 받기 이전에 주는 것이 사랑이 아닐까요? 사랑을 준다는 것은 마음을 열고, 양보하는 게 아닐까요. 고객님이 여길 찾아오시고자 하는 마음 깊은 데서는 이미 하나를 받아들일 준비가 되어 있으셨던 게 아닌가 싶네요.

아이를 지켜보던 부모가 아이에게 다가가는 게 보였다. 세 사람은 골목에 긴 그림자를 남기며 저만치 멀어져갔다. 상도는 다시 아이를 봐야겠다는 생각이 들었다. 사랑의 묘약 약효에 기대어서라도 아이에게 꼭 하고 싶은 말이 있었다. 우리 재완일 좋아해줘서 고맙다는 말. 재완이한테도 하나, 네가 첫사랑이었다고. 상담사의 혼잣말처럼 사람한테 저마다의 그림자가 있듯 저마다의 빛이 있다면, 상도가 하려는 말이 아이의 마음속에서 작은 빛이 될 수도 있을지 모르니까 말이다.

하나로 연결되는 느낌

"손님!"

용희는 자신을 부르는 소리에 걸음을 멈추고 뒤를 돌아보았다. 사랑 약국 약사였다. 나이를 가늠하기 힘든 여자였다. 또렷한 이목 구비만 보면 마흔이나 갓 넘겼을까 싶기도 했지만 우아한 자태나 몸매에서는 중년 여성의 매력이 엿보이기도 했다. 지난번 용희가 전화를 했을 때 상담해주던 여자인 걸까. 용희는 전화 목소리와 지금 목소리를 비교해보다가 관두기로 했다.

용희의 앞에서 약국 문을 먼저 열었던 중년 사내는 표정부터 결연해 보였다. 문이 열리자 약국 분위기도 싸했다. 흰 가운을 입은 약사와 젊은 여자가 불꽃이 튈 듯 노려보고 있었다. 이게 뭐지? SNS의 정보를 통해서 익히 알았던 것과는 전혀 다른 분위기였다. 사랑을 완성해주겠다던 약국의 홍보가 무색할 지경이었다. 용희는

271

공연히 심장이 벌렁거렸다. 다, 이름 탓이야. 용희의 심약한 성격을 두고 친구가 했던 말이 떠올랐다.

"저를 부르신 건가요?"

용희는 다가오는 약사에게 되물었다.

"추운 날씨에 여기까지 오신 손님을 그냥 가시게 하는 건 아닌 것 같아서요. 손님도 저희 약국을 알고 오신 거겠죠."

약사는 뛰어난 외모만큼 자신감도 넘쳤다. 당신네가 언쟁하는 모습이 살벌해서 약국을 서둘러 나왔다는 말은 차마 하지 못했다.

"그렇긴 하지만, 지금 약국에는 다른 손님이 계시잖아요."

"꼭 약국이 아니면 어때요. 약국이 아닌 데서 잠깐 말씀을 나누 도록 하죠."

용희는 머리를 끄덕였다. 상대방에게 확신이 찬 말투로 동의를 구하는 약사는 사람을 끄는 묘한 매력이 있었다. 만약에 저희 약국 을 알고 오신 건가요? 라든가 말씀 좀 나눌 수 있을까요? 라고 물었 다면 용희는 아니요, 라는 부정어와 함께 머리를 내저었을 것이다. 약사는 용희를 약국 바로 옆에 있는 철제 대문으로 안내했다. 용희 는 마치 약사가 조종하는 마리오네트 인형이라도 된 듯 그녀를 따 라 대문 안으로 들어서고 있었다.

약국의 안채인 단층 양옥집이었다. 단층 위로는 철제 계단으로 오를 수 있는 옥탑방이 보였다.

"아까 오신 남자분은 상담 중일 겁니다. 상담사는 제 딸이에요."

약사는 약국을 향해 턱짓을 해보이며 말했다. 여느 엄마처럼 약 사는 딸 얘기를 하면서 으쓱해진 모양이 역력했다. 용희는 머리를 갸웃거렸다. 약사와 언쟁을 벌이던 상담사가 딸이라는 게 믿기지 않아서였다.

"따님이 약사님과 전혀 닮지 않았던데요."

약사가 용희한테 스스럼없이 대해서인지 어느덧 용희도 편해진 느낌이었다.

"다들 그렇게 얘기를 하는데, 자세히 살펴보면 닮은 구석이 많아요. 제가 손님을 왜 붙들었는지 아세요?"

약사가 처음으로 물었다. 딱히 용희에게 대답을 구하는 질문은 아닌 듯했다.

"손님 뒷모습이 꼭 우리 딸 같다는 생각이 들어서 그랬어요."

약사는 안채 현관문에 들어서면서 말했다. 용희는 엉겁결에 따라 들어온 셈이었다. 약사는 용희를 거실 소파에 앉히고 차를 내왔다. 높은 천장과 거실의 한 면을 차지하는 유리창, 거실 바닥과 벽이 온통 조각 나무로 되어 있었다. 레트로 감성을 자극하는 시대극 드라마에 등장할 법한 집이었다. 실내가 썰렁했다.

"우리 집이 좀 춥죠? 오래된 집이라서 그래요. 이제 곧 재개발이 될 거예요. 손님은 우리 약국을 어떻게 알고 찾아오신 건가요? 인터넷에서?"

"네, 맞아요."

"특별한 사연이라도……."

"딱히 사연이랄 것은 없고요. 여기서 홍보하는 사랑에 관해서 궁금했어요. 제가 한번 전화를 드렸는데……."

"다들 궁금해하시죠. 문의 전화는 하도 많이 와서 우리가 일일이 다 기억하지는 못합니다."

"그렇겠네요. 사실은 제가 사랑에 관해서 알아야 할 일이 있거든요. 이건 좀 개인적인 얘기지만 사랑에 대해서 잘 몰라요. 알 기회도 없었고 관심도 없었고요."

약사는 고개를 주억거렸다.

"이 약국에서 말하는 사랑 방식이 재밌더라고요. 사람의 마음을 움직이는 뇌 비아그라, 말이에요. 저도 거기에 꽂힌 거죠. 사실은 말이 안 되는 거잖아요."

"음, 손님 말씀에 공감해요. 다들 그 부분 때문에 여기를 방문하시긴 하죠. 근데 저희 제품은 궁극적으로는 정신적인 사랑만을 추구하는 건 아니에요. 뭐랄까, 플라토닉 러브와는 차원이 다른 거죠. 뇌가 움직여서 진정한 사랑을 시작한 후에는 자연스럽게 육체적 사랑으로 넘어가니까요. 궁극적으로는 완전한 사랑이 이루어지게 하는 거라고도 할 수 있겠죠."

"정신적 사랑이 육체적 사랑을 이끌어준다는 거네요. 마음과는 상관없이 육체적 행위만 유도하는 비아그라와는 다른 차원인 거잖아요."

"네, 잘 이해하셨네요. 그런 측면에서 우리 제품이 사랑의 발아(發芽)체라고도 할 수 있을 거예요."

약사의 설명을 듣다 보니 또 다른 궁금증이 생겼다. 용희 자신이 사랑의 실체에 관해 너무 무지해서 여기 제품을 먹고 그걸 느끼고자 했던 애초의 생각은 저만치 멀어져갔다. 이제는 사랑의 묘약 자체에 호기심이 동했다.

"어떻게 그런 제품을 개발하시게 된 건가요?"

"손님이, 처음인데요."

약사는 용희의 질문에 답하지 않고 흥미롭다는 표정을 지었다.

"제가요? 뭘로요?"

"우리 제품의 효과나 부작용 말고 제품 자체에 관심이 있는 손님은 없었거든요."

"아, 네. 그렇군요……."

궁금한 건 많지만 용희는 대화를 어떻게 이끌어갈지 난감했다. 이제 여기서 나가야 하는 게 아닐까 하는 생각이 들었다. 용희는 선택해야 순간에 늘 우물쭈물하는 편이었다. 장 폴 사르트르가 인생은 B와 D 사이에 C가 있다고 했던가. 용희는 선택 앞에서 주춤하는 자신이 싫었다.

"손님, 괜찮으시다면 연구실 구경 한번 해보시겠어요?"

"연구실이라고요?"

용희는 약사의 제안이 반가웠다.

"우리 제품을 개발한 사람이 제 남편이거든요. 여기 지하에 남편 연구실이 있어요."

약사는 말을 마치자마자 현관문을 열고 지하실로 향했다. 약사는 예전에는 연탄을 쟁여두던 보일러실이었는데 가스보일러로 바뀌면서 지하를 연구실로 개조했다고 설명했다. 용희는 자신의 인생에서 선택을 해야 하는 순간이 지금이 아닐까 하는 생각이 들었다.

"다른 손님들에게도 이런 기회를 주시나요?"

"모든 손님에게 이렇게 하지는 않죠. 경우에 따라서인 거죠. 손님한테는 꼭 필요하다는 생각이 드네요."

"그렇다면, 저는 어떤 경우인 건가요? 이런 기회를 주시는 이유를 잘 모르겠네요."

"성격이 무척 꼼꼼하신가 봐요. 별 뜻 없어요. 우리 약국을 방문하셨지만, 왠지 주저하시는 것 같더라고요. 또 우리 딸 생각도 났고요. 물론 약국으로 모셔도 되겠지만 아까도 말했듯이 먼저 온 손님이 상담 중인데, 거긴 좀 그렇잖아요. 그래서 일단 손님을 붙잡은 거고 우리 집에 오신 김에 연구실을 구경시켜드리고 싶은 마음이 들었어요."

약사의 심플함이 마음에 들었다. 용희에게는 눈 씻고 찾아봐도 없는 요소였다. 사람의 마음도 자석처럼 다른 극끼리 끌리는 게 아닐까 싶다.

용희는 약사를 따라 지하실로 내려갔다. 연구실은 불이 환했다. 각종 시약품을 비롯해 크기가 제각각인 비커와 실린더가 벽장에 즐비했다. 커다란 유리병에서 정체불명의 생명체가 식물의 뿌리처럼 흐느적거리는 게 용희의 눈에 들어왔다. 파란색 불꽃이 타고 있는 알코올램프의 비커에서는 기포가 보글거렸다. 기분 탓인지 속이 미식거리는 화학약품 냄새가 나는 것도 같았다. 그 가운데서 한 노인이 현미경에 눈을 딱 붙이고 있었다. 약사의 남편일 것이다. 약사는 노인에게 용희를 데리고 온 상황을 간략하게 설명했다.

노인은 뚱한 표정과는 달리 학생을 지도하는 선생처럼 사랑의 묘약 원료에 관해 설명하기 시작했다. 키스펩틴이 어쩌고저쩌고, 바소프레신이 이렇고 저렇고. 생소한 용어를 쉽게 설명하려는 노인의 친절이 느껴졌다. 노인은 여기서 생산되는 모든 사랑의 묘약은 식약청 GMP 인증을 받은 제품임을 마지막으로 강조했다.

"손님이 어떤 차원에서 우리 제품을 궁금해하시는지는 몰라도 우선 손님이 한번 복용해보시는 것도 나쁘지 않을 것 같은데, 상담을 진행하고 제품을 구매하실 건가요. 아니면 그냥 제품구매동의서에 사인만 하고 드셔보시겠어요?"

노인의 설명이 끝나자 약사는 용희에게 다음 단계를 제시했다. 약사의 딸이라는 상담사가 노인의 얼굴과 오버랩되었다. 약사를 전혀 닮지 않았던 상담사는 아버지와 판박이였다. 사랑 약국은 가족 사업인 셈이었다. 사랑의 묘약을 중심으로 세 사람 각각의 인생이 궁금해졌다. 그와 더불어 세 사람을 찾아왔던 수많은 고객의 사연도 알고 싶어졌다. 용희는 자신이 선택의 기로에 있음을 느꼈다. 무엇인가를 선택하고 결정하는 데 서툴러서 술에 술 탄 듯 물에 물 탄 듯 살아온 인생이었다.

사랑에 관한 테마로 이루어진 문학 강의 계획서를 작성하면서 친구의 말이 귓가에서 떠나지 않았다. 사랑도 못 해본 주제에 사랑을 가르친다는 것 자체가 모순이고 기만이라던. 그래서 사랑 약국을 찾아온 것이다. 누가 뭐라고 하든 용희는 한 학기 동안 스무 살 초반의 청춘과 문학과 사랑을 이야기할 것이다. 어느 철학자의 말처럼 탄생과 죽음 사이에 무수한 선택이 있다면 용희에게도 선택은 인생의 권리일 것이다. 사랑을 해보지 못한 것과 상관없이 문학과 함께 살아온 용희의 인생이기에. '문학=인생'이라면 용희는 작품에서 인생을 알 만큼 알았다고도 할 수 있다.

하지만 작품이 아닌 실제에서의 사랑을 알고 싶었다. 그래서 용희가 선택한 것이 여기, 사랑 약국이다. 얼마나 많은 사람이 각각의 사연을 가지고 사랑의 묘약을 찾았던 걸까? 그들이 얻은 것은 무엇일까? 사랑 약국이 그들에게 전한 메시지는 무엇일까? 용희는 자기 심장이 가느다랗게 떨리고 있음을 감지했다.

"상담을 받아야 한다고요? 동의서 사인도 할게요. 그리고 여기서 나오는 제품도 구매할 거고요. 그것 외에 제가 두 분, 아니 따님까지 세 분께 한 가지 부탁이 있습니다만."

용희는 자신의 선택을 믿어보기로 했다.

"부탁이라뇨?"

약사보다 노인의 반응이 반 박자쯤 빨랐다. 용희는 배에 힘을 주고 목소리를 가다듬었다.

"여길 좀 알아보고 싶습니다. 약국뿐 아니라, 여기 연구실도요. 선생님 연구에 방해가 되지 않는 선에서요. 또 있어요. 세 분요, 약사님과 상담사님, 그리고 제품을 개발하신 선생님도요."

"혹시, 취재 같은 건가요? 어느 매체에서 온 건가요? 신문? 방송? 아니면 요즘 많이 한다는 개인 유튜브일 수도 있겠네."

약사의 질문이 날아왔다. 예상했던 대로 약사는 머리 회전이 빠르고 시류에 민감한 사람이었다.

"난 싫소이다! 그런 일이라면 우리 제품을 안 사도 되니까 돌아가요!"

노인이 무뚝뚝한 표정으로 난색을 표했다.

"당신은 꼭 이럴 때 찬물을 끼얹는단 말이죠. 나는 좋아요. 당신

의견만 있는 게 아니에요. 효선에게도 물어보고 결정해야겠어요."

"정 그렇다면야 당신 좋을 대로 하든지."

부부는 용희 앞에서 티격태격하다가 결국 약사 의견 쪽으로 합의를 보았다. 생김새는 전혀 다른 부부였지만 싸울 때는 여느 부부와 다를 게 없었다. 전혀 맞지 않아 보이는 부부도 오랜 세월을 살다 보면 기호나 취향뿐 아니라 말투까지 닮는 거란다. 용희의 부모님이 늘 하시는 말씀이었다.

"우리가 이렇게 취재에 응하겠다고 했으니까 이젠 손님 차례인 거 같은데요. 어느 매체에서 나왔는지 말씀을 해주셔야지요. 안 그래요?"

"죄송하지만, 저는 그런 매체에서 나온 사람이 아니에요. 정말 죄송합니다."

"왜요? 왜 죄송하다는 거죠?"

약사가 0.1초도 기다리지 않고 바로 반응했다.

"약사님은 그런 매체에서 취재를 나온 게 더 반가우실 거 아니겠어요. 약국 홍보에 도움이 될 테니까요."

"손님 말이 맞소이다. 이 사람은 속물근성이 다분해서 그런 매체를 반가워하는 사람이지, 쯧쯧쯧!"

노인은 여전히 뚱한 표정으로 약사를 깎아내렸다. 약사의 크고 둥근 눈이 옆으로 찢어지며 흰자위를 드러내거나 말거나.

"당신은 그 습관부터 좀 고쳐야 해요. 예전이나 지금이나 다른 사람 앞에서 나를 깎아내리지 못해 안달이죠? 부녀가 아주 그렇게만 해봐. 딸이나 아버지나 똑같다니까. 당신 더 늙으면 국물도 없을 줄 알아요."

약사의 말은 속사포였다. 용희가 있다는 것도 새까맣게 잊은 듯했다. 척 보기에도 나이 차이가 크게 나는 이 부부의 사랑은 어떤 색깔이었을까? 호기심이 생겼다. 용희가 처음 약국 문을 열었을 때 맞닥뜨린 모녀의 살벌한 분위기도 떠올랐다. 부부의 사랑이나 자식을 향한 사랑도 누구에게나 똑같지는 않을 터였다.

"손님, 오해하지 말아요. 난 손님이 취재한다니까 넘겨짚은 것이지, 약국 홍보에 혈안이 된 사람은 아니에요. 그래서 손님이 죄송하다는 말에 왜 그렇게 생각하는지 묻기도 했고요. 손님도 아실지 모르지만 우리 딸이 상담을 하는 동시에 SNS 홍보도 하거든요. 제품도 좋지만 홍보도 제법 잘한 덕에 우리 약국이 꽤 유명해졌어요."

"그럼요. 저도 알고 있지요. 저도 그걸 통해서 여길 찾아왔으니까요."

"그럼 무슨 의도로 취재를 한다는 거요?"

이번엔 노인이 재촉했다. 성격이 급한 것도 부부가 똑같았다. 이제 부부는 누가 봐도 천생연분으로 보였다. 조화롭지 않아 보이는 부부의 인생은 문학의 어느 페이지를 장식해도 손색이 없을 것이다.

"취재를 하려는 게 아닙니다. 제가 처음으로 대학 강단에서 학생을 지도하게 되었거든요. 그런데 그 과목의 테마가 사랑이랍니다. 사실 제가 이 나이 되도록 사랑 쪽으로는 젬병이라서요……. 학생들에게 사랑을 제대로 가르치고 싶다는 욕심에 이 약국을 찾아온 거예요. 텍스트가 아닌 실전에서 배워보려고요."

용희의 어디에서 그런 용기가 생겨난 걸까. 조용희의 '용' 자는 다른 각도에서 빛을 발하고 있었다.

"오! 교수님이시로구면."

부부가 한 치의 오차도 없이 동시에 뱉은 말이었다. 메조소프라노와 바리톤의 듀엣이 부르는 협화음으로 들렸다. 용희는 자신이 교수가 아니라 시간강사일 뿐이라는 말은 하지 않았다. 아빠 말대로 대학생의 선생인 건 매한가지일 테니까.

"손님은 사랑이 뭐라고 생각하는 거요?"

노인의 바리톤 음이 허를 찔렀다.

"당신 말이 맞네요. 학생들에게 사랑을 가르친다면, 적어도 사랑이 뭔지는 알아야지."

이번엔 약사의 메조소프라노 음도 치고 들어왔다. 두 사람의 말은 친구의 비아냥거림과는 차원이 달랐다. 적어도 사랑을 못 해본 주제에 사랑을 가르치냐는 지적은 아니었다.

"두 분이 허락해주시는 건가요?"

"우리가 허락해주고 말 게 뭐가 있겠소이까. 손님이 사랑을 알고 싶다는 거야 손님 마음이지. 다만 학생들에게 어떻게 전달될지가 궁금해서 그러는 거지."

"그래요. 당신 말이 맞아요. 그러니까 우리 남편은 손님이 생각하는 사랑에 대한 정의, 뭐 그런 거에 대해 말해보라는 거예요."

용희는 쉽게 말이 나오지 않았다. 사전에서는 사람이나 어떤 존재를 아끼고 정성과 힘을 다하는 마음쯤으로 정의하려니. 하지만 부부가 용희에게 인터넷만 찾아보면 나오는 용어의 설명 따위를 물은 것은 아닐 것이다.

281

"두 분의 고견을 듣고 싶은데요. 도대체 사랑이 뭔가요?"

용희는 되물었다.

"우리도 잘 모르니까 물어보는 거 아니오. 대학에서 강의한다는 사람은 좀 다를 거라는 생각인데⋯⋯. 그렇지 않소?"

노인의 통명스러운 반응에 약사가 까르르 웃었다. 중년의 부부는 금방 싸웠다가도 금방 맞장구를 쳤다. 어느 면에선 용희의 부모님과도 닮은꼴이었다.

"맞네! 우리도 몰라요. 우리는 사랑을 원하는 사람들에게 제품을 판매하고 있지만 그들은 자기네가 그걸 먹으려 하기보다 자기가 좋아하는 상대에게 우리 제품을 먹이려고 하더라고요. 물론 두 사람이 서로를 사랑하고 그 사랑이 지속되길 바라서 오는 사람들도 있긴 하지만, 그건 정말 극소수예요."

"사랑은⋯⋯."

용희는 말을 멈췄다. 자신이 진짜 알고 싶은 사랑은 무엇이었을까? 용희는 한 번도 사랑 같은 사랑을 해보지 않았다. 누군가를 잠깐 스치듯 좋아해 보긴 했지만. 문학 작품에서 수없이 나오는 사랑에 관한 심리묘사와 스토리들은 한 가지인 듯해도 각양각색이었다. 용희도 느껴보고 싶었다. 다른 사람이 용희에게 갈구하고 염원하는 빛이 아니라 용희 자신이 누군가를 향해 그 빛을 분사하는 순간을 온몸으로 체험해보고 싶었다.

"사랑은, 외딴섬처럼 떨어져 있던 타인과 하나로 연결되는 느낌 아닐까요? 나로만 살던 내가 다른 사람이 느끼는 고통과 기쁨을 똑같이 느낄 수 있게 되는 거요."

용희는 그 말을 하고 나니 갑자기 쑥스러워졌다. 어설픈 대답이라는 생각에 다시금 용희에게 핀잔을 주던 친구의 말이 생각났다. 사랑도 못 해본 주제에 누굴 가르치느냐고 하던.

하지만 그 말에 약사의 예쁜 눈이 더욱 반짝였다.

"그래서 그랬군요. 누군가를 용서하고 싶다며 저희 약국을 찾아온 손님이 있거든요. 타인과 하나로 연결되는 느낌이라니, 그 손님이 왜 이 약을 먹고 싶어 했는지 조금은 이해가 되네요."

약사가 한껏 진지해진 얼굴로 알 듯 말 듯 한 소리를 했다.

"자, 연구실을 봤으니 이제 약국으로 가보시겠소. 우리 딸이 상담을 많이 해봤으니 취재해보면 들을 만한 말이 좀 있을 거요. 약사실 거면 제품동의서 작성도 하셔야 하고."

노인의 말에 약사는 꿈에서 깬 듯 고개를 가볍게 흔들고는 연구실 문을 열고 앞서 나갔다. 용희도 노인에게 목례를 하고는 약사의 뒤를 허둥지둥 쫓아갔다.

뜨거운 엔진 소리

셔터를 가볍게 올렸다. 차르륵. 셔터 올라가는 소리가 여름 가뭄에 쏟아지는 한줄기 소나기 소리처럼 경쾌하고 시원했다. 사장의 차가 주위보다 더 농밀한 어둠으로 엎드려 있었다. 마스터키를 작동하자 전조등이 깜박였다. 이환은 운전석에 앉아서 시동 버튼을 눌렀다. 부드럽게 걸리는 시동 소리와 미세하게 감지되는 엔진 작동 소리는 차체의 질주 본능을 온몸으로 느끼게 해주었다. 차의 숨소리. 쉿쉬! 워워! 성난 짐승을 달래듯 다독인다. 차에서 내린 이환은 경주마의 탄탄한 허벅지와 힘찬 갈기를 쓰다듬는 심정으로 차의 보닛을 훑었다. 엔진 소리는 맹수의 심장박동처럼 나지막했지만 힘이 느껴졌다. 액셀러레이터를 밟아주면 언제라도 돌진할 만반의 준비가되어 있다는 듯이.

이환은 차의 보닛을 열었다. 자동차 기름 냄새가 역하게 올라왔다. 속이 울렁거리면서 어지러웠다. 보닛 안에 복잡하게 엉킨 기계가 몇 개로 겹쳐 보였다. 이환은 잠시 눈을 감았다가 뜨면서 심호흡을 했다. 목장갑을 낀 이환의 손에 엔진의 탈 장착 마운팅 볼트가 감지되었다. 금속성의 그것은 맹수의 이빨처럼 단단하고 야무졌다. 공구를 쥔 손이 파킨슨 환자의 손처럼 떨렸다. 사장은 그녀와 여행을 갈 것이라고 하면서 이환에게 자신의 차를 점검해놓으라고 했다.

1년 전 차체와 연결된 엔진의 탈 장착 마운팅의 고정 볼트가 금이 가는 바람에 엔진이 툭 떨어진 차량에는 두 여자가 탑승하고 있었다. 보조석에 타고 있던 중년 여성과 운전자였던 30대 초반의 여성. 중년 여성은 누가 봐도 입이 딱 벌어질 외모의 소유자였다. 하지만 이환은 그 중년 여성이 아니라 운전자 여성한테 자꾸 눈길이 갔다. 사람의 내면을 꿰뚫어 보는 듯한 맑은 눈동자와 친근감이 드는 표정에 호감이 느껴졌다. 이후 차량 점검을 하러 온 그녀와 주고받은 대화도 이환의 뇌리에 깊은 인상을 남겼다. 동화 속 허무맹랑한 캐릭터와 미다스 왕이 아사할 수밖에 없다는 이야기까지.

사람의 눈은 다 거기서 거기인 걸까? 사장도 그 운전자 여성에게 호감이 있다는 걸 눈치챘다. 사장과 운전자는 무려 열두 살 차이가 난다고 했다. 날도둑놈 같으니라고. 이환은 속으로 사장을 욕했다. 사장이 차량을 수리해주면서 과잉 친절을 베풀었던 게 다 검은 속셈이 있어서였던 것이다. 차량 전달도 이환에게 시키지 않고 사장이 차를 직접 운행해서 갖다주었다. 운전자 여성의 집을 알아두기 위한 꼼수였다. 차량 수리가 끝나고도 운전자 여성은 사장과 연락을 주고받았다.

이환도 운전자 여성을 고객님에서 효선 씨로 바꿔 불렀다. 어쨌든 효선은 사장의 공식적인 여친이 되었다. 이환은 좋아하는 여자를 사이에 두고 정식으로 결투 한번 해보지 못하고 패배자가 된 셈이었다. 불행인지 다행인지 효선도 사장을 많이 좋아하는 눈치였다. 아니, 사장보다 더 애가 타서 쫓아다니는 게 역력했다. 그에 비해 사장은 처음 베풀었던 과잉 친절은 온데간데없고 돌연 뻣뻣하게 굴었다. 나이도 훨씬 많은 자기가 뭔데 우리 효선 씨한테 감히! 라는 생각이 불쑥 올라왔다.

―그렇게 닮지 않은 모녀도 드물 거야. 자기 엄마 반의반이라도 닮지. 쯧쯧쯧!

그때 사장의 속마음을 알아차렸어야 했다. 지하 치킨집 주인이 사장과 중년 여인의 분위기가 이상하다고 이환에게 귀띔해줬을 때도 몰랐다. 이환은 카센터를 잠시 닫고 외출하는 사장의 뒤를 밟았다. 효선을 냉대한 이유가 그 때문이라면 이환도 달리 생각해볼 문제였다. 효선에게 사장의 본심을 폭로하고 마음을 얻어봐? 사장과 만난다는 중년의 여인을 보자마자 이환은 말문을 잃었다. 실로 점입가경이었다.

두 사람이 술이 꼭지까지 오른 날 흥이 오른 사장의 입에선 도저히 제정신으로 들어줄 수 없는 말이 마구잡이로 튀어나왔다. 카센터 문을 닫고 여행을 다녀온다고 했다.

"여행은 어디로 가실 건데요?"

"어디로 가느냐가 중요하냐?"

"그럼요?"

"얌마! 넌 아직 인생을 모르는 거야."

사장이 하는 말마다 밸이 꼬였다. 당신은 얼마나 인생을 알아서 그 모양 그 꼴이냐는 말이 목구멍까지 올라왔다.

"인생 많이 아시는 사장님한테 중요한 건 뭔데요?"

"얌마! 모름지기 어디를 가느냐가 아니라 누구와 함께 가느냐가 여행의 참맛을 정하는 거지."

목소리 톤이 높아지는 사장은 들떠 있었다. 술 때문만은 아니었다. 수컷의 의기양양에 알코올이 뿌려져 과잉 남발되는 호기가 느껴졌다.

"효선 씨랑은 그렇게 끝내도 되는 거예요?"

"얌마, 너는 왜 자꾸 걔 얘긴 하고 그러냐. 근데 너 건방지게 효선 씨? 하긴, 호칭이야 아무려면 어때. 어차피 다 끝났는데. 그냥 너 좋을 대로 불러라."

이환은 알았다. 사장과 여행을 함께 가는 사람이 중년의 여인이라는 것을. 그리고 그 여인이 효선의 모친이라는 것을. 효선이 이 사실을 안다면 배반감으로 얼마나 치가 떨릴까 싶었다. 술이 점점 올라오자 몸은 가눌 수 없을 지경이었고 정신도 흐리멍덩해졌다. 두 사람이 아주 쌍으로 미쳐 돌아가는군, 하는 생각만 간신히 붙들고 있었다.

"야, 너 짝사랑한다는 그 여자랑은 진전 좀 있냐?"

"이젠 한번 잘해보려고요."

"사랑은 쟁취하는 거다. 나 봐라. 열 번 찍었더니 한 번은 오케이 사인을 받기도 하더라. 야, 이환아. 이 형님이 애인 데리고 먼 길 떠나니까 네가 이 형님을 위해서 차량 점검 좀 쫙 해놔라."

사장이 그 말을 했을 때 이환의 머리는 맑은 소주에 통째로 담가 소독이라도 한 듯 명료해졌다. 효선을 대신해서 미친 두 사람을 골로 보낼 방법이 번뜩였다.

연식이 꽤 오래된 사장의 차량은 2년 전 중고차 매장에서 구매한 것이다. 사고가 난 까닭에 시세보다 싸게 후려쳐서 헐값에 샀다고 했다. 다행히 엔진 손상은 없었던 차였다. 엔진만 멀쩡하면 공짜나 다름없는 가격이었다. 자동차 박사인 사장은 그 차를 새 차처럼 관리했다.

이환은 탈 장착 팬 어셈블리도 공구로 손을 볼 생각이었다. 엔진의 마운팅 볼트에 틈새를 벌리게 하면 승산이 있었다. 공구로 마운팅 볼트에 힘을 주려고 하자 이환의 심연에서 양심의 음성이 들렸다. 그만 멈춰, 라고!

순간 고추냉이 한 덩어리를 삼킨 듯 목구멍이 알싸해졌고 눈물이 찔끔 배어 나왔다. 어지럼증이 밀려왔다. 시야도 어른거렸고 심장은 튀어나올 듯 요동쳤다. 이환은 차의 보닛을 쾅 소리 나게 닫고 거친 숨을 한꺼번에 몰아쉬었다. 딸의 애인을 가로챈 중년 여성과 예비 장모와 놀아나기 위해 여자친구를 배반한 사내. 두 사람은 자기네의 패륜적 행위를 사랑이라는 말로 포장할지도 모른다.

손을 멈추지 않았다면 나중에 이환은 경찰에 참고인으로 불려 갔을 것이다. 엔진의 탈 장착 마운팅 고정 볼트가 부러져서 엔진이 차체에 떨어지는 사고는 흔하지 않았다. 그렇지만 제로의 확률은 아니라는 직업적 멘트까지 준비했다. 1년 전 똑같은 현상으로 차량 수리를 맡겼던 기록이 그것을 증명해줄 테니까. 하지만 노후 차량 사고에 의한 사상자 처리는 이환의 상상 속 시나리오에 그쳤다.

여행을 가기로 한 날, 사장은 휘파람을 불며 차에 올라탔고, 이환은 오토바이를 타고 사장 차를 쫓았다. 무한대로역 5번 출구가 가까워졌다. 멀리서 보이는 여자의 실루엣. 마네킹 체형의 중년 여성이 아니었다. 앞서가던 사장의 차량도 깜빡이를 켜면서 멈췄다. 석연치 않은 표정으로 차를 바라보고 있던 여자는 효선이었다. 순간 온몸의 털이 삐쭉 서는 서늘함을 느꼈다. 사랑에 눈이 멀어 자신이 그렇게도 사랑하던 사람을 자기 손으로 죽일 뻔했다니.

자동차 창문이 열리고 사장과 효선이 대화를 나누는 게 보였다. 사장 역시 당황한 게 분명했다. 지하철역 앞이라서 행인의 발길도 분주했고 오가는 차량으로 혼잡했다. 이환은 오토바이 경적을 울렸다. 이환 쪽으로 효선의 시선이 옮겨 왔다. 사장은 차를 빼서 앞으로 달렸고 효선은 길바닥에 우두커니 서 있었다. 납득할 수 없는 상황이었다. 이환은 오토바이의 속력을 높여 거리를 질주해서 카센터로 돌아왔다. 사장의 차량은 카센터 앞에 정차되어 있었고 사장은 차를 기대고 서서 담배를 피우고 있었다.

"여기서 뭐 하세요? 여행 떠나신 거 아니에요?"

헬멧을 벗으며 이환이 사장에게 물었다.

"뭔가 삑사리가 난 것 같다."

사장도 깨달은 듯했다. 불륜의 로맨스는 멜로 영화에서나 등장하는 신파일 뿐 현실은 냉혹하다는 걸.

"그게 무슨 말이에요?"

사장 말인즉 그녀가 딸에게 다 불어버리고 자폭한 것 같다나. 아니면 효선이 두 사람의 밀월여행을 눈치채고 사장을 엿 먹이기 위해서 그녀 대신 나온 것일지도 모른다나. 어쨌든 아슬아슬했던 삼각관계는 완전 개박살이 났다는 의미였다. 기분이 찢어질 듯 통쾌했다.

사랑 약국을 찾아갔던 적이 있었다. 사장에게 혼자 좋아하게 된 여자가 있다고 하니까 거길 가보라고 했다. 사장은 약국에서 판매하는 제품에 대해 횡설수설 말했다. 다 효선이 한 말이란다. 이환은 인터넷을 찾아보고 사장의 말이 거짓이 아니라는 것을 알게 되었다. 마침 가게에는 효선이 있었다. 헤드폰을 귀에 걸고 음악에 빠져 있던 효선이 이환을 반갑게 맞았다. 흐느적거리는 음률이 귀에 익숙했다.

—이게 무슨 노래죠?

—샹송이에요, 프랑스 옛날 가요인 셈이죠. 이환 씨도 많이 들어봤을 텐데요.

—그러게요. 귀에 익숙하긴 한데, 저는 음악 쪽으로는 문외한이라서요.

공연히 얼굴이 붉어졌다.

—〈사랑의 찬가〉예요. 우리말로 번안해서 불리기도 했어요.

이환은 자기 귓가에 흐르는 음악과 금방 효선이 가르쳐준 제목을 꼭 기억하리라 생각했다.

—그런데, 이환 씨는 어쩐 일로 여기에…….

―사장님한테 들었어요. 사랑의 묘약을 판다는 걸요.

―그랬군요.

효선의 반응이 시큰둥했다.

―사장님한테 내가 속을 털어놨거든요. 나 혼자 좋아하는 사람이 생겼다고…….

―축하할 일이네요. 그런데 아직 고백을 못했나 보군요.

―그 사람이 좋아하는 사람은 따로 있었거든요.

―저런! 사랑의 화살표는 왜 항상 엇갈리는 걸까요?

―어떻게 해야 좋을지 모르겠어요. 마음을 접어야 하는데, 쉽게 포기가 되지 않아 괴로워요.

포기가 되지 않는 사람이 바로 당신이라고 말할 용기는 없었다.

―음, 이환 씨는 혹시 그 여성분에게 최선을 다해 봤나요?

효선의 표정이 어느 때보다 진지했다. 마음속 깊이 이환을 생각해주는 게 여실히 느껴질 만큼.

―아직은요. 그 사람은 내가 자기를 좋아하는 줄도 몰라요.

〈사랑의 찬가〉가 절정을 치닫고 있는 듯 가수의 목소리도 절절했다. 남의 나라 언어였지만 사랑하는 사람을 향하는 감정은 고스란히 느껴졌다.

Si un jour, la vie t'arrache à moi

Si tu meurs, que tu sois loin de moi

Peu m'importe si tu m'aimes

Car moi je mourrais aussi

언젠가 삶이 당신을 빼앗아 간다 해도

당신이 죽어서 내게서 멀어진다 해도

당신이 날 사랑한다면 문제 없어요

왜냐하면 나도 죽을 테니까요

―이환 씨는 아직 사랑의 사 자도 한 게 아니네요, 우리 아빠 말씀이 사랑을 하면 남자는 뜨거워진대요. 이환 씨가 아직 덜 뜨거운 건 아닌가요?

―그럴지도 모르죠. 하지만 저만 뜨거워지면 뭐 하겠어요. 그래서 하는 말인데, 여기 제품을 사서 그녀한테 선물해보면 어떨까요? 사랑 고백도 할 겸요. 그녀가 먹고 나를 좋아해 주면 더없이 좋을 거 같아요.

효선이 검지를 들어 좌우로 흔들었다.

―저도 그랬어요. 상대에게 먹여서 나를 좋아해 주길 바라는 마음에서.

―그래서요? 먹었나요? 반응이 어땠는데요?

이번엔 효선이 머리를 가로저었다.

―아니라니까요. 상대가 나를 사랑하길 바라기보다 내가 상대를 뜨겁게 사랑하는 마음부터 가져보는 게 먼저예요. 사람의 진심은 통하는 법이거든요.

이환은 속으로 반발심이 일었다. 당신도 사장의 마음을 얻지 못했잖아, 라는 말이 하고 싶었다.

―그렇게 해도 그 사람은 진심을 받아주지 않고 다른 사람을 좋

아할 수 있잖아요.

이환이 볼멘소리로 대꾸했다.

─그땐, 어쩔 수 없는 거겠죠. 사랑도 사람의 일인데 억지로 할 순 없잖아요. 하지만요, 그건 있더라고요. 내가 마음껏 좋아했으니까 후회도, 미련도 안 남는 거요. 그러니까 이환 씨도 후회를 남기지는 않았으면 해요.

─그런데요, 그 사람이 속고 있는 거예요.

─그게 무슨 말이에요?

─내가 좋아하는 사람이 다른 사람을 좋아한다고 했잖아요. 그런데 그 남자는 다른 여자를 좋아하고 있어요. 그 남자가 절대로 좋아하면 안 되는 여자를요.

효선이 시름 깊은 한숨을 토했다.

─사랑 방정식은 누구한테나 복잡하군요.

─효선 씨 말대로 고민해볼게요. 사랑은 주는 것이 먼저라는 말도 잘 새겨둘게요.

이환은 약국을 나왔다. 그녀에게 에둘러 고백을 한 것만으로도 마음이 한결 가벼워졌다.

이환은 쓸쓸한 모습으로 서 있는 사장을 뒤로하고 오토바이 방향을 틀었다. 효선이 조언을 해주었던 고민의 끝에 도달한 시점이 지금이라는 확신이 들었다.

무한대로 사랑길의 주택가는 온통 붉은 엑스 자로 도배되어 있었다. 곧 철거가 시작될 모양이었다. 이환은 오토바이 핸들을 잡고 가속페달을 힘껏 잡아당겼다. 머플러에서 굉음이 터져 나왔다. 사랑 약국은 어떻게 되었을까. 사랑의 묘약을 구매하지 못하는 것은 아닐까. 이환은 조바심이 났다.

아니나 다를까 사랑 약국은 문이 닫혀 있었고 약국 안도 깜깜했다. 이환은 오토바이를 세우고 헬멧을 벗었다. 유리문에 투명 테이프로 붙인 안내문이 눈에 띄었다.

사랑 약국은 잠시 문을 닫습니다.
무한대로 사랑3길이 개발되어 상가 건물이 들어서면
새롭게 단장한 모습으로 인사드리겠습니다.
그 기간 동안은 아래 주소와 연락처를 통해
사랑의 묘약 구매가 가능하오니 많은 이용 부탁드립니다.

주소: 연모구 무한대로 사랑3길 구삼빌딩 605호
연락처: 070-7***-4***

이환은 주소와 연락처를 휴대폰에 입력했다. 골키퍼가 있다고 공이 안 들어가는 것은 아니다. 축구의 원칙이기 이전에 사랑의 법칙이기도 했다. 더군다나 골대를 지키는 골키퍼가 완전 맛이 가서 다른 판을 기웃거리고 있다면 골대를 접수하는 건 시간문제일 뿐이다. 이환은 오토바이를 돌려 주택가를 빠져나왔다.

새로이 오픈할 약국에서 판매될 약에 사랑을 찾는 사람들의 발길이 이어질 것이다. 이환도 사랑의 묘약을 열심히 복용할 것이다.

사랑 건강 보조 식품으로. 상대를 향한 마음이 뜨거워져서 상대를 위해 모든 것을 지불할 수 있을 때까지. 그녀의 말처럼 사랑도 사람의 일이라면 그녀가 이환의 진심을 알아줄 날이 있을 것이다.

사랑이 끝난 시점에서 새로운 사랑은 또 시작되는 것. 그녀가 그걸 깨닫길 바랄 뿐이다. 이환의 오토바이 머플러에서 울리는 굉음은 무한대로 사랑길 멀리까지 울려 퍼지고 있었다.

끝.

작가의 말

  1,000매 원고를 향해 가쁘게 달려왔음에도 몇 페이지 안 되는 '작가의 말'을 쓰려면 거대한 벽에 부딪힌 것처럼 막막해지곤 한다. 이야기꾼이 소설을 썼으면 그뿐이지 덧붙일 변(辯)이 필요한지에 대한 부끄럼 때문일 것이다. 하지만 이것이야말로 자가당착이다. 소설을 읽을 때마다 '작가의 말'에 유별나게 집착하는 나를 돌아보면 말이다. 허구의 세계를 만든 작가의 민낯을 엿보고 싶은 독자의 호기심일 터. 그렇다면 나도 독자에 대한 최소한의 예의로, 민낯 보여주길 주저하지 말아야 하리라.

  수년 동안 대학에서 학생들에게 〈소설창작실기〉와 〈사랑을 테마로 하는 문학〉을 가르쳐왔다. 매주 문학작품 안에서의 사랑에 관해 수업하면서도 정작 나는 사랑에 대한 깊은 생각이 없었다. 사랑을 운운하는 감성에 굳은살이 박인 것일지도 몰랐다.

  그즈음 〈소설창작실기〉 수업에서 어느 학생이 나이와 어울리지 않는 신산스러운 낯빛으로 사랑을 얘기했다. 그 학생이 과제로 제출

한 소설 합평 시간이었다. 학생이 거리낌 없이 밝힌 19금 수위의 성적 취향과 가정환경은 다소 충격이었다. 나는 그때 어렴풋이 사랑이 뭘까, 라는 제법 진지한 고민에 맞닥뜨렸다.

그 후 편견을 배제한 채 관심과 애정의 시선으로 그 학생을 지켜보았다. 느낌은 통하는 걸까? 학생도 제법 나를 따랐다. (편견과 선입견을 품고 자신을 대하는 사람들의 흉을 내 앞에서 무람없이 보기도 했으니까 내게 마음을 연 것이라고 봐도 무방하지 않을까?) 학기가 끝나 방학을 보내고 2학기가 시작되었는데 출석부에 그 학생이 빠져 있었다. 급우들에게 알아보니 휴학을 했다는 답이 돌아왔다. 끝내 복학을 하지 못한 학생이 내 마음 한편에 오랫동안 아린 조각으로 남았다. 『보테로 가족의 사랑 약국』은 그 학생이 모티브가 된 작품이다. 사람은 누구나 저마다의 그림자와 빛을 가지고 산다. 그림자와 빛이 어우러진 인생에서 그 학생의 사랑이 지렛대가 되길 바랄 뿐이다.

사랑도 사람의 일이다. 소설을 쓰는 일 역시 사람 사는 일과 다르지 않다. 지금껏 인간 내면의 악의(惡意)에 천착해왔던 것과 달리 이번 작품은 선의(善意)의 인물들이 인생에서 얻은 상처를 사랑으로 치유하는 과정을 그리고자 했다. 이 작품에 등장한 보테로 가족 및 약국을 거쳐 간 인물들의 사랑이 무한대로 펼쳐지길 바란다면 지나친 욕심일까?

『보테로 가족의 사랑 약국』이 세상에 나오기까지 여러 사람의 도움이 있었다. 여든 중반의 고령에도 책 읽기를 즐겨 하시는 나의 노모야말로 내 문학의 원천이다. 엄마, 감사드려요. 열심히 쓸게요! 소설 초고를 쓸 때마다 온갖 푸념을 꿋꿋이 받아주는 나의 오랜 지기 선희와 주연에게도 고맙다는 말을 전한다. 친구야, 또 죽을 만큼 쓰기 힘들다고 징징거려도 받아주렴! 조동선 선생님, 여섯 번째 장편 들고 영종도로 찾아뵙겠습니다. 늘 감사드립니다. 마지막으로 이 작품을 끝까지 믿어주고 힘을 실어준 클레이하우스 윤성훈 대표에게도 깊은 감사를 드린다. 함께 호흡을 맞추는 순간순간이 참으로 행복했답니다.

이제 또다시 펼칠 허구의 세계로 여행을 떠나기 위해 신발 끈을 단단히 졸라맬 것이다. 그것만이 이 책을 읽어줄 독자들에게 할 수 있는 소설가로서의 최선이라고 믿기 때문이다.

2022년 8월
이선영

보테로 가족의 사랑 약국

초판 1쇄 발행 2022년 9월 7일
초판 5쇄 발행 2023년 4월 25일

지은이 이선영

편집 윤성훈
교정교열 김정현
디자인 studio forb
표지 그림 반지수
마케팅 (주)에쿼티
제작 (주)공간코퍼레이션

펴낸이 윤성훈 **펴낸곳** 클레이하우스(주)
출판등록 2021년 2월 2일 제2021-000015호
주소 경기도 파주시 회동길 530-20, 402호
전화 070-4285-4925 **팩스** 070-7966-4925 **이메일** clayhouse@clayhouse.kr

ISBN 979-119-77684-6-0 (03810)

클레이하우스(주)가 더 나은 책을 펴낼 수 있도록 의견을 남겨주시거나 오타를 신고해주세요.
QR코드에 접속해 독자 설문에 참여해주신 분께 추첨을 통해 선물을 드리겠습니다.